토잉카
와
두 개의
옆문

김정주 장편소설 **토잉카와 두 개의 옆문**

초판 인쇄 2016년 4월 1일 **초판 발행** 2016년 4월 10일
지은이 김정주 **펴낸이** 공홍 **펴낸곳** 케포이북스 **출판등록** 제22-3210호
주소 서울시 서초구 반포대로14길 71, 302호
전화 02-521-7840 **팩스** 02-6442-7840 **전자우편** kephoibooks@naver.com

값 15,000원
ISBN 978-89-94519-87-6 03810
ⓒ 김정주, 2016

잘못된 책은 바꾸어드립니다.
이 책은 저작권법의 보호를 받는 저작물이므로 무단전재와 복제를 금하며, 이 책의 전부 또는 일부를 이용하려면
반드시 사전에 케포이북스의 동의를 받아야 합니다.

토잉카 와 두 개의 옆문

김정주 장편소설

목차

사막여우에게, 페가수스에게	7
본드의 바람이, 독사의 열기가	38
마징가는 씩씩하게, 장미는 안타깝게	63
FO 작업으로, ACM 훈련으로	96
턱걸이를 하고, 나귀 가죽을 덮고	132
도서관에 클릭, 비행복에 클릭	175
메추리는 메추리로, 메추리를	203
베이비박스가, 구더기가	231
호수에게 말해, 시가 말해	258
거인장에 잡혀, 스로틀을 당겨	283

작가의 말　310

사막여우에게, 페가수스에게

달빛이 희끄레 사막을 쓰다듬는 밤.
사막여우, 모래언덕에 오도카니.
고혹적인 혹은 고독한 혈액의 흐름.
모래언덕과 달빛과 꽤나 어울리는 아우라.
부드럽지만 쓸쓸하고, 쓸쓸하지만 호젓하고, 호젓하지만 풋풋하고, 풋풋하지만 슬프고, 슬프지만 보고 싶고, 보고 싶지만 보고 싶지 않고, 정말 보고 싶지 않아. 음, 화나게 보고 싶지 않은데 울렁증 나게 보고 싶어.
사막여우야 너는 이 깊은 밤에 왜 홀로?
사막여우의 울음소리가 듣고 싶어. 목을 길게 빼고 으허헝 으허헝 우는 하울링.
사막여우는 울지 않아. 반성과 후회를 몰라서야. 사막여우가 운 때는 딱 한 번. 탯줄과 작별을 고하던 때.
별이 거미줄을 타듯 밤의 줄을 타 내린다.

밤을 타 내린 별들, 모래언덕에 깔린다. 별밭에 깡총 서 있는 사막여우. 그래봤자 별의 여왕은 되지 못해. 되려면, 되려면, 되지 마. 되지 않는 게 좋아.

그보다 해골로 복사뼈를 때려봐. 고막에 랩을 씌워봐. 쿠킹호일로 혓바닥을 칭칭 감아봐. 두 번 다시 그런 말은 하지 않게.

그런 말은 하지 않았어야 하지 않니? 그 잘난 혓바닥에 징을 박아줄 걸 그랬나? 징을 박았다면 그따위로 나불거리진 않았을 텐데. 그따위를 말이랍시고 한 너는 뭐지? 팜 파탈 사막여우라니 개뿔.

사막여우가 갸름하게 빠진 턱을 이반 쪽으로 돌린다. 이반의 눈과 사막여우의 눈이 마주치는 순간. 아니, 사막여우의 눈과 카메라의 눈이 마주치는 순간,

순간 이동.

사막여우를 빼닮은 은스, 조막막한 얼굴로 말했다.

"너의 오해를 두고 볼 순 없어. 난 얼굴이 넘 커. 너랑 얼굴 맞대고 셀카 찍는 거 안 할래."

여자들의 단골 멘트. 얼굴이 손톱만큼 작거나 작아져도 크다고 할 플레이용 발언.

이반은 은스를 잡아끌고 거울 앞으로 갔다.

"확인 들어가시겠습니다. 첨부터 끝까지 난 계속 오해하시겠습니다."

이반은 은스의 얼굴에 자신의 얼굴을 갖다 붙였다. 은스가 이반을 밀쳤다. 이반은 떠밀리는 시늉을 하며 거울 속 은스의 코를 비틀었다.

"아야! 아야야야!"

은스는 거울을 보며 아파 죽겠다고 낄낄댔다. 귀여운 팜 파탈, 안 아주고 싶은 자석의 몸 사막여우.

사막여우가 고개를 돌린다. 돌린 곳엔 느슨하지만 뭔가로 빡빡해 보이는 사막이 구릉을 이룬다. 바람이 모래 숲을 흔든다. 모래는 자잘한 몸을 서로 부대끼며 바닥을 훑는다. 모래의 몸은 커지고, 더 커지고, 더더욱 커지며 횡횡 펄럭인다. 모래 폭풍 하부스(haboob).

모래 폭풍 속에 가만히 서 있는 사막여우. 저것은 끈기인가 끝까지 해보겠다는 막장 드라마인가.

끈기도 막장 드라마도 아닌 킬링 캠프. 킬링 캠프엔 각질로 전락한 사랑이 켜켜이 쌓여 무덤을 이룬다. 무덤 위에서 까르르, 까르르, 웃는 은스. 웃기 전에,

저 모래로 개떡이나 해 먹어라. 침을 뱉어 동그랑땡이나 해 먹어라. 농그랑땡으로 해 먹기 전에,

묘비명이나 써라. 으흐흑, 개인기를 죽을죄로 써먹었어요. 좌심방과 우심실을 반납할게요. 부디 저를 잊고 새 출발하세요.

기어이, 모래 폭풍이 달빛을 삼킨다. 달빛은 맥을 못 추고 사망. 카메라도 모래 폭풍에 시달리며, 시달리다 흔들.

흔들, 그 틈에 사막여우는 실종.

사막여우, 어디로 갔을까. 어디? 어디? 어디…….

화면엔 앵글의 근접을 코웃음 치는 모래 폭풍만.

사막여우를 보여라. 사막여우가 전갈을 잡았는지, 전갈에 코를 물렸는지 알고 싶단 말이다. 코를 물렸으면 반창고와 머큐로크롬을 세

트로 던져줄 테다. 독이 퍼졌다면 독을 파낼 녹슨 카터 칼을 택배로 부쳐줄 테다. 혹시 은스라고 들어는 봤니? 그 사막여우를 얼른 내놓아라. 눈이 지친다고. 기다림이 짜증난다고. 지금은 사막여우와 노닥노닥 뒹굴고 싶다고.

모래 폭풍이 조금씩 잦아든다. 다시 등장한 사막여우. 그러나, 그런데, 사막여우는 꼬리만 살짝. 구릉의 선 바로 위에 꼬리 끝만 살랑 내비치고는 끝.

사막여우는 끝장이 났다. 사막이 아니라 티브이 화면에 갇혀 버렸다. 갇힌 게 아니라고 말해줘. 갇히는 건 은스도 원치 않았을 거야. 그런데 넌 왜 그런 결정을? 은스, 나쁜 년.

카메라는 다른 생물로 앵글을 돌린다. 사막에 사는 다른 생물들, 전혀 관심이 없다.

불쑥, 아쉬움인지 그리움인지 모를 게 들썩인다. 사막여우에게 야간 투시경이라도 씌워줄 걸 그랬나? 이런 바보. 그걸 쓰면 넌 어떡할래.

생각 정정. 사막여우는 사막밖에 몰라 사막여우가 되었다. 사막여우는 사막만 돌아다니는 사막여우로 오래, 오래, 아주 오~ 래~

당직사관이 들어온다. 이반은 티브이를 끈다.

당직사관이 이반을 돌아본다.

"별일 없었지? 나 찾는 사람 없었나?"

이반은 자리에서 일어난다.

"예, 별일 없었습니다."

오늘의 당직사관인 중위, 자기 자리로 간다.

"요즘 감기가 사채업자보다 독해. 감기 조심해."

중위는 책상에 고개를 숙이고 당직일지를 편다.

고개를 숙인 저 모습은 딱 은스.

은스야, 너를 낭송해줄까. 고개를 숙여. 너의 가마에 입을 맞춰야겠다.

은스의 가마는 작은 연못.

작은 연못 안이 분주하다. 플랫슈즈를 신고 매장 안을 종종.

저 종아리에 내 핏줄을 심어줄까. 그만 서. 내 핏줄과 네 핏줄이 엮일 수 있게.

플랫슈즈가 사뿐 버스에 오른다. 이어폰을 꽂고 노래를 들으며 문자를 친다.

"얼빵떨빵님아 다른 뇨자 얼빵떨빵하게 쳐다보지 말고 강의에 초롱초롱."

심쿵, 뜨겁게 벌렁벌렁 심쿵쿵.

플랫슈즈가 버스에서 내려 백화점 아이스크림점으로 향한다.

앞치마를 두르고 다시 테이블과 테이블 사이를 종종거리는 은스.

그렇게 종종거리면, 너의 오후를 무의미하게 만들고 싶어진다.

그렇게 종종거릴 거면, 너와 나의 식사는 새벽의 브런치가 된다.

나는, 너를 기다릴 수가 없다.

내가, 너를 기다리게 해줘야겠다.

내가, 너를 기다리지 않는 것으로 기다리게 해도 되지?

은스의 가마를 궁금해하지 않았어야 했다. 은스의 가마에 입을 맞추지 말았어야 했다.

후회는 미련과 찰떡궁합. 어흑, 아직도 미련이라니 이런 얼간이.

미련이라는 속성은 남는 것에 있는지 샘솟는 것에 있는지 몰라도 나, 이반은 미련하지 않았다. 미련한 건 은스, 그 계집애.

중위가 당직일지를 덮는다.

"여기 온 지 얼마나 됐지?"

이반은 번뜩 정신을 차린다.

"오 개월 됐습니다."

중위는 고개를 끄덕인다.

"그럼 좋은 계절에 상병을 달겠군."

좋은 계절에 상병을 달면 좋은 상병이 되나? 맞선임과 맞후임의 관계도 좋아지나? 좋아지면, 좋아지는 게 무서워. 은스, 그 계집애처럼 좋아지면 미련을 떨며 미련만 남기게 돼. 된다면, 지금처럼 일병으로 말뚝을 박는 게 좋겠어.

중위는 의자에 비스듬히 등을 기댄다.

"여자 친구는 있어?"

대답하기 쉬운 질문, 있었나가 아니라 있나.

병사에게 여자 친구란 늘 현재. 있어도 그리워하고, 헤어졌어도 그리워하고, 없으면 있을 것으로 그리워하는 스마트폰과도 같은 것.

이반은 없다고 대답한다.

은스는 이제 몸이 아닌 허상으로, 목소리가 아닌 머릿속 잡음 따위로, 겨우 있나 마나 한 생각의 그림자. 어른거리다 말다 하는 몽상의 찌꺼기 정도. 군번이 그 사실을 증명한다. 그쪽 세계와는 다르다고, 알루미늄 판에 숫자로 콱콱 찍어주었다.

은스야, 너는 군번이 뭔지 아니? 너 같은 계집애한테는 꼭 있어야 할 인증번호라는 거지 핫핫핫. 인증번호는 예전과는 다르게 살라는, 다르게 살아야 한다는 뜻이라는 거지 핫핫핫. 밀당이나 일삼는 너 같은 여자는 반드시 발급 받아야 할 표식이라는 거지 핫핫핫. 네가 군번이라는 걸 진즉에 받았더라면 그런 말을 할 수 있었을까? 그런 말을 하지 않았다면 너는 여전히 팜 파탈, 사막여우로 있었을 텐데 멍청한 계집애.

중위는 의례적인 질문과 답이 시큰둥한지 스마트폰을 꺼내든다.

"커피 한 잔만."

이반은 믹스커피를 종이컵에 넣고 뜨거운 물을 따른다. 설탕과 커피 알갱이와 허연 분말이 뜨거운 물에 녹는다.

뜨거운 게 닿기만을 기다렸다 녹는 것들, 너무나 쉽다. 너무 쉬워서 아쉬움조차 일지 않는다. 단념도 그렇다. 커피와 뜨거운 물 사이처럼 한 톨의 미련도 남기지 않는다.

이 말은 틀렸다. 퀴즈가 아니니 틀려도 상관없지만 틀린 것은 틀린 것이다.

녹으며 녹지 않는 게 단념이다. 퀴즈가 아니니 맞아도 상관없지만 맞는 것은 맞는 것이다.

이반은 커피 잔을 중위 책상에 놓는다.

중위는 스마트폰으로 들어가 대충 뉴스를 훑더니 카카오스토리로 들어간다. 좋아요, 멋져요, 이모티콘 몇 개를 달아준 후 카카오톡으로 점핑.

중위가 카카오톡으로 온 글에 답을 하자 금세 답이 온다. 중위는 답에 대한 답을 하고, 상대는 그 답에 답을 한다. 스마트한 기기는 에러 없이 답을 전하며 받는다.

은스의 스마트한 기기는 스마트하지 않다. 조금만 답이 늦어도 에러가 난다.

이반의 스마트폰에서 은스의 안달이 흘러나왔다.

"왜 답을 안 보내? 지금 어디야? 뭐 하고 있어?"

기기를 통해 울리는 은스의 목소리. 깜찍하다고 해야 하나 사랑스럽다고 해야 하나. 둘 다에 덧붙여 앙~ 깨물어먹고 싶은 충동까지.

충동이라는 발작은 생각지도 못한 존재감을 증폭시킨다. 그저 그렇게 허접한 놈이 괜찮은 놈으로 급상승하는 단계.

급상승한 존재감, 스마트한 기기의 에러를 바람직한 방향으로 튼다.

"똥 누고 있다. 똥 떨어지는 소리 안 들리냐?"

은스, 그래도 마음이 놓이지 않는다는 듯 의심에 찬 목소리.

"내가 옆에 없다고 거짓말하면 죽는다아아~ 그럼 동영상 보내봐."

아아아니~ 이런 아기자기한 자기를 봤나. 아기자기한 얼굴을 바탕화면에 깔았는데도 계속 아기자기로? 어디까지 아기자기하시려고 이러시나.

이반, 조금은 귀찮다는 듯 여유를 부린다.

"왜, 내 똥꼬에 안녕을 기원하는 제라도 올리게?"

은스는 징징. 마구마구 징징.

"똥으로 바람피우는 건 아니겠지? 안 피우겠다고 말해봐. 지금 당장, 당장 말해봐."

그 말을 할 때 은스는 예뻤던가. 무지무지 예뻤다. 똥으로 마스크 팩을 하고 있어도 예뻤을 것이다. 그것으로 끝이었다면.

중위는 벌써 스마트폰을 잊은 채 책에 열중한다. 책은 소리가 없고 책을 읽는 자도, 책 읽는 자를 보는 자에게도 소리는 없다. 음 소거, 완벽한 음 소거 모드. 당직실은 물론 생활관과 복도, 활주로에서도 소리는 실종. 운항관제대며 비행대대는 침묵에 몰입한다.

이반은 책상서랍에서 큐브를 꺼낸다. 손으로 소리 없이 놀기엔 그만인 정육면체. 이 정육면체는 주사위와 꼭 닮아있다. 면이 여섯 개인 것은 같지만, 한 면이 아홉 개의 정육면체로 나뉘어 있는 게 다르다. 여섯 개의 다른 색을 이리저리 맞춰 같은 색으로 만드는 게 큐브 놀이다. 큐브를 맞추기는 쉽지 않다. 이쪽 면을 틀어 저쪽 면에 대면 또 다른 쪽 면의 색이 맞지 않는다. 또 다른 쪽의 면을 틀어 이쪽 면에 대면 저쪽 면의 색이 맞지 않는다.

맞지 않는 것, 은스. 큐브를 맞추기보다 은스를 맞추기가 힘들다. 은스는 이탈리안 레스토랑 앞에서 쌩 돌아섰다.

"누가 이런 거 먹쟸어?"

"오늘 니 생일이잖아. 근사한 데 가서 분위기 내고 싶다고 했잖아."

"그땐 그랬는데 지금은 아냐."

"지금은 왜 아냐?"

"몰라. 암튼 그런 거 있어."
"기껏 용돈 모아 왔더니⋯⋯ 진짜 안 들어갈 거야?"
"못 들어가고 안 들어가."
큐브는 같은 색으로 모이기 힘들다. 정사각형 큐브 면엔 여섯 개의 색이 여섯 개의 개성을 고스란히 토해낸다.
이반은 천천히 큐브를 돌린다. 여섯 개의 면이 여섯 개의 색으로 통일되다, 그것은 근친상간. 은스만큼이나 막아야 할 재난.
한 줄, 세 개의 색이 나란하다. 이반은 빠르게 면을 돌린다. 현실은 빨리 돌리는 게 맞다. 방향 전환, 은스가 일러준 교훈이자 촌철살인으로 각인시켜준 표어.
큐브는 나란한 색을 버리고 각각의 색으로 바뀐다. 각각으로 멋진 하모니를 뿜아내는 색들, 간신히 비극의 주인공을 면한다.
어느 새 중위가 이반 앞으로 다가온다.
"큐브 해? 밤샘 친구로는 괜찮아 보이는데?"
중위는 당직실을 나간다.
"졸음이 솔솔 와. 생활관하고 복도 순찰하고 올 테니 자리 뜨지 마. 행여 비상전화라도 오면 잘 받고."
비상전화, 비상대기. 생길지도 모를 일을 대비하다⋯⋯.
대비의 단계는 충실했나? 내용의 완성도는 높았나? 발표해도 될 만큼 떳떳했나?
생길지도 모를 일은 생겨버렸는지도 모른다. 그때 은스의 뜻을 받아들이지 않았다면 생길지도 모를 일이 생겨버리는 따위는 없었을 수도.

은스는 이탈리안 레스토랑에서 파스타를 먹는 대신 편의점에서 컵라면을 택했다.

"너, 졸업하면 프랑스로 유학가고 싶다고 했잖아. 그러니 컵라면을 먹어야 해."

"형~ 뭔 소리. 내 유학과 니 컵라면이 으떤 관계?"

"이런 바봉. 니가 가면 나도 따라가야 할 거 아냐."

은스는 숄더백에서 통장을 꺼내 테이블에다 쫙 폈다.

"축하! 당첨되셨습니당~ 지금 보고 있는 것은 나으 자랑스런 통장님이시다. 난 이 숫자가 늘어나는 걸 볼 때면 가슴이 빵빵해져. 지금은 A컵이지만 조만간 C컵? 기대하셩."

명랑하다 못해 터져버릴 듯한 은스의 목소리. 그 목소리에 포로가 된 가련한 사내놈 하나. 은스의 통장에 경의를 표하며, 은스의 손을 뜨겁게 잡으며, 은스의 눈에 하트를 보내며, 감격한 대로 튀어나간 언어들.

"워~ 그런 깊은 뜻이 있는 줄도 모르고 난 또. 같이 가면 밥도 해주고 빨래도 해주고 산책도?"

가까운 미래마저 짐작할 수 없다는 것을, 그때는 몰랐다. 몰랐기에 은스가 팜 파탈 사막여우로 보였고, 지금은 당첨! 축하라는 말이 곡소리로 들린다.

나는!

당첨!

사막여우에게, 페가수스에게 17

축하를!
진지하게!
패주고 싶다!
같은 색은 같은 종만 출산하는 법, 그대로 놔둘 순 없지. 이반은 빠르게 큐브를 돌린다. 각각의 색은 정육면체를 색색으로 꾸민다. 색색의 색, 이 얼마나 바람직하고도 안전한가.
당직사관이 들어온다.
"별일 없었지? 생활관도 조용하고 이대로만 가자."
조용히 전역을 맞고 싶은 건 비단 중위만은 아니다. 어느 면에선 멀쩡한 병사도 조용히 전역을 맞고 싶어 관심병사의 요건을 채우려 잔머리를 굴린다.
이반은 화장실에 다녀오겠다고 말하고 당직실을 나온다.
밤이 깊다. 활주로 라인엔 활주로등이 어둠을 향해 빛을 쏘아댄다. 생소하게 깨어 있는 불꽃 기지, 어둠을 깨우는 저 생명체.
사막의 어둠을 물고 있던 사막여우, 어디로 갔을까 그 앙증맞은 것은.
다시 사막여우.
은스는 입술을 떼며 말했다.
"담배 피우지 마. 피우지 말라고 했는데 또 폈지?"
귀신같은 은스. 양치를 하고 가글을 했건만 은스는 입안 구석에 들러붙은 냄새마저 잡아냈다.
"냄새가 싫어. 그보다 니 건강이 염려 돼."

건강을 걱정해주는 은스. 뭉클, 아리따운 은스.

"내 심장엔 거울이 달려 있어. 있는데!!! 너를 향해 있어. 그러니까 총천연색으로 꼼수를 부려봤자 들킨다는 거지."

물컹물컹 터져 나오는 애정. 물컹물컹 안아주고 싶은 은스.

이반은 건물 뒤 후미진 곳으로 간다. 흡연하기엔 적당한 구역.

이반은 담배를 꺼내 불을 붙인다. 연기가 몸 안 구석구석에 연막탄을 터뜨린다. 비로소 떠오르는 생각 하나. 물컹물컹 몸이 터져라 안아주고 싶었던 은스는 물컹물컹 밟아버리고 싶은 은스였을 뿐.

이반은 필터마저 삼킬 듯 깊이 빨아 내뱉는다.

은스가 발을 통통 구르며, 입을 삐죽이며, 등을 팩 돌리며 잔소리를 늘어놓았다.

"너, 계속 이런 식으로 나가면 그땐 나도 피울 거야. 너만 망가지는 게 아니라 나도 망가지겠다고. 그럼 어떻게 되겠니 우리의 미래는."

우리의 미래라는 것이 담배 때문이라면 이곳까지 오지 않아도 되었을 터. 너도 망가지고 나도 망가지지는 일이 담배 때문이라면 큐브 놀이는 생각도 못했을 터.

너 때문에라도 담배를 끊지 않겠다! 너 때문에라도 담배 냄새가 충실히 배도록 충실히 피우겠다! 이반은 마지막 한 모금까지 양껏 빤다.

이것으로 소심한 복수는 연장전.

밤이 연장된다. 우웽우웽 어둠을 깨우는 비상벨.

알러트룸(Alert room : 비상대기실)에서 정비사들과 조종사 둘이 급히 뛰어나온다. 곧이어 빛과 사람으로 분주히 살아나는 이글루.
이글루를 달아오르게 하는 전투기의 엔진소리.
전투기 꼬리에 달린 애프터버너(After burner)에서 갑오징어의 뼈 같이 생긴 불덩이가 쉑쉑.
오늘을 마감하는 열과 빛의 오열. 오늘을 정리하는 야간 비행.
이반은 운항관제대 건물로 들어가며 문득 뒤를 돌아본다. 은스가 말한 우리의 미래라는 것은 빛과 열과 굉음의 구토. 날카로운 양면의 날로 거침없이 쉑쉑대는 갑오징어의 뼈 같은 불덩이.
저 불덩이를 타고 미래를 만나러 가는 자는 누구.

**

표 대위는 오 분 비상대기를 하다 소파에서 벌떡 일어난다.
스크램블(scramble)!
스크램블 벨이 알러트룸을 요란하게 흔든다.
숨이 넘어갈 듯 부르짖는 저 소리! 언제 울릴지 모를 저 신호를 기다렸다. 오 분에 맞추려 오십 분, 오백 분, 그 이상을 기다렸다. 이정도의 기다림 쯤이야. 나를 부르겠다는데, 내가 필요하다는데 오백 년인들.
표 대위는 오 분 비상대기를 하며 비행 순서를 머릿속에서 점검하기도 하고, 공중에서 일어날 돌발 상황과 그에 따른 대비를 예측해 보기도 했다. 몸은 긴장감으로 팽팽했고 청각은 온통 비상벨에 맞춰 있었다.
 표 대위와 함께 대기하던 L 소령도 용수철이 튕기듯 소파에서 일어났다.
 표 대위와 L 소령은 알러트룸을 박차고 이글구로 전력질주 했다.
 이글루 안, 표 대위는 전투기에 걸쳐놓은 사다리를 재빠르게 올라 조종석에 앉는다. 전신의 피톨이 툭툭 튄다. 관자놀이가 불거진다. 뇌 안의 모든 신경이 팽창한다. 이 밤을 탈 나의 자랑스러운 세포들, 혈류들, 신경조직들.
 정비사가 올라와 표 대위의 양 어깨에 하네스(Harness : 비상 탈출용 낙하산과 연결된 안전벨트)를 고정시킨다. 표 대위는 시동 스위치들을 조작하며 산소 호스와 마이크 잭을 연결해 놓은 헬멧을 쓴다.
 이 헬멧은 나폴레옹의 모자보다 우월하다. 과거가 아닌 미래로 향한 나만의 모자.
 표 대위는 처음으로 자신만의 헬멧을 쓰던 날을 또렷이 기억한다. 둥글고 매끄럽고 단단한, 뇌와 닮은 헬멧. 입문비행훈련 과정에서 공동으로 쓰던 헬멧과는 다른, 조종사 개인의 머리에 맞춰 쓰던 헬멧. 개인 헬멧을 맞출 수 있다는 건 입문비행훈련 과정을 마쳤다는 뜻이자 기본비행훈련으로 올라간다는 자격을 의미했다.
 표 대위는 나만의 헬멧을 쓰던 순간 울컥대는 심사를 가누기 힘들었다. 이것이 내 헬멧인가. 내게 하늘을 주고 내 전부를 리드해 줄 꿈인가.
 표 대위는 헬멧을 단단히 고정시켰다. 헬멧 어디선가 힘찬 음성이 흘러나왔다. 이제 됐다! 가라! 네가 가는 길은 출발의 입구, 네 항공기의 애칭은 페가수스.

표 대위와 함께 헬멧을 맞추던 동기는 표 대위에게 말했다.

"와우~ 브라더! 가슴이 뜨겁지? 얼음물로 샤워를 해도 펄펄 끓을 지경이다."

표 대위는 헬멧을 쓴 지금도 여전히 뜨겁다. 얼굴을 꽉 조이는 산소마스크도 더없이 든든하다.

처음 비행을 하던 생도 때는 이렇지 않았다. 산소마스크를 쓰자 순간적으로 숨이 막혔다.

"교관님, 숨이 잘 안 쉬어집니다."

목소리가 떨려나왔다.

"크게 쉬어. 조금 지나면 적응될 거야."

이제 산소마스크는 적응이 아니라 자동차 안전벨트를 매는 것만큼이나 자연스럽다. 한눈에 들어오지 않던 계기판도 손바닥을 들여다보듯 훤하다.

정비사가 사다리를 걷어낸다. L 소령이 캐노피를 닫는다. 표 대위는 헬멧에 달린 바이저를 내린 후 캐노피를 닫는다. 시동이 걸린 상태를 확인한 후 L 소령에게 엄지를 치켜 보인다. 이륙 준비 완료라는 오케이 콜사인.

이제부터다. 외부는 차단되고 이 절대적인 공간에서 임무를 수행해야 한다.

표 대위는 이륙대기를 하며 엔진소리에 귀를 기울인다. 소리는 건

강하다. 랩, 랩의 음이 믿음직한 기관지를 타고 거칠 것 없이 뻗어 나온다. 잠든 땅을 흔들어 깨우고, 깨운 땅을 포효하게 한다. 이 음이야말로 적이 놀라 뒤꿈치가 까지게 도망칠 울림이며, 모든 소리를 제압하는 소리의 제왕 폭음이다.

폭음엔 소음이 들어 있지 않다. 전진, 전진만이 빡빡하다. 심장과 맥박을 우렁차게 뛰게 하고 자랑스러움을 토해낸다. 알아들을 수 없는 방언이나 손뼉 치는 소리, 산동네 단칸방을 점령했던 비루함을 가차 없이 쓸어버린다.

표 대위는 장갑 낀 손으로 스틱을 잡는다. 그렇다. 나는 래퍼다. 라임을 절묘하게 구사할 줄 아는 최고의 래퍼. 입문비행훈련 과정과 기본비행훈련 과정, 고등비행훈련 과정을 우수한 성적으로 마친 조종사 래퍼. G-테스트*도 성공적으로 치른 강인한 래퍼. 자 날자, 나의 페가수스여. 폭음이 힘차게 리듬을 타는 이때, 밤을 정복하러 가자. 너는 제우스조차 흠모하는 날개 달린 말. 적도 너를 두려워하고, 어둠도 너를 이기지 못하며, 태양도 자리를 내어 주리라.

표 대위는 L 소령에게 엄지를 들어 보인 후 관제탑과 교신한다.

"브라보 타워, 갤럭시 알파 택시 투 런웨이 쓰리 씩스."**

------
*   G-test : 가속도 내성 강화훈련으로, 전투기 조종사는 이 훈련을 반드시 거쳐야 한다. 보통 때 우리가 느끼는 중력의 가속도는 1G이나 전투기가 기동할 때는 높이나 회전율에 따라 많은 중력을 받는다. 예를 들어 6G라고 하면 우리 체중의 6배의 중력을 받는 것을 의미한다. 즉 체중이 70kg이면 420kg의 압력이 몸을 누른다고 보면 된다.
** Bravo tower, Galaxy alpha taxi to runway 36 : 브라보 관제탑, 갤럭시 알파 편조 런웨이 36로 지상 활주하겠음.

관제탑에서 응답이 온다.

"갤럭시 알파, 이니셜 백터 제로 나인 제로, 클라임 텐 싸우전드 피트, 스피드 포 헌드레드 니즈, 컨택 에어 디펜스 컨트롤 투 투 포 포인트 포."*

두 대의 전투기는 택시웨이(Taxi way)를 지나 활주로로 진입한다. L 소령이 스로틀을 증가시켜 애프터버너를 작동시킨다. 두 개의 불기둥이 애프터버너를 달군다. 활주로가 와르르 떤다.

정확히 십오 초 후, 표 대위도 애프터버너를 가동시켜 이륙한다. 속도계가 이륙속도를 지시한다. 표 대위는 스틱을 뒤로 당겨 이륙자세를 만든다.

조종석이 고개를 드는가 싶더니 순간 조용해진다. 페가수스가 바람을 안고 활짝 날아오른 것이다.

비상대기 발령 후 알러트룸에서 전투기에 뛰어올라 날기까지는 불과 십여 분. 그 시간 안에 조종사들은 수많은 계기와 편조 항공기의 위치를 확인하고, 다양한 수위치를 조작해야 한다. 표 대위의 이마에 굵은 땀방울이 맺힌다.

리더인 L 소령은 벌써 구십 도 방향으로 상승 선회를 시작한다.

표 대위는 땅바닥도 허공도 아닌 하늘을, 이렇게 날길 바랐다. 난다는 것은 미래. 미래란 생과 사를 거머쥔 양날의 칼. 정복할 가치가

---

* Galaxy alpha, initial vector 090, climb 10,000 feet, speed 400 Knots, contact air defense control 224.4 : 기수를 90도 방향으로 틀고 1만 피트까지 상승하여 400노트 속도로 비행하라. 주파수 224.4MHz로 관제기관과 교신하라.

있고 제대로 평가 받을 수 있는 승부의 장.

페가수스는 지금 그 길로 간다. 바람과 바람의 틈을 비집고, 구름과 구름 사이를 뚫으며 상승한다. 페가수스여, 힘차게 가자. 보라매의 날개와 눈으로 거침없이 날자. 밀리는 건 죽음이고 정지는 도태. 아버지처럼 그럴 순 없지 않은가. 페가수스여, 통쾌하게 날아다오.

계기판의 고도는 1만 피트. 지상에서 직선거리로는 약 3킬로미터. 백두산보다 대략 300미터 높은 고도. 1천 피트를 상승할 때마다 섭씨 2도씩 내려가는 걸 감안하면 바깥 기온은 영하 5도. 그 거리를 날아온 만큼 이 고공엔 비행을 방해하던 새도, 새벽의 구부정한 어깨도 얼씬거리지 않는다. 소리보다 빠른 속도와 에너지가 가늠할 수 없는 생명과 마주한다. 표 대위는 비어 있지만 비어 있지 않은 공간의 장엄함에 숙연해진다.

표 대위는 밤하늘을 오롯이 떠간다. 외로움이나 상처, 울울함이나 사랑은 소리와 마찬가지로 그릇에 담을 수 없다. 이 빈 공간 역시 담을 수 없어 꿈이었고 만질 수 없어 만져야만 했다. 그 꿈을 이루려 지금까지 달려온 게 아닌가.

두 대의 전투기는 푸른 불기둥을 내뿜으며 1만 5천 피트로 상승한다. 표 대위는 2만 5천 피트(약 7.5킬로미터) 상공에 가까워지자 천천히 상승각을 줄이며 수평비행으로 전환한다. 밤하늘로 빨려 들어갈 듯하던 전투기가 안정권에 들어간다.

표 대위는 편대대형을 쐐기형 전술대형(Wedge Formation)으로 변경하며 레이더, 항법장비, 무장 스위치 등, 전투초계(Combat Air Control) 임무에 필요한 장비들을 절차에 따라 분주히 조작한다.

L 소령 역시 브리핑 된 절차대로 항전장비 세팅을 마친다. L 소령과 표 대위는 영공을 효과적으로 탐색하기 위해 레이더 탐색 범위를 다르게 분담한다. L 소령이 전방 좌측에 초점을 둔다면 표 대위는 전방 우측을 담당하는 식이다.

표 대위는 빠르게 기재취급 재확인을 마치고 약속된 대형을 유지한다. 이제는 책임구역에서 관제사가 부여하는 방향에 따라 비행하면 된다.

그제야 표 대위는 조금 느긋해진다. 지금은 야간 초계 비행 중. 이 상태로 침착하게 적의 동향을 예의 주시하면 된다.

비행을 노리는 적은 노출을 꺼린다. 행여 레이더에 잡힐까 고도의 스킬을 쓴다. 경계 대상은 이쪽에선 적이나 저쪽에선 이쪽이 적이다. 피차 적이 되는 관계에서 적들은 나태하지 않다. 끊임없이 자신을 감추며 적의 허를 엿본다. 언제 기총을 쏘아야 할지, 언제 미사일을 발사해야 할지, 감시하며 감시당한다.

다행히 북쪽 하늘에는 별다른 움직임이 없다. 북한 군용기들도 야간 비행을 마쳤는지 북쪽을 비추던 표 대위의 레이더 스코프는 고요하다. 달빛마저 희미한 탓에 밤하늘은 평소보다 캄캄하다. 거기다 연무까지 깔려 하늘인지 바다인지 식별하기 어렵다. 한 마디로 SD(Spatial Disorientation : 비행착각)에 빠지기 쉬운 날씨다. 표 대위는 비행착각을 예방하려 전투기의 자세, 고도, 속도를 나타내는 계기를 자주 확인한다.

아무리 숙련된 조종사라도 나쁜 기상 상황에서는 전투기의 자세 계기를 자주 확인해야 SD에 빠지지 않는다. 밤하늘엔 비행 사고의 복병 SD가 잠재해 있다. 하늘인 줄 알고 다가갔는데 바다나 땅일 수도 있고, 수평이라고 여겼는데 급격히 경사진 상태일 수도 있다. 비행착각을 극복하는 길은 조종사의 감각이 아니라 계기를 믿는 것밖엔 없다.

표 대위는 캄캄한 하늘을 선회한다. 침묵의 하늘 바다, 무겁기만 한 허공의 광야. 갑자기 기체가 흔들린다. L 소령의 전투기도 고깃배들의 빛도 감쪽같이 사라지고 어느 새 구름 속이다. 표 대위는 스로틀을 증가시키며 조종간을 당겨 기체를 상승시킨다. 구름이 두터운지 하늘은 나오지 않는다. 표 대위는 밖을 내다본다. 보이는 건 온통 구름의 장막뿐. 표 대위는 수평비행 중인지 상승 중인지 순간 헷갈린다.

구름 속에 잠복해 있던 바람덩이가 기체를 위아래로 좌우로 흔들어대기 시작한다. 의자가 더덕더덕 들썩이고 기체가 불규칙하게 까불거린다. 이 난기류는 제법 성깔을 부린다. 항공기를 전용 장난감인 양 멋대로 가지고 논다. 지상에선 10톤이 넘는 거대한 쇳덩이가 공중에선 바람에 날리는 종잇장이다.

표 대위는 식은땀이 솟고 압박감이 온몸을 누른다. 정신을 차리자. 지금은 야간 비행이다. 계기, 계기를 봐야 한다. 표 대위는 깊게 숨을 내쉬며 들이쉬며 호흡을 조절한다.

표 대위는 L 소령에게 급히 주파수로 보고한다.

"넘버 투 팝아이, 리퀘스트 디센드 투 투-쓰리 싸우전."*

표 대위는 편조 간 공중 충돌을 방지하기 위해 L 소령보다 조금 높은 고도를 유지하고 있었는데, 운중 비행을 피하기 위해 고도를 낮추어달라고 요청한 것이다.

L 소령 역시 VHF(초단파) 주파수로 표 대위에게 답한다.

"넘버 투 구름에 들어갔구나. 관제기구에 고도강하 요청할 테니 자세파악 잘해라."

"롸저,** 자세파악 철저!"

그렇다. 지금은 야간 운중 비행이다. 감각에 기대기보다 항공기의 자세계기를 잘 봐야 한다. 표 대위는 수평비행을 정확히 유지하기 위해 자세계를 다시 확인한다. 현재 추력을 유지하려 엔진 알피엠(RPM)도 세밀하게 조절한다.

조종사는 비행을 하고 있을 때에도 항상 알러트다. 지금의 이 난기류야말로 알러트이며 비상벨이다. 신체의 모든 기능은 예민해지고 날카로워진다.

평화롭기만 하던 수평비행은 난기류의 심술로 혼쭐이 난다. 이토록 변화무쌍한 기상을 제압할 수 있는 건 현재로선 없다. 기상은 그 어떤 적보다 빠르고 직접적이다.

표 대위는 자세계기에 집중하고 있지만, 주변 시야로 희끗희끗 보

------

* Number 2 popeye, request descend to two-three thousand : #2 항공기가 운중에 진입되었음, 고도를 2만 3천 피트로 강하할 것을 요청함.
** Roger sir : 상대방의 송신내용을 모두 이해했다는 뜻의 통신 용어.

이는 구름과 항공기 날개에서 번쩍이는 항법등(Navigation lights), 기체를 불규칙하게 흔들어대는 터뷸런스(turbulence : 난기류)가 자꾸만 버티고(Vertigo : 어지러움)를 선사한다.

L 소령이 UHF(극초단파) 대역 임무주파수로 관제기구에 고도강하를 요청한다.

"뱅가드, 갤럭시 알파, 리퀘스트 디센드 투 투-쓰리 싸우전 듀투 클라우드."*

관제사가 L 소령의 요청사항을 재확인한다.

"갤럭시 알파, 뱅가드, 알파 플라이트 팝아이 어펌?"**

L 소령은 현재 2번기인 표 대위만이 운중 비행 상태임을 다시 한 번 알린다.

"어퍼머티브, 넘버 투 팝아이."***

관제사는 표 대위가 요구한대로 고도 변경을 허용한다.

"갤럭시 알파, 플라잇, 디센드 투 투-쓰리 싸우전."

L 소령이 고도를 복창한다.

"롸저, 갤럭시 알파 투-쓰리 싸우전."

표 대위는 현재 속도를 유지한 채 강하하려 엔진 스로틀을 살짝 줄인다. 그와 함께 항공기 기수를 서서히 5도 강하각으로 낮추며 구

---
* Vanguard, Galaxy alpha, request descend to two-three thousand due to cloud : 뱅가드(지상관제소), 갤럭시 알파 편대는 구름으로 인해 2만 3천 피트로 고도강하를 요청함.
** Galaxy alpha, Vanguard, alpha flight popeye affirm? : 알파 편조 운중입니까?
*** Affirmative, Number 2 popeye : 그렇습니다, 2번기 현재 운중 상황입니다.

름을 뚫기 시작한다.

잠시 후 아래쪽부터 뿌연 기운이 사라지면서 고깃배들의 불빛이 시야에 들어온다. 1시 방향에 있던 L 소령 항공기에서 빨강, 파랑, 백색 항법등이 반짝이며 잡힌다. 표 대위는 잃었던 시력을 다시 찾은 양 가슴이 벅차오른다.

하늘의 기상을 정확하게 예측하기란 어렵다. 많은 노력과 시간, 비용을 투자하지만 순간순간 변하는 기상을 따라잡기란 쉽지 않다. 그래서 혹자는 일기예보는 천기누설이라 말하기도 한다.

표 대위는 난기류에서 빠져나왔지만 심장은 아직도 한계치로 뛴다. 짙은 구름 속과 주변에는 터뷸런스가 많다. 두 대의 전투기가 밀집 편대대형에서 갑자기 터뷸런스나 구름을 마주치게 되면, 제아무리 경험이 많은 조종사라도 심장 박동수가 급격하게 올라간다.

밀집 편대대형이란 날개 끝 3피트(약 1미터) 간격을 유지하며 시속 5~600킬로미터로 비행하는 것을 말한다. 이런 상황에서 편대장의 항공기가 터뷸런스를 만나 들썩거릴 때면, 편대대형 유지에 책임이 있는 윙맨(Wing man : 요기) 조종사의 심장은 속된 말로 쫄깃해진다. 편대장 역시 요기가 잘 따라올 수 있게 최대한 부드럽고 유연하게 조종하려 노력하지만, 항공기가 불가항력적으로 흔들릴 때면 행여 요기가 실수로 위험 수준까지 접근하지 않을까 노심초사하게 된다.

항공기의 모든 시스템이 정상적으로 작동할 때는 이런 상황에서 항공기 사이의 간격을 넓게 유지하며 레이더, 데이터 링크 등을 이용해 대형을 유지한다. 하지만 한치 앞도 내다볼 수 없는 악기상에 처하거나, 전기 계통이나 항법장비 고장으로 스스로 항법 할 수 없을 때는, 편대 항공기에 밀집 편대대형으로 따라붙어야 기지로 안전하게 귀환할 수 있다.

그런데 하필 왜 1미터 간격을 유지해야 할까. 5~10미터나 그 이상의 간격을 유지하면 항공기 간의 공중충돌 위험은 낮아질 터인데 말이다.

보통 짙은 구름 속 가시거리는 수 미터 내외이다. 1미터 간격을 유지해도 바로 옆 항공기 동체가 안 보일 때가 허다하다. 희끗희끗한 구름 속으로 항공기의 동체가 사라졌다 나타났다를 반복하고, 이따금 눈앞에서 반짝이던 항법등까지 시야에서 사라지는 경우가 있다. 이때 조종사는 마음속으로 3초를 센다. 편대 항공기를 육안으로 확인할 수 없는 상황이 3초 이상 지속되면 즉시 안전을 위해 편대분리 절차를 수행해야 하기 때문이다. 해서 구름 속 비행시간이 길어질수록 조종사는 편대대형 유지와 분리 사이에서 고민이 깊어진다.

표 대위는 계기판으로 시선을 던진다. 속도계는 300KTS,[*] 고도계는 2만 3천 피트, 자세계는 수평상태.

이제야 제자리로 돌아온 페가수스. 표 대위는 뜨겁게 숨을 토해낸다. 페가수스여 힘을 지켜라. 네겐 지칠 줄 모르는 추진력과 주어진 임무가 있다. 누구도 흉내 낼 수 없는 날렵함과 공격력, 방어력도 있다. 항상 시작으로 시작해 시작으로 마무리를 짓는 게 너다. 이 정도

------

[*] KTS : 노트(Knot)를 나타내는 영어 단위(1KTS = 1.8km/h).

의 터뷸런스에도 엄살을 부린다면 너는 '곰발'밖에 되지 못한다.

처음 비행을 배우는 생도들은 교관으로부터 종종 '곰발' 소리를 듣는다. Z는 비행 교육을 받는 동기들 중에서 '곰발 톱'으로 통했다. 사실이 그랬다. Z의 비행술은 최하위였다.

Z가 비행을 마치자 교관은 말했다.

"어이, 곰발. 이제라도 늦지 않았으니 다시 학교로 돌아가 공부하는 게 어때?"

Z는 모욕을 견디지 못하고 학교로 돌아갔다.

표 대위는 그런 Z를 경멸했다. 모욕이 뭔지도 모르는 자식. 젖비린내 풀풀 날리는 나약한 놈. 잘 가라 Z야. 모욕이 뭔지 알게 되면 그때 다시 와라.

표 대위는 숨을 고르며 밤하늘을 선회한다. 조종사에게 하늘은 '곰발'이 통하지 않는 최전방이다. 모욕이나 나약함이 끼어들 수도, 끼어들어서도 안 되는 영역이다. Z가 비행을 포기한 건 차라리 다행이다.

초계비행을 마칠 시간이 다가온다.

L 소령이 관제센터와 교신한다.

"뱅가드, 갤럭시 알파, 낙 잇 오프."*

관제기관에서 응답이 온다.

"갤럭시 알파, 뱅가드, 클리어드 알티비, 턴 투 헤딩 제로 나인 제로, 디센드 투 에잇 싸우전."**

▪▪▪▪▪▪

* Knock it off : 임무 완료.

표 대위는 L 소령을 따라 고도를 강하한다. 기지로 돌아가는 길 아래쪽에도 두터운 구름이 피어올라 있다. 고깃배들의 불빛도, 도시의 불빛도 보이지 않는 어둠의 바다. 아버지가 늘 달고 다니던 그림자의 두께. 어서 여길 빠져나가자.

이윽고 관제탑에서 착륙하라는 교신이 온다. 표 대위는 스로틀을 조심스레 줄인다. 전투기는 두텁기만 한 구름층을 뚫고 아래로 향한다. 하나, 둘, 불빛이 들어온다. 저 아래엔 아버지만 있는 게 아니라 아내도 있다. 풋풋한 살 냄새와 눈빛이 안전하게 오라고 속삭인다. 표 대위는 서서히 다운윈드(Down wind)로 진입한다. 다운윈드는 활주로와 평행한 방향으로 허공에 둥실 떠 있는 가상의 공간이다. 지상에선 한눈에 들어오지 않던 활주로도 다운윈드에선 책상에 펼쳐진 설계도면처럼 훤히 보인다. 표 대위는 이 길목에서 바람을 살핀다. 공기로 가득 찬 대기권에는 항상 공기의 흐름, 즉 바람이 있다. 전투기는 부는 바람을 안고 착륙해야 한다. 피하거나 등지는 것이 아니라 마주 안는 것. 그래야 이륙과 착륙을 보다 짧은 거리에서 안전하게 할 수 있다.

바람은 11시 방향에서 15KTS(초속 7.5미터)로 분다. 바람이 약한 편은 아니지만 못 내릴 정도는 아니다. 표 대위는 최종 접근구간에서 바람에 밀리지 않도록 추력을 조절한다. 교관들이 항상 강조하던

** Galaxy alpha, Vanguard, Cleared RTB, Turn to heading 090, descend to 8,000 : 귀환을 허가함, 선회하여 090방향(동쪽)을 유지하고, 8천 피트 고도로 강하할 것.

씽크 어헤드(Think Ahead).*

표 대위는 스피드 브레이크를 열어 속도를 줄이며 랜딩 기어를 내린다. 활주로엔 활주로등이 길가에 줄지어 핀 꽃처럼 환하다. 무사 비행을 환영하는 빛, 빛들의 환호.

표 대위는 활주로를 향해 선회하며 서서히 고도를 강하한다. 활주로와 기체가 일직선으로 일치되는 순간, 표 대위는 시선을 활주로와 속도계, 받음각 지시계, 고도계로 오가며 접근 경로를 조절한다.

기체가 활주로 상공으로 접어든다. 착륙 자세로 전환하는 순간, 거스트(Gust : 돌풍)가 항공기 기수를 틀어놓는다. 안전 착륙은 불가능. 표 대위는 다시 스로틀을 증가시켜 항공기 자세를 유지한다. 활주로로 내려앉으려던 항공기가 멈칫하더니 기수를 들어올린다. 가속된 엔진이 굉음과 화염을 공중으로 내뿜는다.

비행에서 이착륙은 위험한 단계 중 하나다. 낮은 속도와 고도에서 이루어지기 때문이다. 가을과 겨울, 조종사들은 공중에서 100KTS 이상의 바람 속에서 임무를 수행한다. 조금 전 15KTS의 바람은 100KTS 이상의 바람에 비하면 반의 반도 안 되는 수준이다. 하지만 상대적으로 낮은 수준의 추력을 유지하는 착륙 상태에서는 치명적인 결과를 초래할 수 있다. 특히 평균풍보다 10KTS 정도 강하게 부는 거스트는 안전 착륙을 방해하는 걸림돌이다. 조종사는 이러한 돌풍으로부터 안전한 착륙을 위해 재이륙한다. 재접근할 연료가 없는

------
* Think Ahead : 앞으로 진행될 상황을 예상하고 이에 대한 대응을 미리 준비하는 것.

상황이 아니고서는 어느 누구도 무리한 착륙은 하지 않는다. 재이륙할 때도 당황해서 엔진이 가속되기도 전에 기수를 급히 드는 조작은, 항공기를 신속히 상승시키기는커녕 공기저항을 증가시킴으로써 항공기를 가라앉히고야 만다.

표 대위는 관제탑에다 보고한다.

"갤럭시 알파 투 로우 어프로치."*

관제탑에서 응답이 온다.

"롸저, 갤럭시 알파 투 리포트 온 다운윈드."**

표 대위는 다시 다운윈드에 진입하여 착륙을 시도한다. 돌풍이 오락가락한다. 표 대위는 돌풍에 밀려나지 않으려 항공기의 작은 움직임에도 촉각을 곤두세운다.

드디어 기체가 접근등을 지나 활주로등 사이를 미끄러져 들어간다. 메인 랜딩 기어가 지면에 닿는다. 빳빳하게 쳐들고 있던 기수가 서서히 바닥으로 향한다. 표 대위는 노즈 랜딩 기어가 활주로에 닿자 브레이크를 밟아 속도를 줄인다. 기체는 활주로를 벗어나 택시웨이로 진입한다. 표 대위는 에메랄드빛으로 켜 있는 택시웨이등을 따라 주기장으로 간다. 정비사들이 수신호를 보낸다. 표 대위는 정비사의 수신호에 맞춰 이글루 앞에 전투기를 세운다.

표 대위는 엔진을 끄고 캐노피를 연다. 차가운 밤공기가 칼끝으로

---

* Galaxy alpha two low approach : 갤럭시 알파 2 착륙을 취소하고 상승하겠음.
** Roger, Galaxy alpha two report on downwind : 알았음, 다운윈드에 위치하면 보고 바람.

찌른다. 야간 비행을 마친 후에나 맛볼 수 있는 싱그러운 쾌감. 표 대위는 폐 깊숙이 싸늘함을 들이마신다.

정비사가 전투기에다 사다리를 놓는다. 표 대위는 조종석에서 나온다. 이것으로 한 소티(sorties : 출격)는 무사히 마쳤다. 성취감 같기도 하고 스릴 같기도 한 기분이 짜릿하다. 장하다 나의 페가수스여. 아내에게 약속을 지키게 해주어 고맙다 페가수스여. 이 밤도 너와 나, 한바탕 랩을 불렀으니 제대로 된 잠을 자러 가자.

살을 찢을 듯한 추위가 G-슈트를 파고든다. 표 대위는 G-슈트 가득 찬바람을 안고 정비사에게 간다.

"아까 올라가기 전에 말씀해주신 것처럼 VHF Radio에 약간의 잡음이 있었습니다. 정비 작업 부탁드립니다."

정비사가 항공기 정비일지를 내민다.

"네, 수고하셨습니다. 정비일지에 결함 내용을 적어주십시오."

표 대위는 결함 내용의 발생 시기와 정도를 상세히 적는다.

표 대위는 정비일지를 정비사에게 건넨 후 비행대대 항공 장구실로 간다.

항공 장구실에는 여러 개의 행거가 있고, 행거에는 조종사들의 이름표가 붙어 있다. 이름표 밑에는 비상탈출 낙하산과 조종사를 연결시키는 하네스가 있고, 헬멧, G-슈트, 생환조끼 등의 장비가 걸려 있다. 생환조끼 안에는 적지에 떨어졌을 때 생존에 필요한 나침반, 구급약, 비상식량 등의 물품이 들어 있다.

표 대위는 하네스와 G-슈트, 헬멧을 벗어 자기 이름표가 붙은 곳에 건다. 이것들이야말로 땀으로 흠뻑 젖은 노력의 결과물이자 몸과 영혼의 적극적인 뜀틀이다.

표 대위는 새삼 자신의 이름표에 눈을 박는다. 너는 하늘의 전사. 날렵하고도 꿋꿋한 주자. 절대 기죽지 마라.

표 대위는 비행대대를 나온다. 방금 다녀온 하늘이 검게 누워 있다. 하늘은 결코 함부로 대할 수 없는 인격체이다. 섣불리 판단할 수 없는 발현체이기도 하다. 저곳엔 기약이라는 게 없고 무엇을 보장해주겠다는 약속도 하지 않는다. 도전만이 유일한 가치로 살아있음을 증명해준다. 이 얼마나 해볼 만한 일인가.

본드의 바람이,
독사의 열기가

찬바람, 그저 찬바람.
눈이 시리도록 뻥 뚫린 활주로는 바람의 연병장.
은갈치색으로 카랑카랑 불어대는 바람의 풋살 경기장.
조를 짜지 않아도, 골대가 없어도, 바람은 여유만만 풋살 경기를 즐긴다.
바람의 변덕스러운 경기, 훨훨, 획획, 쌩쌩, 미친 존재감.
이반은 바람을 맞으며 활주로 옆 초지로 들어간다. 비행 삼십 분 전, 폭음기를 켜놓을 시간.
이반은 폭음기를 켜고 작동을 확인한다. 폭음기에서 공포탄 터지는 소리가 펑~ 허공에 여음을 남긴다.
이제 새들은 공포탄을 무서워하지 않는다. 오히려 공포탄으로 인해 진화, 또 진화하여 사람을 약 올린다.
우리를 새대가리라고? 어쭈쭈쭈 시끄럽고요, 우리도 공포탄 비스끄레한 소리는 낼 줄 안답니다. 짝을 찾을 때, 위험을 느낄 때, 저 공포탄 소리에 놀라는 척하자고 단합할 때. 충고를 하겠어요. 공포탄의 저 소리는 이제 신물이 난답니다. 신상으로 바꿔줄 때도 되지 않았나요? 우리도 LTE 속도는 좀 알걸랑요. 그니까 LTE 속도에 맞는 잘생긴 송을 틀어달란 말이죠. 우리도 잘생겼거든요.

새들에게 빙고!

빙고에 한 수를 더하는 찡아, 은스.

"이반이반, 넌 잘생기지 않았어. 근데 잘생긴 거 같은 느낌? 뭐 그래."

그 말을 하며 은스는 웃었다. 콧대 옆에 살짝 잡히는 주름, 은스 말대로 잘생기지 않았지만 잘생긴 거 같은 느낌.

그러기 한참 전, 은스에게 끌린 P, 은스에게 다가가 말을 붙였다.

"강사님, 전번 좀 주실래요. 사고라도 나면 연락을 해야 할 거 같아서요."

은스, 이반을 돌아보며, 이반에게 다가와,

"휴대폰 좀 빌릴 수 있어요?"

이반은 약간 뻘쯤해져, 그러나 은근히 기뻐하며 휴대폰을 건네주었다.

은스는 이반의 전화기로 자신의 전화번호를 찍었다.

은스의 전화기에서 나오는 벨소리, 사랑의 멜로물.

"이제 제 전번 알았죠?"

은스, 스키를 어깨에 얹더니 강사실로 짜박짜박.

P와 이반은 은스를 보며 멀뚱, 서로를 돌아보며 멀뚱.

"뭘 그렇게 멀뚱히 서 있어? 춥다. 얼른 끝내고 가자."

V가 성큼성큼 초지 끝으로 간다. 누렇게 죽어버린 초지. 그 위로 몇 마리의 새가 폭음기를 피해 날았다 앉았다 한다.

V가 베넬타 엽총을 어깨에 댄다.

"새와 항공기가 적대적 관계라는 건 여기 와서야 알았다. 철새 보호니 뭐니…… 철새만 보호하면 땡이냐? 새 땜에 항공기가 떨어지고 사람이 죽는 판에. 어우씨! 저놈의 리얼 쌍쌍바!"

V가 새를 향해 격발한다. 펑~

새는 푸르르 날아 흩어진다. 새의 웃음소리가 베넬타 엽총의 총구를 막는다.

이것들아 실탄을 가져와. 니들은 맨날 공포탄을 뭐 진짜 총인 척 쏘더라? 우린 새대가리지만, 새대가리보다 떨어지는 니들의 머린 뭐니? 진짜 총으로 우릴 쏴보시라니까요. 사격 점수 끝내주게 매겨줄 의향 있으시다고요. 으헤헤헤 으호호호~~

새들의 진화, 사람을 골탕 먹인다.

골탕 먹은 사람들, 진짜 총으로 빵! 빵! 새를 떨어뜨린다. 새대가리가 아닌 사람들, 죽은 새를 초지에 그대로 둔다. 까불면 저 꼴이 된다는 경고.

이때 새의 반응. 동료의 시체에 대충 조의를 표하고, 조문을 끝내자 활주로에 찍 똥을 갈기고, 우르르 초지로 몰려가 편대장 주관으로 새로운 비행 루트를 짠다. 비행 루트엔 설왕설래가 맛소금으로 톡톡.

우리 동료가 죽은 이유는 저공비행을 한 탓입니다. 아닙니다. 공갈총인 줄 알았던 겁니다. 아닙니다. 병사와 장교를 구분하지 못했던 겁니다. 맞습니다. 병사는 공포탄을, 장교는 실탄을 사용합니다. 그럼 오늘부터 장교와 병사를 구분하는 게 우리의 주된 비행 루트가 되겠습니다.

새들의 진화, 제법이다.

새들의 진화만도 못한 은스. 은스에게선 연락이 없다. 연락이 오면 안전은 보장할 수 없다. 이대로, 새와 함께 총질을.

V가 베넬타 엽총을 내리며 툴툴댄다.

"아무리 공포탄이라지만 허공에 총질이라니, 소리 맞고 죽은 새 있다는 거 들은 적 있냐? 이건 뭐 교통신호 지키며 사막을 달리는 기분이다. 야, 이반. 넌 입에 뽄드 붙였냐? 말 안 하는 것도 병이다아~"

이반은 생활관에서 떠도는 말을 안다.

"쟤, 뽄드 말입니다, 문제 있는 거 아닙니까? 관심병사로 주임원사한테 알려야 하는 거 아닙니까?"

"말을 안 한다고 관심병사로 분류하는 건 좀 그렇지 않냐?"

"말을 안 하는 것도 그렇지만 싸지방(사이버지식정보방)도 안 가고 체련실(체력단련실)도 안 가고 침대에 짱 박혀 큐브만 하잖습니까."

"말썽을 피우는 것도 아닌데 냅둬라. 혼자 조용히 수도하러 오셨나보지."

샤워실 물줄기를 타고, 화장실 변기물 내리는 소리를 타고, 세탁기 돌아가는 소리를 타고, 이반에 관한 불편한 진실은 흘러 다녔다.

이반은 흘러 떠다니는 말에 그 어떤 말도 하지 않았다. 말이란 마음을 타야 나오는 법. 마음이 닫혔는데 무슨 말을. 말을 해도 미움은 생기고 하지 않아도 사랑은 자라는데.

V가 허리를 굽혀 탄피를 줍는다.

"다 쐈으면 탄피 주워라. 개수 맞나 세어보고."

V는 연두색 야광 조끼 주머니에 탄피를 넣으며 주절거린다.

"웃 추워. 봄아, 빨리 오셔라. 난 찬바람 너가 싫다. 무진장 싫으시다."

이반은 썰렁한 초지 위를 V와 나란히 걷는다. 겨울은 생전 겨울일 것처럼 기세를 부린다. 다른 계절과는 달리 죽을 때까지 겨울일 듯 온몸에 힘을 준다. 겨울이 싫은데, 싫어도 어쩔 수 없다.

어쩔 수 없는 게 인연이라면 은스는 겨울이다. 시시껄렁한 겨울이 아니라 알쏭달쏭한 에피소드가 숨어 있는 겨울.

대학교 신입생 과 오리엔테이션 겸 엠티.

이반은 난생 처음 스키장엘 갔다. 스키를 빌려 강습장소로 갔을 때 강사는 사막여우처럼 작고 깜찍한 여자였다.

은스, 스키를 신은 차림으로 학생들을 주욱 둘러봤다.

"여러분, 게걸음 아시죠? 자, 이렇게, 옆으로 한 발짝씩 옮겨보세요. 스키를 신어서 생각보다 잘 안 될 거예요."

이반은 쿡, 웃음이 났다. 저런 애송이한테 게걸음을?

이반은 성큼성큼 옆으로 발을 뗐다. 은스 말대로 쉽지는 않았지만 뭐 그래도 쉬웠다.

이반은 강습생들 사이에서 빠져나왔다. 바로 앞에 초급 코스로 된 나지막한 언덕이 있었다. 이반은 스키 신은 발로 뒤뚱뒤뚱 언덕을 향했다.

P가 이반 뒤를 따라왔다.

"쟤 어떠니? 전번 좀 따고 싶은데 줄까?"

은스는 그리 호락호락해 보이지 않았다. 호락호락해 보이지 않으니 호락호락하지 않게 해봐라.

이반은 잘해보라는 말을 던지고 산등성이로 올라갔다. 바람이 와스스 나뭇가지를 털었다. 눈바람이 머리로 얼굴로 날아들었다.

이반은 스키폴을 힘껏 찍었다. 티브이에서 보던 것과는 달리 다리는 후들거리고 몸은 비틀렸다. 어어어어…… 하는 사이, 이반은 은스가 강의하는 학생들 사이를 비집고 미끄러져 들어갔다. 강의를 듣던 몇몇 학생이 이반과 함께 넘어졌고, 놀라 소리 지른 여학생도 여럿 있었다. 으, 쪽팔림. 더도 덜도 아닌 쪽팔림.

은스가 다가왔다.

"다친 데는 없어요? 저기 의무실이 있는데 그쪽으로 가실래요?"

산등성이에서 불던 눈바람이 이반의 얼굴로 쏟아졌다. 쪽팔림을 어느 정도 감출 수 있게 해준 눈바람. 눈바람의 센스에 꾸벅, 플러스 꾸벅.

V가 귀마개를 꾹꾹 누르며 웅얼거린다.

"내가 신이 되면 바람을 때릴 거다. 지금 나를 때리고 있으니 요 빚은 갚아주셔야지. 웃, 추워라. 이놈의 바람, 증오해야지."

V 말대로 바람이 가혹하다. 벌거벗은 몸뚱이를 채찍으로 맞는 것만큼이나 아프다.

이반은 몸을 돌려 바람을 등진다. 등으로 몰아치는 바람, 등을 떠민다. 다리에 힘을 준다. 바람과의 대결, 보폭이 점점 좁아진다.

V의 말이 바람을 타고 다가오는가 싶더니 흩어진다.

"야, 이반. 너 무슨 고민 있냐? 맨날 뚱한 얼굴로…… 뭐냐?"

이반은 없다고 대답하며 헐거워진 귀마개를 고쳐 누른다. 바람의 소리도 V의 목소리도 몸체를 줄인다.

바람이 잔뜩 골이 난 기세로 방향을 튼다. 이번엔 등이 아니라 얼굴을 후려친다. 바람은 예고가 없다. 신경질이 나면 신경질이 나는 대로, 흥이 나면 흥이 나는 대로 엉망진창 까분다. 바람을 자유라 부르는 이유가 그러한 것에 있다면, 있지 마라. 원칙도 없이 원칙을 깔아뭉개는 짓은 폭력이다.

이반은 몸을 돌린다. 다시 등을 때리는 바람. 이 활주로에서 바람의 세력을 피할 길은 없어 보인다. 은스의 세력도 피할 길이 없어 보인다. 은스야, 정중히 부탁하는데 확 꺼져줄래? 꺼져주기 싫으면 곱게 사라져줄래?

V의 목소리가 조금 더 가깝게 난다.

"내가 니 맞선임이라 하는 말인데 집안에 뭔 일 있냐?"

이반은 없다고 대답하며 귀마개를 꾹꾹 누른다. 그래봤자 V의 말이 귀마개를 뚫는다.

"혼자 끙끙대지 말고 털어놔봐. 말을 해야지 말을!"

V가 이반을 돌아본다. 이반은 윈드색으로 고개를 돌린다. 윈드색이 북동쪽을 향해 잔뜩 부푼다.

찡아, 은스가 펄럭펄럭 부쳐대는 북동풍.

북동풍 속에 든 관심 앤드 집착.

"난 너와 진지하게 사귀기로 했어. 근데 넌 내가 별로인가 봐? 내가 먼저 찜을 해서 그러니? 한 번 사귀어 봐. 손해나는 일은 없을 걸?"

자신만만한 은스.

자신만만한 만큼 자신 없어지는 이반.

"별로는 아니고…… 찜도 아니고, 음…… 그래, 사귀자. 진지하게."

은스와 이반, 진지하게 사귄다.

진지하게 사귀면서부터 생기는 일 하나.

"우리 가계부 만들까? 통장 만들어서 너랑 나랑 일정액을 넣는 거야."

"통장 만들어서 뭐하게? 난 학비 대기도 벅차고 용돈도 딸려서 그지그지로 산다."

"그럼 일정액 말고 되는 대로 넣기로 하자. 난 알바 뛰니까 너보다는 조금 더 넣을 수 있어."

"그런 거 말고 다른 거 하자."

"다른 거 뭐?"

"말로만 진지하게 사귀는 거 말고…… 그거 있잖아."

그렇게, 피의 첫 남성성과 첫 여성성을 교환하며 진지하게 사귀다,

진지함이 지나쳐 지겨움까지 가도록 사귀다,

지겨움이 지나쳐 사찰 수준까지 가도록 사귀다,

사찰 수준이 무르익어 공공의 적이 되는 시점까지 가면 이런 일도 생긴다.

"여긴 편의점. 지금 뭐해?"
"학교 근처에서 밥 먹어."
"식당 이름이 뭔데? 뭐 시켰어? 반찬은 뭐뭐뭐뭐 나왔어? 가격은 얼만데? 누구랑 먹는데? 지금 얼마만큼 먹었어? 먹은 다음 뭐 할 건데?"
그 다음,
"오늘은 어떤 거 입었어? 바지는? 티는? 양말은? 팬티는? 아이, 눈으로 볼 수 없으니까 물어보는 거야. 난 너에 관한 건 뭐든 알고 싶거든. 너도 그렇지?"
언제 그랬냐는 듯 바람이 잔다. 팽팽했던 윈드색이 쪼그라들더니 거짓말처럼 처진다. 그래도 바람은, 저 북동풍은, 언제 또 불지 모른다. 윈드색이 찢어져라 안을 비집게 될 때쯤, 그때는…… 그때대로.
V는 작심한 듯 이반의 귀마개를 잡아 내린다.
"너 사고 치다 왔냐?"
뜨끔.
"다단계 뭐 그런 거로 신불자 된 거 아니냐고. 그래서 피신 차 일루 온 거 맞지?"
은스는 다단계. 하나에서 둘로, 둘이 넷으로, 넷이 여덟로, 배수로 늘어가는 은스. 감당하기가…… 그래, 은스야, 너는 나를 먹튀 신불자쯤으로 여기겠지만 감당은 너 혼자 해라. 니가 설계하고 진행한 거니 감당은 너 혼자 해야 하는 거 아니니?
이반은 V의 시선을 피해 어디랄 곳도 아닌 곳으로 고개를 돌린다.
은스는 지금쯤 먹튀 신불자의 행방을 찾느라 알바를 그만 두었을

지도 모른다. 은스 입장에선 충분히 먹튀 신불자일 테니 그렇고말고. 그렇다면, 바라건대, 먹튀 신불자를 찾기 전에 너를 탓해라. 탓을 하려거든 지나치게 멍이 들 만큼만 해라. 간이 간간해져 간장염에 걸릴 만큼만 해라.

V가 이반의 어깨를 툭 친다.

"내 친구도 다단계로 자살할 위기까지 갔는데 마침 입대 영장이 나와서 글루 튀었다. 그 자식, 논산으로 가면서 뭐라고 했는지 아나? 입대가 이렇게 사람을 살릴 줄은 몰랐다나. 흐흐."

군대가 신용불량자들의 집합소는 아닌데 그런저런 사연의 집합소인 것만은 분명하다. V의 사연도 그렇다. V는 다음 학기 등록금이 없어서였다. 대학생들의 흔한 사연이라 사연 축에도 못 끼지만 당사자에겐 중요한 사연이다. 학업 스케줄은 중단되고, 그에 따라 취업과 앞날은 불투명해지고, 희망보다는 좌절이 크게 작용한다.

좌절이 기회라는 말은 아직은 글 속의 글에 불과하다. 그 문구는 좌절을 딛고 일어났을 때에만 증거가 된다. 현실은 지금의 이 바람처럼 요란을 떠는데, 36.5도의 체온이 그 현실의 비위를 어찌 다 맞출 수 있을까.

V는 원만한 성격 그대로 둥글둥글 말한다.

"야, 이반. 니가 전역할 때쯤이면 다단계도 신불자도 깔끔해질 테니 뚱한 얼굴 좀 펴라."

V는 은스를 모른다. 은스라는 다단계에는 폐업이 없다. 오리무중 숨었다 다시 나타나 더 크게 판을 벌인다. 다단계의 부활, 그것이 은

스라고, 이제는 말해버리겠다.

　어느 새 활주로 끝. 지나온 활주로엔 스산한 바람이 바닥을 훑다 솟구치다 한다. 은스만큼이나 저 꼴리는 대로 부는 바람. 아직은 봄을 담고 있지 않지만 언젠가는 맥을 못 출 때가 오리라. 활주로엔 아지랑이가 생길 테고, 바람은 전투성을 버리고 꽃을 피우는 법과 비를 맞는 법에도 귀를 기울이리라. 참신한 바람으로, 항공기의 뜨거움과 초지 위를 떠도는 달빛에도 경의도 표하리라.

　V가 귀마개를 목걸이로 걸고 말한다.

　"웃, 배고파. 배꼽시계가 우는 거 보니 짬 먹을 때라는 말씀이네. 오늘 메뉴는 뭘까. 일 인 일 개로 닭이나 통째로 무럭무럭. 크흑, 침 고인다. 야, 이반! 짬통 비기 전에 얼렁 가자."

　V가 뛰다시피 운항관제대 건물로 간다.

　운항관제대 로비에 있는 데스크 앞. 조종사 둘이 자판기 커피를 나누고 있다.

　표 대위가 이반을 돌아본다. 연두색 형광 조끼를 입은 일병이 군기 대신 사념만 잔뜩 박혀 있는 꼴로 들어온다.

　표 대위는 절로 인상이 찌푸려진다. 저런 녀석은 잡음이다. 군대를 한갓 시간 때우기 용으로 여기는 철부지다. 저런 녀석이 BAT* 작업 요원이며 FOD** 작업 요원이라니 제대로 임무를 수행할 수 있

------

*　Bird Alert Team의 약자로 활주로에서 총으로 새를 쫓는 팀을 말한다.
**　Foreign Object Damage의 약자로 활주로에서 이물질을 제거하는 요원을 말한다.

을까.

이반은 베넬타 엽총을 반납하러 무기고로 간다. 표 대위의 시선이 등짝에 달라붙는다. 오만하고 거만하고 꼬장꼬장한 눈빛. 이 초 이상 보면 눈에 백태가 끼고도 남을 발광체. 니들 따윈 별 거 아니라고 얕잡아보는 선민사상체. 장교는 병사를 저렇게 봐도 괜찮은 것인가. 항공기를 모는 게 아무나 할 수 없는 일이긴 하나 그래도 저런 눈빛은 아니지 않은가.

이반은 표 대위와 다시 마주치는 일이 없길 바란다.

**

표 대위는 이반이 안 보일 때까지 지켜본다. 정신에 잔뜩 녹이 슨 녀석. 녹 덩어리를 무슨 보물이나 되는 양 처덕처덕 달고 가는 녀석. 저런 녀석은 더 말할 것도 없이 민폐 갑이다.

표 대위는 X에게로 고개를 돌린다.

"조종사 된 거 후회한 적 있냐?"

X는 종이컵에서 입을 떼며 흐흐 웃는다.

"후회할 새나 있었냐. 하루하루가 다 전투였는데. 설마 후회해서 물어보는 건 아니겠지?"

표 대위는 고개를 끄덕인다.

"후회할 거면 시작도 안 했다."

X가 다 마신 종이컵을 구긴다.

"너 며칠 전에 야비(야간 비행) 했지? 별일 없었냐?"

표 대위는 바닥에 남은 커피를 입안에 털어 넣는다.

"터뷸런스가 좀 있었지. 그거야 뭐 다들 겪는 거니까."

X는 비행복 주머니에서 휴대폰을 꺼낸다.

"오늘 나, 야빈데 바람이 좀 있을 거라네."

난기류를 만난다는 건 등 뒤에서 강도와 마주치는 꼴이다. 강도가 어떤 흉기를 들었는지, 일 초 후에 무슨 짓을 저지를지 예측하기란 어렵다. X는 오늘 야간 비행에 있을지도 모를 난기류가 신경에 쓰였던 것이리라.

X가 휴대폰 갤러리에서 사진 한 장을 꺼내 표 대위에게 내민다.

"저번 주말 집에 갔을 때 찍은 거야. 이분이 우리 아빠, 이분이 우리 엄마."

사진 속의 남자와 여자는 지극히 평범해 보인다. 나이에 맞게 주름이 잡혔고 살아온 세월의 흔적 또한 잔잔하게 새겨져 있다. 적당히 다투고 적당히 화해한 평범한 얼굴들. 다수가 원하지만 다수의 것이 될 수 없는 인생의 이력들.

표 대위는 휴대폰을 X에게 돌려준다.

"두 분 사이가 좋아 보인다."

아버지와 어머니는 좋은 사이도 평범한 사이도 아니다. 그렇다고 으르렁대는 사이도 아니다. 아버지는 항상 새벽에 나갔고 어머니는 그보다 일찍, 한밤중이라고 해도 좋을 시간에 나갔다. 두 사람은 다툴 기회마저 차단하려는 듯 말도 나누지 않았다. 아버지는 늘 등으로 말했고 어머니는 방언으로 말했다. 어둡게 굽은 등은 쿰쿰하고 시큼한 냄새를 달고 침묵의 언어만 썼다.

주말이나 휴일이면 아버지는 빨래를 하거나 낮잠을 잤고 어머니는 교회로 갔다. 어째서 결혼을 했는지 모를 만큼 어머니와 아버지는 타인이었다. 타인들의 거주지는 수용소와 다르지 않았다. 그곳에서 어머니와 아버지는 각각의 언어로 각각의 세계를 꾸려갔다.

아버지는 잠을 잘 때면 몸을 모로 세운 채 벽에 바짝 붙었다. 아버지가 붙어 자는 벽 위엔 형광빛이 도는 연두색 청소복이 걸려 있었다. 청소복은 잠든 아버지 위로 떨어지기도 했다. 아버지는 자면서도 청소복을 입고 있는 듯했다.

아버지가 처참해보였다. 슬픈 것도, 구질구질한 것도, 안쓰러운 것도 아닌 처참.

X는 휴대폰을 주머니에 넣는다.

"나도 그렇게 생각해. 우리 아빠, 엄마, 잘 싸우고 잘 화해해. 어느 땐 전쟁터가 따로 없어. 그런데도 사이는 뷰리플, 베리굿이야. 안 싸운다고 사이가 좋은 건 아닌가봐."

싸운다는 건 자신을 비운다는 뜻일지도 모른다. 상대를 향한 미움이든 자신을 향한 애정이든, 게우고 비워내는 행위야말로 이기적인 투쟁이다.

어머니는 거의 한밤중에 산으로 올라갔다 해가 떠서야 집에 왔다. 어머니의 옷은 한여름에도 패딩점퍼였다. 어머니는 산기도를 하고 온 열기 그대로 방바닥에 무릎을 꿇고 기도했다. 상반신을 앞뒤로 흔들기도 하고, 두 팔을 번쩍 들어 손을 마주치며 방언을 쏟아냈다. 사탄을 내쫓는다며 슉슉, 뱀이 내는 소리로 허공을 내치기도 했다.

어린 시절, 표 대위는 방바닥에 엎드려 지도를 폈다. 많은 나라의 도시와 산과 강이 낯선 이름으로 꿈을 토해냈다. 그곳에선 알 수 없는 언어를 쓰고, 한 번도 보지 못한 풍습으로 머리를 틀어 올리고, 이상한 향으로 음식을 해먹고 있을 터였다. 그들은 어머니가 쏟아내는 방언처럼 알 수 없는 것이었지만 어머니의 방언과는 달랐다. 어머니의 방언은 무엇을 원하는지조차 모르는 주문이었고, 그 행위는 자부심에 넘쳤지만 아무도 아는 척하거나 알아주지 않는 외딴 최면의 세계였다.

어머니가 다저녁때까지 기도에 몰두하던 날, 아버지는 술이 거나하게 취해 들어왔다. 아버지의 손엔 과일이나 과자나 장난감 대신 소주병과 전기요금 고지서가 들려 있었다.

어머니는 아버지 손에서 고지서를 낚아챘다. 어머니의 눈에 파란 불꽃이 튀었다. 어머니가 전기요금 고지서를 방바닥에 쫙 펴더니 손바닥으로 탁탁 쳤다.

"사탄아 물러가라! 사탄아 물러가라!"

아버지는 조용히, 벽에 바짝 몸을 붙이고는 옆으로 누웠다. 어머니의 외침이 필사적으로 이어졌다. 아버지는 어느 새 푸푸거리며 잠에 빠져 있었다.

어린 표 대위는 지도를 들고 방을 나왔다. 사탄아 물러가라는 외침이 몽둥이로 허공을 치는 듯이 났다. 그 소리에 푸푸거리는 소리도 섞여 나왔다.

표 대위는 아버지의 신발 위에 납작 앉았다. 지도 안에는 푸르거나 조금 더 푸르거나 갈색이거나 조금 더 진한 갈색이 들어 있었고, 그 위로는 경도와 위도, 북위와 남위를 표시하는 선이 있었다. 표 대위는 지도를 가슴에 품었다. 날개 달린 말을 타고 이런 곳으로 타가닥 타가닥 훨훨~ 타가닥 타가닥 훨훨~

어린 표 대위는 지도를 안고 안집 마당으로 갔다. 마당엔 희부연한 빛이 먹먹하게 차오르고 있었다. 바람 한 점도 햇빛 한 자락도 없이 어스름하기만 한 저녁 나절. 저녁이 깊어가도록 단칸방에선 음식 냄새도 사람의 목소리도 나지 않았다. 어린 표 대위는 부르르 진저리를 쳤다.

표 대위는 건물 밖으로 나가 활주로를 응시한다. 오전 내내 불던 바람이 지금은 조용하다. 비행을 하기엔 무리 없는 날씨.

X도 표 대위를 따라 나와 활주로로 시선을 던진다.

"현재로선 날씨가 괜찮아 야비 취소는 없을 거 같다."

팔로우미카(Follow me car)가 천천히 택시웨이를 돈다. 팔로우미카는 전투기의 정지 위치를 알려주고 주기장까지 유도하는 역할을 한다. 부대마다 약간씩 다르나 이 비행대대의 팔로우미카는 노랑과 깜장이 바둑판무늬로 찍혀 있다. 차량 뒤에는 방향을 알리는 대형 방향지시 전광판이 달려 있고, 전광판에 박힌 STOP이라는 글자와 화살표, 경광등은 멀리서도 한눈에 들어온다.

팔로우미카가 택시웨이를 돌아 활주로로 진입한다.

활주로는 길이다. 후진이나 후퇴는 없다고 일러주는 가이드라인이다. 후진에 걸리면 죽는 일밖엔 없다.

아버지는 후진하는 청소차에 치어 사망했다.

아버지를 친 청소차 운전자는 증언 비슷한 걸 했다.

"그날 새벽엔 이상하리만치 안개가 꽉 차 있었어. 나하고 아버지는 길가에 내어놓은 쓰레기를 수거해 청소차에 던지고 있었지. 다 던진 후 나는 운전석으로 갔고 아버지는 매번 그렇듯 뒷문에 올라탔어. 아버지가 주먹으로 탕탕 차를 쳤지. 출발해도 좋다는 신호였어. 근데 차 바로 앞에 교통신호제어기가 있었어. 사실 라이트만 없었다면 그마저 보이지 않았을 거야. 그만큼 안개가 짙었어. 헌데 교통신호제어기 위에 커다란 고양이가 웅크려 있더란 말이지. 안개는 불난 집 연기마냥 뿌옇게 흐르지, 그 속에서 고양이는 나를 노려보지, 그런 눈은 생전 처음이었어. 눈이 내 뼛속에 콱 박힌다고나 할까, 등골이 으스스하더라고. 그런데 그놈의 고양이가 갑자기 교통신호제어기에서 펄쩍 뛰더니 청소차 앞 유리에 찰싹 달라붙더라고. 미친놈의 고양이 같으니라구! 그래 고양이를 떼어 낸답시고 후진으로 악셀을 밟았지 뭐야. 나 참, 혼이 나갔던 거야. 아무튼 그때 뭔가 물컹한 것이 밟히는 느낌이 왔어. 처음엔 그놈의 고양이인 줄 알았어. 그새 고양이가 안 보였으니까. 그래 다시 주행으로 놓고 악셀을 밟는데 꼭 방지턱을 밟는 느낌이 들더라고. 이상하다 싶어 차를 세우고 내려가 봤지. 아버지가 영판 보이질 않는 거야. 주위를 둘러보고 이름도 불러봤는데 안개 때문에 아무 것도 보이질 않았어. 설마 하고 차

밑을 들여다봤더니…….."
 청소차 운전자이자 아버지의 동료였던 사람은 한동안 말을 잇지 못했다.
 담당 경찰관은 운전자가 하는 말을 타이핑하고 있었지만 적막감은 죽음만큼이나 지구대 안을 눌렀다.
 표 대위는 아버지의 죽음을 실감할 수 없었다. 처음 보는 사람에게서 나온 이야기는 뉴스거리도 되지 못할, 마이너들의 식상한 푸념으로 들렸다.
 아버지의 동료는 한동안 고개를 떨구고 있더니 말을 이었다.
 "미안하네. 입이 열 개라도 할 말이 없네. 후진만 하지 않았더라도…… 하필이면 그때 그놈의 쥐 때문에. 내가 이해할 수 없는 건 아버지였어. 차에 타고 있어야 할 아버지가 왜 차 밑에 있었는지. 아버지 옆엔 형체를 알아보기 힘든 시궁쥐가 있었어. 꼬리를 보고야 알았으니까. 시궁쥐는 새끼를 뱄던 모양이야. 터진 몸통에는 새끼 같은 것이 들러붙어 있었거든. 처음엔 혼이 나가 이러구저러구 알 겨를이 없었지. 그러다 차츰 정신이 드니까 아버지가 왜 차 밑으로 갔고 쥐와 함께 있었는지 알 거 같더라고. 시궁쥐는 그놈의 고양이를 피해 차 밑으로 들어갔고, 아버지는 배가 볼록한 쥐가 행여 차에 치일까 차에서 뛰어내렸던 거야. 아버지는 평소 말이 없었지만 술만 들어갔다 하면 새끼가 최고라고, 내 새끼 같은 놈 있음 나와 보라고, 아들 자랑이 늘어졌었지. 돌봐주는 사람도 없는데 일 등을 놓친 적이 없다고, 세상의 모든 새끼는 다 소중한 거라고."

죽은 사람은 산 사람의 입에서 미화되기 일쑤이다. 그저 그렇게 지냈던 일상도 뭔가 뜻이 있어 그렇게 산 것처럼 각색된다. 죽은 자에 대한 예의라고 치자. 헌데 아버지의 죽음이, 자식에 대한 애정이 절절하다 못해 시궁쥐에까지 갔다는 건 무리한 설정이다. 아버지는 일찌감치 패배했고, 패배를 받아들였다. 좌절이나 회한은 아버지에게는 어색한 양복이다. 아버지는 가정을 이뤘지만 가족은 없었고, 집에는 음식 냄새보다 방언과 사탄이 들끓었고, 말보다는 침묵과 무관심이 가장노릇을 하고 있었다. 가공된 이야기는 그저 너절한 휴머니즘일 뿐.
아버지의 죽음이 불의의 사고든 잠재된 고의든, 아버지는 후진하는 차에 사망했다. 과속 차량도, 음주 차량도, 급발진 차량도 아닌, 겨우 후진하는 차에.
비행에는 정지나 후진은 없다. 적을 잡을 때에도 전방에 두고 하지 후방에 두지 않는다. 강하하며 적을 잡는 경우는 있어도 후진하여 잡는 법은 없다. 비행에서 적에게 꼬리를 잡히는 것은 죽음을 의미한다. 일단 꼬리를 잡히면 살기 위해 모든 수단을 써야 한다.
표 대위는 X를 돌아본다.
"훈련 때 꼬리 잡힌 적 많냐?"
X는 픽 웃으며 몸을 돌린다.
"훈련 때 꼬리 안 잡혀본 놈 있냐? 밥이나 먹으러 가자."
X는 장교식당으로 걸음을 옮긴다.
"오늘 야비는 DMZ 캡* 치는 거다. 꼬리 잡힐 일은 없다."

표 대위는 X와 나란히 장교식당으로 향한다.

아버지의 꼬리는 결국 땅바닥으로 귀결된다. 땅바닥만 볼 수밖에 없었던 처지라 해도 세상엔 땅바닥만 있는 게 아니다. 높은 하늘이 있고 하늘을 나는 항공기가 있다. 꿈을 던져주는 수많은 별이 있고 희망이 인쇄된 파란 하늘이 있다. 아버지는 왜 하늘을 보지 않은 것인가. 왜, 왜.

천지가 꽝꽝 언 새벽, 푸르딩딩한 색의 청소차 한 대가 도로에 서 있었다. 청소차는 짐승의 아가리인 양 뒷문을 쩍 벌리고 있었다. 형광빛이 도는 연두색 유니폼을 입은 청소부가 연신 쓰레기 뭉치를 주워 청소차에 던졌다. 아버지였다. 평생 쓰레기와 같이 산 등은 굽었고, 쓰레기를 내 몸처럼 만지던 냄새는 역하게 물씬거렸다.

표 대위는 멈칫, 뒷걸음으로 건물 뒤에 몸을 숨겼다. 아버지가 청소차 뒷문에 매달려 어두컴컴한 새벽의 저쪽으로 사라졌다. 속이 시렸다. 아프고 화가 나고 욕이 나왔다. 표 대위는 책가방을 와락 움켜쥐었다. 눈물인지 분노인지 모를 것이 치밀었다. 눈을 부릅떴다. 이대로는 안 되겠다. 문득 하늘을 올려다봤다. 비행기 한 대가 별빛과도 같은 빛을 깜빡이며 날고 있었다. 하늘을…… 그래, 하늘을 날자. 땅바닥만 보는 아버지가 아니라 하늘을 나는 아버지가 되자.

------
* CAP : Combat Air Patrol의 약자. 공중전투초계라는 의미로, 신속한 대응을 위해 정해진 대형을 갖추고 임무 시간 동안 공중에서 대응 준비하여 대기하는 형태의 비행을 말한다. 전투기는 연료 제한으로 일정 시간이 지나면 귀환하여야 하고 후속 CAP이 필요하면 다른 편대가 임무 지역에 도착하여 임무 교대를 실시한다.

X는 장교식당 건물 계단을 오른다.

"참, 어제 니 와이프 나오는 뉴스 봤다. 방송국 옮겼냐? 중앙이 아니라 여기 지역방송에 나오더라고."

표 대위는 식당 문을 열며 대꾸한다.

"으응, 옮겼어. 여기서 얼마간 다녀보니까 불편했던가봐. 주말부부를 하던지 한밤중에 나가야 했으니까. 본인이 원해서 옮긴 거야."

X는 알루미늄 식판을 집어 든다.

"가정과 직장, 두 마리 토끼를 잡는 건 쉽냐. 거기다 아이까지 생겨봐라. 쉽지 않을 거다. 우리 와이픈 첨부터 아예 접고 들어앉았다. 뭐 대충 편해. 나도 그렇고 와이프도 그렇고."

X는 식판에 밥을 퍼 담으며 말을 잇는다.

"아이 계획은 없냐?"

표 대위는 버섯볶음을 식판에 담는다.

"아직."

X는 조금 과장되다 싶게 눈을 둥그렇게 뜬다.

"아직? 너답지 않은 걸로 들린다."

표 대위는 국을 퍼 식판에 붓는다.

"나다운 게 뭔지 모르겠지만 아직은 신혼이다."

식당 안은 벌써 식사를 마치고 나가거나 하러 들어오는 조종사와 일반 장교들로 북적인다. 표 대위와 X는 빈자리로 가 자리를 잡는다.

X는 국을 떠 입에 넣으며 표 대위를 쳐다본다.

"너다운 게 뭔지 몰라서 하는 말이냐? 너, 학생 때 독사라는 별명

달았잖아. 임관한 후부터 조금씩 부드러워졌지만 그땐 옆에서 보기에도 참 그랬다. 지금도 너를 독사로만 기억하는 사람들이 좀 있을 거다. 지독하게 공부했잖아. 그래서 성적도 완벽, 비행술도 완벽, 거기다 결혼까지 완벽, 완벽의 교과서. 그래서 아이는 빨리 가질 줄 알았다. 아들 하나 딸 하나, 완벽한 그림."

사관학교 동기들은 표 대위를 보면 쑥덕거렸다.

"야, 저기 독사 온다. 말하는 거도 독사, 눈빛도 독사, 독사 대왕님 납시신다 좃나."

"난 여태까지 쟤가 웃는 걸 본 적이 없다."

"독사가 웃는 거 봤냐?"

"저 뻣뻣한 것 좀 봐라. 아무리 실력이 좋다지만 저 혼자만 항공기 모냐?"

표 대위는 X를 마주보며 피식 웃는다.

"그때의 독사에겐 독사만의 세계가 있었지."

안주 없는 막걸리와 소주만이 숨 쉬던 단칸방. 그 복판엔 시금털털한 냄새가 어둠의 덩어리로 깔려 있었다. 그 덩어리는 물러지기는커녕 갈수록 커를 더했다. 그대로 있다간 아버지처럼 압사당할 일밖에 없을 듯했다.

아버지처럼 살지 않으려 기를 쓴 게 독사라는 별명을 달았다 해도 일찌감치, 그 바닥을 치고 올라온 건 잘한 일이다. 완벽의 교과서라고 비아냥거려도, 그것들엔 그것들만의 사연이 있는 것을.

X는 식판에 남은 음식을 깨끗이 비운다.

"어, 그랬어? 그때의 독사가 결혼한 다음부턴 슬슬 짝퉁 독사로 가긴 했지. 흐흐…… 참, 오늘 몇 소티 있냐? 오후 비행 있어?"

표 대위는 식판에 수저를 놓는다.

"오전에 한 소티 했고 오후엔 없어. 잡무 처리가 좀 있지."

X가 빈 식판을 들고 일어난다.

"부지런히 해라. 잡무처리도 터뷸런스 못지않더라."

산동네 단칸방을 휘젓던 터뷸런스. 악취보다 더하게 배어 있던 가난과 암담함과 울분의 터뷸런스. 이제 그런 터뷸런스와 만날 일은 없다. 없다고 믿는다.

표 대위와 X는 장교식당을 나온다.

식당 앞 주차장에 있는 차들 위로 한낮이 반쯤 걸린 채 있다. 낮이라지만 해는 있나 마나 하고 기온은 한겨울 뺨치게 차다.

X와 표 대위는 연병장을 낀 도로로 내려간다. 싸늘한 기가 귀 끝을 얼린다. 점심을 끝낸 병사들이 삼삼오오 걸어가거나 연병장에서 공을 주거니 받거니 한다.

X는 도로 건너편으로 성큼 발을 뗀다.

"난 우체국 좀 들렀다 갈게. 나중에 또 보자."

표 대위는 X와 헤어져 병사식당이 있는 쪽 도로로 내려간다. 병사식당 옆 풋살 경기장에는 으슬한 추위를 볼 차기로 푸는 병사들이 있고, 근처에는 두어 명이 모여 잡담을 한다.

표 대위는 비행대대가 있는 길로 방향을 튼다. 저들에게 군대는 무엇인가. 주어진 의무라 할 수 없이 치르러 온 것인가. 기왕 치르러 왔을 바엔 확실하게 치러라.

맞은편에서 귀마개를 한 병사가 걸어온다. 어깨는 축 처져 있고 걸음걸이는 미지근한 물이다.

표 대위는 병사를 지나치다 말고 고개를 돌린다. 뒷모습에서 후줄 근함이 배어나온다. 그늘진 바람은 하나 가득이고 정신의 등은 반쯤 굽어 있다. 저 낯익은 분위기라니.

표 대위는 자신도 모르게 이반을 불러 세운다. 이반은 귀마개를 내리며 표 대위 앞으로 온다.

표 대위는 이반의 눈을 파고들듯이 본다.

"운항관제대 소속이야?"

이반은 표 대위의 비행복을 한눈에 들이며 그렇다고 대답한다.

표 대위는 여전히 옹이 박힌 시선인 채 묻는다.

"헌데 지금 이 시간 이곳에 무슨 용무라도 있어?"

이반은 멈칫한다. 질문의 핵심은 무엇인가. 무엇 때문에 지적을 하겠다는 투로 말하는가. 이반은 없다고 대답한다.

표 대위의 목소리가 한참이나 경직되어 나온다.

"없는데 왜 혼자 이런 델 돌아다녀. 여긴 운항관제대완 뚝 떨어진 곳이야. 쓸데없이 돌아다니지 마. 군대가 산책이나 하라고 있는 덴 줄 알아? 여긴 학교가 아니라 부대야."

표 대위는 말을 마치자 이반을 보낸다. 어쩐지 찜찜하다. 금이 간 찻잔인 줄 알면서도 차를 부어 마시는 기분이라고나 할까. 저 병사가 유별나게 이상한 건 아니다. 정보통신대대를 낀 이 소로를 걷는 것도 굳이 따지자면 이상하지 세워서 훈계할 정도는 아니다. 헌데 저 일병에게선 뒤틀린 자기장 같은 것이 흐른다. 어두운 새벽에 내리는 진눈깨비와도 같은 것이 질척인다.

눈도 아니고 비도 아닌 진눈깨비. 눈이기도 하고 비이기도 한 진눈깨비. 이것도 아니고 저것도 아닌, 이것이기도 하고 저것이기도 한, 명료성과는 한참이나 떨어진 습한 기운.

어두컴컴한 단칸방은 늘 습했다. 쓰레기 냄새와 술 냄새가 토해낸 습한 기운. 콩나물국을 끓이면서도 사탄아 물러가라고 외치던 습한 기운. 도서관이 닫힐 때까지 있어야만 했던 습한 기운.

표 대위는 엉뚱한 것에 말려들기라도 한 양 급히 비행대대로 간다.

마징가는 씩씩하게, 장미는 안타깝게

가장 활기찬 장소, 식당.
기분을 전환시켜주는 오프닝 밴드, 점심.
만족과 불만족의 교차점, 메뉴.
근무를 떠난 잠시의 자유, 사제 용어를 허락하는 시간.
배식대 앞에 퍽 진실하게 선 기다림, 병사들.
병사들이 식당 밖에까지 줄을 서 있다. 군복의 얼룩무늬가 한겨울의 지루함만큼이나 변함이 없다. 변화를 원하는 음성이 이 군복 저 군복에서 수선거린다.
우와와, 언니들을 보내줘. 싼 티가 나도 좋으니 초미니 시스루 원피스와 하이힐, 높이 치켜세운 인조 속눈썹, 짙은 볼터치와 향수, 볼륨이 빵빵한 엉덩이, 매니큐어를 칠한 긴 손톱을 보내줘. 생각만으로도 가슴이 떨려. 사지가 후들거려. 어여어여 언니들을 투입시켜줘.
열렬히 원하는 건 쉬이 이루어지지 않는 법. 식당 건물 안에서 흘러나오는 냄새도, 식판과 수저가 부딪치는 소리도, 제복들만 우글우

글한 줄도, 어제와 변함이 없다.

이반은 늘어선 줄 뒤에 선다. 앞으로 한참을 같이 지내야 할 저 풍경들, 친해지자. 아니, 친해지는 건 뭐든 피하고 보자. 여길 택해 온 이유를 잠시라도 깜빡하면 쫄딱 망하는 거다.

앞선 줄이 식당 건물 안으로 들어간다.

이반 앞에 선 병사 둘이 식탁에서 밥 먹는 병사들을 흘깃댄다.

"으갸갸갸~ 오늘 메뉴가 뭔가 했더니 겨우 미역국에 오뎅 볶음에 오징어채 무침이네. 아싸~ 근데 잡채는 있다."

"병사여 말뚝 박아라. 그땐 내가 영양사가 되어 대한민국의 모든 장병에게 기찬 레시피로 죽여줄 테니까."

"너나 말뚝 박으시라. 그땐 내가 국방부 장관이 되어 호텔 주방장을 파견할 테니."

"나으 기찬 레시피가 썩는다 썩어."

"기찬 레시피가 뭔데?"

"한 끼에 한 번씩 왕돈가스 오아 피자 오아 탕수육 오아 생등심 구이."

"흐훗, 내가 반드시 국방부 장관되시겠습니다."

이반은 식판에 밥과 반찬을 담은 후 구석진 자리로 간다. 이 자리는 나 홀로 자리. 누구도 옆에 앉지 말라는 고의성이 풀풀 풍기는 지정석.

이반은 식판만 내려다보며 밥을 먹는다. 목구멍이 빡빡하다. 밥도 정신과 함께하지 않으면 창자는 짜증을 낸다.

짜증난 창자, 이렇게 말하지.

난 치매를 앓는 게 아님. 정신의 가출 혹은 영혼이 탈출한 창자는 아니라는 말씀. 고로 정신을 넣으시게. 우주 탐사선 모양의 정신이든 구정물 같은 정신이든, 벼룩처럼 톡톡 높이뛰기를 하는 정신이든, 정신을 넣으란 말이닷.

이반은 밥이며 반찬을 꾸역꾸역 목구멍으로 밀어 넣는다. 차라리 훈련소에서 절도 있는 식사를 하던 때가 낫다. 그땐 긴장감이라도 있었지 지금은 육체가 반항을 하고 있다.

식당 안의 병사들, 오직 먹기에만 열중하는 병사가 있는가 하면, 휴식 시간인 양 되는 말 안 되는 말을 반찬으로 씹는 병사들도 있다. 이반이 앉은 자리에서 십오 도 건너편에 앉은 병사들이 밥을 먹어가며 툴툴거린다.

"싸제밥 먹고 싶다. 처음 휴가 나갔을 때 엄마가 딱 벌어지게 한정식 차려줬는데 으찌나 맛있던지."

이반은 고개를 숙인 채 수저질만 한다. 저것은 정신의 호강, 혼의 유희.

"두 번 세 번 나갔을 때도 한정식이었냐? 우리 엄만 내가 세 번째 나가자 후덜덜 찜질방으로 내뺐다."

이반은 문득 수저질을 멈춘다. 엄마는 찜질방을 가 본 적이 있나? 휴가를 가면 엄마에게 찜질방을 추천해줄까? 엄마는 찜질방 따윈 하하, 하하, 개소리 작작하라고 말하겠지.

찜질방 얘기를 하던 병사가 말을 잇는다.

"그러면서 하는 말이, 휴가 좀 그만 나오란다. 손님 같다나 뭐라나."

이반은 엄마의 모습이 심상하게 떠오른다. 엄마는 강하고 바쁘다. 호전적이며 대범하다. 호전적이며 대범한 여인은 찜질방이 아니라 손님을 받느라 정신이 없다. 하나밖에 없는 아들이 군대를 가서가 아니라 손님 때문에 혼이 혼란을 겪는다.

찜질방을 운운하던 병사의 말에 한정식을 운운하던 병사가 대꾸한다.

"나도 그래. 우리 엄마도 이젠 내가 휴가 나오는 게 무섭대. 입대할 때는 그렇게 울고불고 난리를 치더니."

진주 공군 교육사령부.

바람이 짙은 잿빛을 달고 불었다. 하늘은 흐렸고 눈은 오지 않았지만 곧 쏟아질 듯했다. 예비 병사들은 날씨만큼이나 추워보였다. 그날 아침에야 밀었을 머리는 푸릇푸릇했고 그래서 더더욱 추워보였다. 예비 병사들과 함께 온 가족들도 추워 보이긴 마찬가지였다. 한여름이었대도 추워보였을 사람들.

이반은 점퍼 주머니에 손을 찔렀다. 손끝에 잡히는 지갑과 껌 한 통. 어디선가 휴대폰 진동음이 났다. 이반은 바지 뒷주머니에 손을 찔렀다. 휴대폰은 종적이 없고 얄팍하기만 한 주머니가 추위를 더했다.

야구 모자에 가방을 멘 예비 병사가 휴대폰을 귀에 댔다.

"으응, 잘 도착했어. 그래, 너도 잘 지내고."

이반은 야구 모자를 째려보며 점퍼 주머니에 손을 찔렀다. 손에 잡히는 껌 한 통. 껌 한 개를 까 입에 넣었다. 단순 달기만 한 맛.

여기저기서 휴대폰 벨소리가 복사한 양 울어댔다. 에잇, 저놈의 벨소리! 이반은 다시 껌 하나를 까 질겅댔다.

옆과 옆에서, 앞과 뒤에서 휴대폰의 울림이 이어졌다. 벨소리가 애절하게 토해내는 애끓은 음.

이반은 벨소리가 나는 쪽을 노려보았다. 저런 개 같은 소리가 있나. 이반은 다시 껌을 까 입에 넣었다. 몸 어디선가 휴대폰의 울림이 경쟁하듯 이어졌다. 이반은 주머니를 뒤졌다. 빈손이 허전하기만 했다. 허전한 게 아니라 몸이 불구가 된 듯했다.

이반은 벌떡 자리에서 일어났다. 흥, 저따위 휴대폰! 반입도 안 되는 걸 가져온 멍청한 새끼들. 이반은 남은 껌을 몽땅 까 우물댔다. 이와 혓바닥은 껌이 버겁다고 아우성쳤다.

마음이 아우성이다. 이렇게 오는 게 아니었다고, 은스보다 친하게 지냈던 휴대폰마저 두고 올 정도는 아니었다고, 대단한 결심인 양 야반도주를 하듯 왔지만 달라진 게 뭐냐고, 다시 돌아가고 싶다고, 돌아가면, 돌아갈 수 없다.

이반은 사람들 틈에서 나왔다. 이리저리 둘러봐도 휴대폰 소리와 사람들에게서 벗어날 데가 도무지, 보이지 않았다. 사람들이 뜸하게 서 있는 맨 뒤쪽 구석으로 갔다.

바람이 흐느끼듯 불었다. 연병장 주변에 있던 나무에서 누런 잎 몇 장이 후르르 떨어졌다.

철제로 만든 커다란 천막 아래에선 주황색 누빔 파커를 입은 예비 병사의 어머니가 손수건을 꺼내 눈자위를 꾹꾹 눌렀다.

"엄마, 울지 마. 나만 가? 빙신새끼가 아니라 가는데 울긴 왜."

"그래, 안 울게. 전화할 수 있을 때 되면 제까닥 엄마한테 젤 먼저 하는 거 알지?"

철제 천막 밖, 나무가 울타리로 서 있는 쪽에선 예비 병사와 가족이 사진을 찍고 있었다.

이반은 흐린 하늘로 고개를 들었다. 부러움인지 후회인지 질투인지 모를 것이 짧게 일었다. 이럴 줄 알았으면, 알았다 한들.

연병장으로 방송이 흘러나왔다.

"입영 장병과 가족 및 친지를 분리하겠습니다. 가족 친지들은 현 위치에서 입영 장병을 배웅해주십시오."

철제 천막 여기저기서 웅성거렸다. 할머니와 어머니들이 훌쩍이기도 하고 예비 병사들이 할머니와 어머니와 짧게 포옹하기도 했다.

이반과 예비 병사들은 연병장으로 나갔다. 뒤 어디선가 이반을 부르는 소리가 났다. 이반은 깜짝 놀라 고개를 돌렸다. 철제 천막 안에서 병사들의 이름을 부르며 손을 흔드는 가족과 연인들. 그에 답하며 손을 흔드는 예비 병사 몇.

이반은 껌을 질겅거리다 말고 뱉었다. 단맛이 없는 이런 껌, 팔지 마라.

예비 병사들은 출신 지역이 써진 팻말 앞으로 가 줄을 섰다. 곧이어 부모님께 절을 하라는 방송이 나왔다. 예비 병사들은 철체 천막에 있는 가족들을 향해 큰절을 했다.

이반도 땅바닥에 엎으려 절을 했다. 등판으로 바람이, 가슴을 후볐다. 사람이 아닌 바람이, 그저 아팠다.

엄마, 나, 오늘 입대해. 누가 물어보면 유학 갔다고 해. 조용히 갔다 조용히 올게.

달랑 남기고 온 메모 한 장. 스스로 택한 단절과 절대적 고립.

그래도 가슴을 후비는 이 바람보다는…….

그런데 왈칵.

이반은 식판을 들고 일어난다.

밥을 다 먹은 병사들이 빈 식판을 수거대에다 놓는다.

"미역국보다 된장찌개가 더 좋은데. 우리 엄마가 해준 된장찌개, 퀄리티 짱이거든."

"흐미~ 효자 되시겠습니다. 근데 좀 솔직하게 말할 수 없냐? 여친이 만들어줬던 김밥이 더 생각난다고."

음식과 냄새가 부리는 마술. 주로 여자들을 들추어내는 라이브 공연. 그때 먹었던 음식과 장소와 대화와 냄새, 눈의 찡긋거림과 입가를 적시던 미소를 전두엽까지 쑥~ 퀵서비스로 배달하는 마임.

엄마 몸에선 항상 청국장 냄새가 났다.

"엄마, 청국장 말고 다른 거 팔면 안 돼?"

"냄새 땜에 그러는 거지? 닥치시고요, 그 꼬랑내가 우릴 먹여 살리고 널 공부시키는 줄이나 알아라."

가게 유리문 앞엔 '무남리 30년 전통 청국장'이라는 고딕체가 커다랗게 붙어 있었다. 엄마 나이 대비 청국장 30년은 얼토당토않다. 30년을 청국장 백반만 팔았다면 엄마는 어림잡아 할머니 급이 되어 있어야 한다. 아니면 십 대 중반부터 청국장 백반 장사를 했거나.

"엄마, 저 30년이라는 거 순 구라지?"

엄마는 태연하다 못해 뻔뻔했다.

"구라 같은 소리 하네. 30년 맞고요. 아, 그러고 보니 30년 더 됐다. 얘, 저 유리문에 붙인 글자 말이다, 떼고 다시 붙여라. 50년 전통이라고. 아니, 5대째 전통이라고."

엄마는 청국장 백반을 올릴 때 놓을 밑반찬을 만들고 있었다. 푹 삶은 시래기에 양념을 넣고 조물거리는 솜씨가 가히 신 내림 수준이었다.

엄마는 플라스틱 사각 통에다 무친 시래기나물을 꾹꾹 눌러 담으며 한 마디 덧붙였다.

"요즘 중국산을 국내산 전통이라고 속이는 인간들이 좀 많은 줄 아냐? 엄마는 순 국내산 50년 전통 쓴다."

엄마는 메주를 쑨 적이 없다. 가게나 집에도 메주가 있었던 적은 없다. 엄마는 택배를 받듯 어딘가에서 청국장을 배달 받았다.

"50년이면 너무한 거 아냐? 어디서 배달 받는데?"

엄마는 어슷어슷 썬 오이에다 부추와 고춧가루를 넣으며 말했다.

"좀 심했나? 그래도 국내산은 국내산이야. 무남리 외할머니한테서 받는 거니까."

"외할머니는 나 초딩 때 돌아가셨잖아."

"돌아가실 때 장항아리도 가져가셨다니?"

"아무리 그래도 그렇지 그때가 언젠데 아직도 그 장이 남았다는 말이야? 엄마 사기 치는 거 맞지?"

"야! 너 그렇게 꼬라볼 거면 나가!"

엄마가 외할머니한테서 청국장을 받아다 청국장 백반을 만들어 판다 치자. 그런데 엄마는 그 걸로는 성에 차지 않는지, 손님상에다 밑반찬을 깔 때면 이런 말도 했다.

"이 된장 좀 맛보세요. 이거 30년 된 된장이에요."

30년이라…… 지금부터 30년 전이면…… 관두자. 엄마는 처음 청국장 집을 냈을 때도 30년이라고 했고, 10년이 지난 지금도 30년이라고 한다.

이때 손님들은 30년이라는 말에 조금은 송구스러운 몸짓으로, 약간은 반신반의와 호기심이 뒤섞인 표정으로, 30년산 코냑을 맛보듯 30년짜리 된장을 찍어 맛본다.

"어마! 정말 맛있어요."

엄마는 그 모습을 반드시, 상 앞에서 지켜봤다. 손님들이 감탄사를 진실성 있게 한다 싶으면, 말 잘 듣는 자식을 대할 때나 나올 액션이 더블보너스로 이어졌다.

"이거 하수오인데 우리 남편 주려고 한주전자 끓인 거예요. 하도 맛있게 드시니까 드리는 거예요."

없는 아빠까지 동원하는 엄마, 슬프다고 해야 하나 기가 차다고 해야 하나. 기가 찬 건 더 있었다.

엄마는 밥때가 지나 들어오는 손님에겐 항상 이런 말을 했다.

"예약하셨어요? 아이, 예약을 안 하셨다고요. 우리 집은 예약을 해야 하는데 어쩌나…… 근처 관공서에서 오시는 분들이 많아 예약을 안 하면 자리가 없어요. 아니, 나가실 건 없구요, 밥이랑 찬 남은 게 있으니까 들어오세요."

무남리 청국장 집 근처엔 관공서가 없다. 있긴 있다. 차로 30분 쯤 가면 초등학교가 하나, 파출소가 하나, 주민 센터가 하나.

"엄마, 그러지 말고 그 구닥다리 메뉴 좀 바꾸는 거 어때?"

엄마는 냄비가 과하게 끓을 때, 냄비 뚜껑이 덜그럭거리며 거품을 질질 흘리는 것과 같이 말했다.

"시끄러! 개털 날리는 소리 그만하고 공부나 해! 니가 이 가게 주방장 한대도 안 준다. 청국장 집 말아먹을 일 있냐?"

엄마의 청국장은 지금도 30년을 떵떵거리며 건재할 것이다. 살아야 할 이유, 살아남아야 할 조건을 꽉 채우기 위해선 30년 전통이 아니라 50년, 5대째 전통으로도 부족하다.

이반은 식당을 나온다. 점심을 먹은 병사들은 몇몇을 빼곤 보이지 않는다. 그 많던 얼룩무늬들은 남은 시간을 휴게실로 가 이어폰으로 노래를 듣거나 잡담을 하거나, 잡무가 밀린 병사는 사무실로 직행해 잡무와 끙끙대고 있을 것이다. 노래로 귀를 달래려 해봤자, 잡담으로 혀를 채우려 해봤자, 잡무로 끈기를 배우려 해봤자.

날씨가 무겁다. 하늘은 흐리고 찬기는 냉동실이다. 이반은 식당 윗길 도로로 나간다.

휴지 하나 낙엽 하나 없이 깨끗하기만 한 도로. 그래서 더 추워 보이는 관내. 돌아다니는 병사들조차 눈에 뜨이지 않고 추위는 기세등등.

이반은 움츠러든 몸으로 인도를 걷는다. 이럴 때일수록 이열치열,

추운 생각을 하자. 팔꿈치에 동상이 걸린다. 신나게 운다. 안구에 부종이 생긴다. 부종이 터져 앞이 보이지 않는다. 안구 척출 수술을 해야만 살 수 있다고 한다. 아이고 무서워라.

무서운 생각 말고 더운 생각을 하자. 활활, 모닥불이 투지를 불태운다. 불 위에다 석쇠를 건다. 석쇠 위에다 불면과 소화불량과 두통을 얹는다. 바글바글, 지글지글, 재도 없이 탄다. 속은 후련한데 냄새는 독소조항만큼이나 지독하다. 이러면 디톡스는 어려워지지.

어려운 생각 말고 쉬운 생각을 하자. 샴푸 한 통을 청국장에 짜 비빈다. 엄마가 욕을 폭포수로 쏟아 붓는다. 욕에 내쫓겨 '무남리 30년 전통 청국장' 앞에 선다. 쳇, 글자가 엄마만큼이나 못생겼네. '무남리 30년 전통 청국장'을 떼고 '중국산 30년 전통 청국장'을 써서 붙인다. 엄마가 질펀하게 두들겨 팬다. 그 자리에 쭉 뻗는다.

쭉 뻗는 생각 말고 쭉 걷는 생각을 하자.

쭉 뻗은 길로 하사와 중사가 걸어온다. 저 아저씨들, 군대를 직업으로 삼은 결심들. 군대를 직업으로 삼으면 은스의 수색조로부터 벗어날 수 있을까. 후환이 두려워. 지금도 은스는 은스를 만들어 이제 한된 구역까지 날려 보내는 걸. 자존심도 없는 계집애.

하사와 중사 뒤로 조종사가 온다. 저 아저씨도 직업 군인. 무슨 후환이 두려워 군대를 직장으로 잡았을까. 두려운 마음을 필! 승! 으로 달래려던 건 아니었을까. 필승, 반드시 이기겠다는 뜻. 무엇을 이기겠다는? 물론 적이겠지. 그 적이 휴전선 너머에만 있는 게 아니라는 것도 아시는지? 표 대위, 그대는 필! 승! 에 대해 좀 더 알아야 합니다. 반드시 이겨야하는 건 휴전선 너머보다 그대 자신입니다. 무엇이 근지러워 잘 가는 사람을 붙잡아 일장 연설을 늘어놓으십니까? 그대는 내 직속상관이 아니라 아저씨란 말입니다. 필승을 배웠으면 직속상관과 아저씨 정도는 구분할 줄 알아야 하는 거 아닙니까? 음, 재수 없음.

조종사가 이반 가까이 온다. 이반은 몸을 홱 돌려 도로를 건넌다. 건넌 도로 위엔 BX가 있는 건물. 이반은 무턱대고 BX 건물 계단을 오른다. 마침 BX에서 운항관제대 소속 원사가 나온다. 이반은 필! 승! 거수경례를 한다.

다시 필! 승!

반드시 승리하겠다…… 이반은 표 대위에게 퍼붓던 생각이 떠오른다. 자기 자신을 이기다, 그것은 나 자신을 적으로 두었다는 의미이기도 하다. 내 안에 든 나의 적은 무엇? 무엇을 이기겠다고 자원입대로 여기까지?

이반은 한숨을 쉬며 BX로 들어간다.

과자가 진열된 곳으로 가자 팝콘이 눈에 들어온다. 은스와 영화를 보며 먹던 팝콘. 이반은 팝콘을 집으려다 감자칩을 잡는다. 은스와 벤치에서 짭짭대던 감자칩. 이반은 감자칩을 놓고 다른 진열대로 간다.

흰우유와 초코우유와 바닐라우유와 딸기우유와 오렌지주스와 포도주스와 콜라와 사이다와 요구르트와 요거트와 생수와…… 모두 은스와 먹어본 것.

이반은 다른 진열대로 간다.

밀가루와 국수와 설탕과 간장과 식초와 마요네즈와 케첩. 은스와 먹어본 것의 재료로 쓰인 것들. 지금은 써먹을 일이 없는 것들.
없지만, 없어서, 이반은 설탕과 식초를 집는다. 생활관에서 설탕과 식초로 요리할 레시피가…….
뜬구름 같은 레시피가 허공을 둥둥 떠다닌다.
"우리에겐 레시피가 필요해. 네 입에도 맞고 내 입에도 맞는, 달달하거나 매콤하거나 달콤 짭조름하거나 암튼 우·리·만·의·레·시·피."
은스의 말은 껌처럼 단순 단맛이 아니라 열두 가지, 백이십 개 이상의 맛이 알록달록한 단맛.
이반은 알록달록 단맛에 달큰하게 침이 고였다.
"우·리·만·의·레·시·피, 콜~ 근데 고것이 뭔데?"
"글쎄 뭘까? 지금 알려주면 시시해지니까 담달에."
"깨갱~ 담달까지 은제 기다려. 오픈 북으로 하자."
"왜? 계량컵까지 달라고 하지."
밀당의 타수이자 포수이자 선구자 은스. 은스의 밀당 레시피는 단맛이 아니라 쓰디쓴 사약. 사약 곱빼기에다 곱빼기. 사약 세 제곱에다 세 제곱. 사약 곱빼기에다 천 제곱. 으혀~ 이것은 슬픔의 생체학. 뇌피질을 따끔따끔 쪼아대는 속물적 통증.
속물적 통증을 해체시킬 방법은 설탕과 식초를 그냥 찍어먹기. 그냥 찍어먹기 싫으면 털어먹기. 털어먹기 싫으면 섞어먹기.
이반은 설탕과 식초를 비닐봉투에 넣고 BX를 나온다.

이따위 짓이나 하려고 BX에 왔나? 그건 아니고, 상품이 요구하는 당연한 마케팅에 당연한 소비를 했을 뿐. 당연하지 않지만 당연하게 길들여진 응대였을 뿐.

이반은 식당이 있는 쪽 도로로 내려간다. 보일 듯 말 듯 눈발이 날린다.

눈은 군인에겐 재앙. 재앙을 예고 받고 욕을 퍼더버리고 있을 얼룩무늬들.

표준어만 있는 게 아니라 은어와 속어와 비어와 욕이 있다는 건 축복.

표준어는 배설의 욕구를 채워주지 못하지. 은어는 은밀하게, 속어는 속스럽게, 비어는 비열하게, 욕은 욕스럽게, 배설을 배설하며 그나마 쪼그라든 정신의 귀퉁이를 달래주지.

달래야지. 은어로 할까 속어로 할까. 이왕이면 욕스럽게.

설탕 같은 년, 당뇨나 걸려라. 식초 같은 년, 시어 터져라.

이런 그지 같은! ㄱㄱㄱㄱㄱㄱㄱ지 같은! 그지 같은의 삼각함수를 구하시오. ㄱㄱㄱㄱㄱㄱㄱ지 같은의 변의 합을 구하시오. 정말 그지 발싸개로군.

이반은 빠른 걸음으로 식당 건물 앞에 이른다. 점심을 놓친 병사가 식당으로 뛰어간다. 이반은 설탕과 식초가 든 봉지를 들고 식당으로 들어간다.

병사들이 줄지어 섰던 식대 앞은 텅 비고, 식탁엔 몇몇 병사가 거의 끝나가는 점심을 먹고 있다.

이반은 빈 테이블로 가 식탁 위에 비닐봉투를 놓고 가만히 앉는다. 이 물건을 왜 샀던가. 팝콘을 사 팍팍 먹었어야 했는데. 감자칩을 사 와작와작 씹었어야 했는데.

이반은 비닐봉투를 들고 주방 앞으로 간다. 주방 안에 있던 영양사가 다가온다. 이반은 아무 말도 하지 않은 채 봉지를 내민다.

영양사는 봉지를 열어보더니 어리둥절한 표정으로 이반과 봉지를 번갈아본다.

"이게 뭔데? 설탕과 식초네. 이걸 왜······."

마침 빈 식판을 가지고 온 병사가 봉지 속 물건과 이반을 흘깃거린다. 이반은 급한 볼 일이라도 있는 양 식당을 나온다.

뒤에서 병사들의 지껄임이 귓속을 쑤신다.

"와~ 졸라 쩔어. 멘탈에 금이 갔나 무슨 생각에 설탕과 식초?"

"호호, 조리 파트 맡고 싶었나보지."

"하여간 팩트감 실종이다. 여기를 개인 식당 어디쯤으로 착각한 듯."

"원래 적응이 안 되는 캐릭터는 무시하는 게 상책이다."

이반은 식당을 나와 문득 선다. 누가 니들더러 적응해달라고 했냐. 누가 니들더러 내 생각을 알아달라고 했냐. 팩트 감 실종이든 멘탈에 금이 가던 누가 니들더러 설탕과 식초를 처리해달라고 했냐.

이반은 도망치듯이 걷다 말고 걸음을 늦춘다. 걸음의 어느 한쪽에서 속살거림이 흘러나온다.

달아나려거든 등을 세워. 등에 가시를 돋우고 절벽처럼 생긴 그것들을 막아. 아니 찔러. 팍 찔러버려.

마징가는 씩씩하게, 장미는 안타깝게

찌르기는 쉽나. 눈이 이렇게 오시는데.

눈이 바람을 타고 점점이 흩날린다. 이반은 눈바람 속을 걸어 운항관제대 건물로 간다. 건물 앞에 이르자 방송이 나온다.

"전 장병 및 군무원은 소속 부서 및 대대 인근의 눈을 신속히 제설하여 안전 관리에 유의하시기 바랍니다."

운항관제대와 대대 건물 안 쪽에서 탄식소리와 욕지거리가 쏟아진다.

이반은 흩날리는 눈을 향해 손을 뻗는다. 차라리 눈이나 와라. 저 열하기만 한 인간, 땀이라도 뻘뻘 흘리고 근육통이라도 걸리게 왕창 쏟아져라.

**

하늘이 재채기를 하면 소나기눈을 내려.
기침을 하면 가루눈을 내려.
몸살이 나면 싸라기눈을 내려.
기분이 더러우면 진눈깨비를 내려.
느낌을 알 때면 함박눈을 내려.
지금 내리는 저 눈, 함박눈. 아주 엽 되다 못해 과잉된 눈의 감정 노출.
눈은 한동안 마른 바람 때문에 울증에 갇힌 게 분해 지금은 조증으로 자신의 존재를 과시한다.

눈의 과시로 인해 기상청은 비상이 걸리고, 바다와 육지에 기거하는 모든 생물은 기겁을 하고, 스키어들은 쿡쿡 웃느라 얼굴이 벌게지고, 방송매체들은 방송장비를 챙기느라 부산하고, 아마추어 사진작가들은 컷 하나를 잡으러 동호회를 소집하고, 도로교통 담당부서는 염화칼슘을 체크하느라 눈이 핑핑 돌고, 운전자들은 몸을 사리느라 엉금엉금 주행하고, 제설 방송을 들은 군인들은 발작을 일으킨다.
"꺄악! 쓰레기닷! 똥이닷!"
"똥 치우라고 나오라는데 진짜 똥 같은 소리다!"
군인에게 폭설 시즌은 잔혹함의 대명사. 야실야실 내리던 눈이 무슨 괘씸죄를 처벌하겠다고 소담스레 대담스레 쏟아진다.
사무실에서 근무하던 모든 군무원과 병사는 삽과 빗자루와 넉가래를 챙겨들고 대대 앞으로 나온다. 그들의 전투모에서 쌓이는 눈을 0.1초 만에 녹이고도 남을 복수심이 용광로의 온도를 비웃는다. 쓰벌, 저 똥오줌은 나를 갈군 선임이 싸지른 게 하늘로 올라가 내려오 '눈'거다. 저걸 기냥 꽉 밟아버려 죽여 버려? 북어 패듯 곽곽 팬 다음 빡빡 찢어먹는 게 낫지. 그보다 프라이팬에다 들들 볶은 다음 나를 볶은 선임에게 오지게 뿌려주는 게 답이다.
그렇게 저렇게 눈에 대한 척결심 단결심으로 불타지만 활주로와 격납고, 주기장 주변은 벌써 하얗다. 백색이 눈을 찌른다. 어질어질, 어찔어찔, 곱디곱던 감정선마저 악에 받친다.
해서, 눈의 절대적 안티파가 된 병사들.
"저케 드~러운 색은 첨 본다. 저거 오래 보고 있음 결막염 각막

염 백내장 녹내장 생긴다더라."

"그러기 전에 저 사악한 색을 사살시켜야지."

"똥오줌이 참 빡시게도 내린다."

눈의 두께는 벌써 1센티미터를 넘어선다. 병사들과 군무원은 너 나할 것 없이 눈을 밀어내고 쓸어낸다.

눈은 밀리기 싫단다. 쓸려나기 싫단다. 그게 생존의 법칙이란다. 그런 연유로 눈은 내리기를 그치지 않는다. 넉가래를 넉넉히 무시하고, 삽질을 삽삽하게 여기며, 비질을 비웃는다.

장병들과 군무원들, 뒤끝이 제법 긴 눈을 상식적으로 무시하며 치우고 또 치운다. 치우고 돌아보면 눈, 또 눈. 허탈해야 하나 분노해야 하나.

이쯤해서 잡다하게 떠도는 눈의 신화적 가설 하나.

눈의 나라엔 여왕과 마왕이 있지. (눈의 나라에는 선왕이 등장하지 않는다는 것만 기억하시라.) 그들이 눈을 바라보는 눈은 대체로 촉촉하지. 저 폭신한 눈을 수정 욕조에 담아 반신욕을 할까 전신욕을 할까. 저 어여쁜 눈으로 코르사주를 만들까 수영복을 만들까. 뭐든. 그보다 빌딩을 세우는 게 낫지 않겠어? 어제 부동산 컨설턴트가 귀띔해 준 것으로 치면 빌딩도 빌딩 나름이라나? 백 층짜리로 올릴까 천 층짜리로 올릴까? 오오, 그렇지. 빌딩이라면 숫자로 헤아릴 수 없는 층이 이상적이야. 오케이, 바벨탑. 이보게, 시지프 군, 바벨탑을 만들어라.

시지프 군, 바벨탑을 만들려 기단을 다지는데, 기단을 다지고 일 층을 올리는데, 일 층을 올리고 이 층을 올리는데, 이 층을 올리고 삼

층을 올리는데, 데, 데, 데, 데…… 하염없이 층을 올리는데, 층이 올라갈수록 눈을 가지러 맨 아래층으로 내려오는데, 데, 데, 데, 데…… 그렇게 뻘뻘 층을 올리는데, 데, 데, 데, 데…… 시지프 군의 눈에 살기가 등등.

장병들과 군무원들, 이젠 시지프 군의 능력을 의심하며, 뛰어넘으며, 눈의 다혈질에 맨 투 맨 대결. 그래, 니가 죽을래 내가 살까. 퍽퍽! 쓱쓱! 퍽퍽! 쓱쓱!

이반은 넉가래로 눈을 밀다 부삽으로 퍼 옆으로 던지다 한다.

이쯤 해서 단순 노동이 설화적 가설로 발전하는 예화 하나.

온통 눈밭이 된 활주로를 은스와 이반, 눈썰매를 타고 간다. 징글벨~ 징글벨~ 노래에 맞춰 은스와 이반은 쪽.

징글벨~ 징글벨~ 은스와 이반은 쪽쪽.

사슴뿔에 건 MP3에선 여전히 징글벨~ 징글벨~

은스와 이반은 쪽쪽쪽.

은스와 이반, 징글벨~ 부를 시간이 있으면 한 번이라도 더 뽀뽀를 하겠어요.

잘 가던 눈썰매가 끼이익~ 급정거.

은스와 이반, 입술이 빗나가 입술을 깨물고, 징글벨~은 급정거 없이 같은 리듬으로 징글벨~ 징글벨~

은스와 이반, 서로를 마주보다, 주위를 둘러보다, 하늘을 올려다보다, 땅바닥을 내려다보다, 음, 깨닫는다. 눈이 안 와. 눈이 없어졌어. 눈썰매 타고 스키 강사 알바 하러 가야 하는데 어쩌지?

이반, 대략 난감. 은스의 머리칼에 입을 맞추며, 걱정하지 마시오. 눈이 내리고 싶지 않은 모양이오. 내가 땅에서 솟게 하겠소.

이반의 말이 떨어지자 활주로 바닥에서 눈이 솟아나기 시작.

저거 새싹 아냐? 아니, 눈이야. 눈이 새싹 같아. 눈이란 원래 새싹처럼 나와. 정말? 그러엄. 근데 속도가 느려. 저거 쌓일 때까지 기다렸다 타고 가려면 알바 시간 늦겠어.

이반, 은스의 머리칼을 팩 뿌리치며, 거참 되게 안달복달하네. 먹는 거에 무식하면 용서가 돼도 눈에 대해 무식하면 용서하기 어려우리. 자, 우선 눈에 대한 과학적 증명을 해보지. 눈은 고체와 액체를 동시에 만족시키는 결정체다.

은스, 홍, 미화를 시켜도 정도껏 해라. 과학적 증명은 무슨 얼어 죽을 과학적 증명?

이반, 근심을 유발시키지 말고 다음 말을 잘 들을지니. 눈의 속성이란 고체와 액체를 반드시 증발시키려는 힘을 가지고 있다.

은스, 아, 시시해. 그런 거 말고 저 눈싹이 언제 눈밭이 돼 눈썰매를 탈 수 있을지 발표해봐.

이반, 땅속에서 하는 일을 내가 어찌 알리.

은스, 으허헝 으허헝~ 하울링. 난 망했다. 스키 강사 잘렸다.

"대충 해라 응? 넉가래 뽀갤래? 너만 뻥이 치는 걸로 보이잖아."

상병 D가 이반의 넉가래를 자신의 넉가래로 툭 친다. 신화와 설화의 주인공은 감쪽같이 사라지고, 눈을 주적으로 삼던 어깨들만이 입김을 팍팍 쏟아낸다.

무전기와 부삽을 든 중사 N이 이반과 상병 D에게 다가온다.
"여긴 그만하고 주기장으로 가자. 손이 달린다고 지원 요청 왔다."
주기장 앞도 운항관제대 앞과 다르지 않다. 치워도 치워도 쌓이는 눈, 눈과의 전쟁. 장교들, 간부들, 병사들, 조종사들, 여군들, 모두 눈을 밀고 쓸고 퍼 담느라 정신이 없다. 말은 안 해도 혓바닥과 기도는 충분히 욕으로 염색이 되었을 터.

대체 이 많은 눈은 어디서 오나. 하늘엔 염전 같은 눈전이라도 있나 소금창고 같은 눈창고라도 있나. 눈창고 권장의 비위를 건드리면 좋을 게 없다지? 오늘처럼 골탕 좀 먹어봐라 쏟아 붓는다지? 그렇다면 감히 누가 눈창고 권장의 비위를?

때는 달력으로 환산하기엔 벅차던 시대.

그때 화산이 폭발했더란다. 해일이 육지를 침범했더란다. 사람들은 혼비백산 도망쳤더란다. 화산과 해일은 도망치는 사람들을 보자 캬캬캬캬 웃었더란다. 가학에 도취된 화산과 해일의 표정은 퍽이나 아름다웠더란다.

이를 본 눈창고 권장은 시샘으로 꼴딱 날밤을 샜더란다. 니들만 무서워하나 어디 보자.

눈창고 권장은 눈창고를 활짝 열었더란다. 폭설 중에서도 가장 무게가 나가는 습설이 공대지 미사일로 지구를 덮었더란다.

사람들은 아이구 아이구 미쳐죽겠다, 습설을 치우려 사력을 다했더란다. 헌데 눈창고 권장은 워낙 애정 결핍증에 시달렸던 터라 인간의 사력이 양에 차지 않았더란다. 기우제 같은 것도 있다는데 그런 것 좀 받아보고 싶구나.

사람들은 기우제 같은 것은 모른다. 기우제만 안다.

기우제 같은 것만 아는 눈창고 권장은 가학에 도취되고 싶을 때면 지금처럼 눈폭탄을 융단폭격으로 내리붓는다고 한다. 화산이나 홍수나 해일과는 차별화된 전략으로, 소리를 내지 않는 것으로 내린다나 뭐라나.

이 사실을 모르는 사람들, 그저 성실성 밖에 없는 사람들, 눈의 잔혹사 시리즈를 어떻게 해보려 기를 쓴다.

이반과 상병 D는 주기장에서 제설작업을 하는 팀에 합류한다. 팀원들은 누가 누구인지 어디 소속인지 살펴 볼 새도 없이 죽어라 눈을 치운다. 이반은 상병 D의 충고인지 견제인지를 받았음에도 혼이 나가고 몸이 나가도록 제설작업에 몸을 바친다.

표 대위는 정신없이 눈을 밀다 이반을 돌아본다. 녀석은 머리에 전자칩을 깔았는지 제정신이 아니게 눈과 싸운다. 그리 튼튼해 보이지 않는 어깨는 쉴 새 없이 들먹이고 삽질하는 팔은 자학에 가깝다.

표 대위는 잠시 넉가래를 놓고 허리를 편다. 뭐지 저 녀석? 제설작업으로 분풀이라도 하겠다는 건가? 삽질하는 모습은 정신 줄을 놓겠다는 결심으로 보이고, 구부정하게 숙인 허리는 자신을 부정하려는 듯이 보인다. 왜 이럴까. 녀석이 어째서 마음에 걸리는 걸까.

눈이 오면 산동네 길은 연탄재 길이 된다. 새벽부터 누군가가 으깨어놓은 연탄재에는 타다 만 시꺼먼 덩어리가 군데군데 섞여 있었다.

고등학교 시절, 표 대위는 책가방을 들고 집을 나왔다. 천지가 하

않다. 낮은 지붕과 블록 담은 눈에 덮여 성탄절 카드 속 그림이다. 하늘에 걸린 조각달마저 눈의 눈썹인 양 하얗다. 산동네는 눈으로 인해 잠시나마 낭만이 된다.

표 대위는 대문 앞 계단을 딛다 말고 멈칫 섰다. 계단은 이미 눈이 치워져 있었고, 가지런히 난 비질 자국은 경건해 보이기까지 했다. 누굴까. 안집 할머니가 부지런을 떨었나.

표 대위는 계단을 내려오자 다시 섰다. 계단에서 골목으로 이어지는 좁은 길 역시 눈이 치워져 있었다. 더구나 길 복판엔 연탄재가 으깨져 있었다. 눈을 치우고 연탄재를 깔자면 힘깨나 들었을 텐데 누구일까.

연탄재 길은 골목 내내 이어져 있었다. 표 대위는 골목 마지막에 서 있는 전신주 앞을 지났다. 왠지 뒤통수가 당겼다. 뒤를 돌아봤다. 구부정한 어깨, 땅바닥만 보며 가는 등판, 한 손엔 빗자루를, 다른 한 손엔 빈 연탄집게를 들고 가는 사람.

아버지는 전신주가 비추는 빛 저 너머로 발소리도 내지 않고 올라가고 있었다. 표 대위는 아버지와 마주치지 않은 까닭이 의아했다. 길은 하나였다. 곁길도 있긴 했지만 연탄재를 뿌린 길은 하나였다. 집에서 버스 타러 가는 길, 학교로 가는 길.

표 대위는 머리가 뜨끈해온다. 한눈 한 번 팔지 않고 제설작업에 몰두하는 저 녀석은 대체 누구란 말인가.

이반은 작정한 듯 삽질만 한다. 허리며 팔다리가 뻐근할 법도 한데 머릿속은 엉뚱하게도 영화관에 가 있다.

심야극장.

거의 비다시피 한 객석, 연인들 몇이 띄엄띄엄 앉아 영화를 본다.

영화 앞에 앉은 은스, 팝콘을 집어먹으며 영화에 열중.

은스 옆에 앉은 이반, 은스는 영화만 보러 영화관엘 왔나.

은스, 팝콘을 멈추고 콜라를 발칵발칵.

콜라와 팝콘과 영화를 오가는 사이, 심야영화는 디 엔드.

심야극장을 나온다.

눈이 펄펄.

이반, 눈이 내리는데, 내리니까, 은스를 안고 싶은 욕망이 비대해진다.

"와~ 눈이다. 이반이반, 눈이 와. 우리 저기 포장마차에 가서 오뎅 한 꼬치 먹을까?"

이반, 포장마차와는 반대편으로 고개를 돌린다.

"별루인가 보네? 그럼 뭐 할까. 이렇게 눈이 오면 뭔가를 해야 할 거 같아. 그치그치 응? 고궁이 문을 열었으면 좋았을 텐데."

이반, 고개를 외로 꼰 채 듣는 척 마는 척.

"영화 잘 보고 나와서 웬 뿔따구? 그럼 우리 눈 오는 길 걸어볼까? 집까지?"

"추워. 다리도 아파."

"아이 참, 계속 뻑사리 낼 거야? 그럼 여기서 헤어져."

뾰로통 돌아서는 은스.

이반, 은스 뒤를 타박타박 살살, 타박타박 살살.

"왜 따라와?"

은스, 팩 돌아보며 눈을 흘긴다. 이반, 대답할 말을 찾지 못해 어정쩡.

은스, 발걸음을 딱 멈추고 눈으로 따진다. 왜 따라와? 왜? 왜? 왜?

이반, 은스의 눈초리를 얼얼하게 삼키며,

"그러니까…… 나는…… 네게 갇히고 싶어. 지금."

은스, 무슨 뜻인지 고개를 갸우뚱.

이반, 생전 처음 진실을 말할 때처럼 목에 잔뜩 힘을 주며,

"저기…… 나를…… 건드려 달라는 말. 당장."

그제야 무슨 뜻인지 알아챈 은스, 조금 어렵다 싶은 질문을 던진다.

"남자들은 여자를 만났다 하면 왜 자고 싶어 해?"

이반, 한 번도 생각해 본 적이 없는 난해한 질문.

"다른 남자들은 모르겠지만 내 경운, 그러니까…… 사랑하는 걸 확인하는 방법으로 자는 것보다 확실한 건 없다고 생각해."

확실한 소리가 활주로에서 난다. 이반은 삽질을 멈추고 활주로로 눈을 돌린다.

활주로엔 눈 갈라 쇼. 입이 딱 벌어지게 내리는 눈. 사물을 압도하고 사람을 제압하는 눈. 그 사이로 마징가라는 별명의 제설작업차량 SE-88(Snow Equipment-88)이 위풍당당 등장한다.

마징가, 쌓인 눈을 고민 없이 밀어낸다. 눈의 과학적 증명과 눈의 잡다한 신화와 설화와 전설, 눈의 이중성과 욕망을 가차 없이 징벌한다. 넓적한 판으로 눈바다를 드드드드 딜리트, 뜨거운 바람으로

쎙쎙쎙쎙 딜리트. 시지프 군의 노고를 덜어주는 늠름한 노동자 마징가. 희망 없는 노동과 눈에 대한 편견을 간단히 해치우는 의지파 큰형님 마징가.

마징가는 살아있는 거대한 거미과 동물. 퇴역한 전투기의 엔진을 부착한 것으로, 몸체에 붙은 양팔은 길고도 강인하고, 몸체 아래에 붙은 긴 쇠막대는 거미과 괴물의 입. 스걱스걱, 모든 걸 씹어 먹을 듯 저걱저걱, 모든 걸 짓밟아버릴 듯 위압적이다.

마징가가 활주로를 서서히 점령한다. 눈 따윈 별 게 아니라는 듯, 눈창고 퀀장 따윈 어림 반 푼어치도 없다는 듯, 싱글싱글 폼을 잡는다.

마징가가 380도 열풍 콧바람을 후힝후힝 잘도 내뿜는다. 습설의 잔해와 습기가 고열의 바람에 날아간다. 그때, 눈 내리던 날 밤의 시간은 마징가의 콧김에 건조되고 그때, 눈 내리던 날 밤의 사랑은 마징가의 발길에 철거된다. 괴력의 마징가, 매우 우러러볼만한 블록버스터 급 딜리터.

마징가가 뿜어낸 습설의 잔해가 스모그를 뿌린 양 뽀얀 눈바람으로 날린다. 그 안에 있으면 누구라도 신비해질 수 있는 체험의 세트장.

마징가를 보던 병사들, 감탄과 아쉬움이 섞인 대화를 주거니 받거니.

"와~ 저 활주로, 꿀 빨았네."

"그러게. 오늘 귀대하는 애 누구지? 개도 꿀 빨았다."

"난 휴가 갔다 귀대하는 날이면 꼭 쓰레기가 내리더라."

"야, 취침 중에 내리지 않은 것만도 어디냐."

마징가의 자부심이 자만심으로 펄쩍 뛰는 순간, 중사 N이 이반과 상병 D에게 다가온다.

"뒷정리하게 활주로로 가자."

중사 N이 무전기로 지프를 부른다. 지프가 오자 이반과 몇몇 병사들이 지프에 오른다.

표 대위는 활주로로 향하는 지프를 지켜본다. 항상 있던 물건이 없어진 걸 알았을 때의 느낌이 이럴까. 헤어질 기회를 엿보는데 상대가 먼저 헤어지자고 말할 때의 느낌이 이럴까. 표 대위는 아버지가 떠난 후, 뒤늦게 다가온 느낌과도 같은 것이 헛바늘로 돋는다.

빈소는 조용했다. 고인에 대한 회고도 눈물도 한숨도 없이, 조용한 게 아니라 적막했다. 조문객이라고 해봐야 가까운 일가친척 몇이 고작이었다. 아버지는 그 누구의 애달픔도 받지 못한 채 떠났다. 그런데 어깨는 왜 이렇게 가벼운지, 뒷목은 왜 이다지 홀가분한지. G-포스*에 눌리던 몸이 순식간에 무중력 상태로 들어간 듯했다. 그러다 다시 급격히 G-포스에 갇혀버리는 느낌.

표 대위는 납골당에서 나오는 내내 입을 꾹 다물었다. 아내 역시 아무 말도 하지 않은 채 반쯤 풀어진 옷고름만 고쳐 맸다. 표 대위는 무슨 말이라도, 하다못해 날씨나 유행하는 패션에 대한 말이라도 나왔으면 했다.

납골당 건물 로비를 막 나갈 때 아내가 상복 치마 끝을 밟았다. 드득, 솔기 뜯어지는 소리.

------
* G-force : Gravity force의 약자로 중력이 누르는 힘을 의미함.

아내는 저고리 앞섶과 치마를 움켜쥐었다.
"오빠는 비행복 입었을 때가 제일 근사해요."
엉뚱한 얘기. 하지만 사람의 목소리. 내용이야 어떻든 개도 소도 말도 아닌 사람의 언어.
아내는 흘러내리는 치마를 연신 추슬렀다.
"자동차 정기검사 받으라는 쪽지 왔던데 오늘 그거 받는 거 어때요? 비상대기다 뭐다 항상 바빴잖아요."
아내는 자꾸만 다른 얘기. 다른 얘기여도 좋으니 계속 조잘거려주길.
표 대위는 차를 몰아 주차장을 빠져나왔다. 납골당에서 내려나오는 도로는 비행단의 도로만큼이나 깨끗했다. 날씨는 화창했고 긴팔과 반팔 차림의 사람이 섞여 있었다. 햇빛이 직선으로 앞 유리창에 꽂혔다.
자동차가 전용도로를 타기 시작했다. 차는 막히지 않았지만 차 안은 이상하게도 상견례 자리에서만큼이나 거북했다.
아버지는 상견례 자리에서 안 해도 좋을 말을 했다.
"가난하고 볼품없는 자식입니다. 누구 하나 챙겨주지 않았는데 지가 알아서 큰 놈입니다. 지 에미는 아프고 전 새벽부터 나가느라……."
장인이 정종을 따라 아버지에게 건넸다.
"공무원이시라면서 어떤 일을 하시기에 새벽부터 출근하셨습니까. 사위가 사돈어른의 부지런함을 물려받았나봅니다 허허."
7~8G 상태가 이럴까. 표 대위는 아버지를 돌아보았다.
아버지는 반주 정도로는 어려움없다는 듯, 빈 정종 병을 치켜들었다.

"이거 벌써 술이 다 됐나. 안주가 이렇게 좋은데…… 어이! 색시! 여기 한 병 더 주쇼."

표 대위는 아버지를 쏘아보았다. 아버지는 뜻밖에도 눈을 돌리지 않았다. 아버지의 눈은 글썽이는 눈처럼 젖어 있었으나 그 어느 때보다 번뜩였다. 폭약을 향해 타들어가는 심지의 불꽃. 표 대위는 턱, 숨이 막혔다. 어서 끝내자. 빨리 이 자리를 마치자.

자동차는 전용도로를 빠져나가 첫 번째 신호 앞에 섰다. 차 안은 기름이 엉기며 응고되는 과정을 하나하나 거치고 있는 듯했다. 표 대위는 무슨 말을 해야 할지, 어디를 봐야 할지 막연히 길 건너로 시선을 돌렸다. 길 건너엔 화원이 있었고, 일찌감치 비닐하우스에서 출하되었을 국화가 화분으로 놓여 있었다.

표 대위는 화원이 있는 쪽으로 유턴해 차를 세웠다.

화원의 꽃들은 야생이 아닌 온실에서 갓 나온 것들이었다. 누군가에게는 온실의 것이라 환영받을 꽃들.

표 대위는 물통에 꽂혀 있던 빨간 장미를 전부 포장해 달라고 했다. 비바람도 모르고 새벽의 산동네도 모르고 자랐을 장미. 세심하게 관심 받으며 관리되어 나왔을 붉은 이파리들.

표 대위는 장미 묶음을 들고 자동차로 갔다.

아내는 표 대위가 건넨 장미를 받아들었다.

"계절 없는 장미. 장미는 이제 너무 흔해서 장미가 아니에요. 지금에야 장미로 프러포즈를 하는 건 아닐 테고."

표 대위는 아무 대꾸도 하지 않은 채 자동차 검사장으로 차를 몰왔다.

검사장에서 자동차 등록증을 내고 검사비를 지불할 때까지 아내는 스마트폰만 들여다봤다. 스마트폰에서 토해내는 수많은 말들. 지구 저쪽에서 하는 말, 한두 번쯤 얼굴을 본 사람의 말, 한 번도 가거나 겪어보지 못한 풍광과 사건에 대한 말. 아내는 화면과 꽤 오래 이야기를 나누고 있었다.

표 대위는 정기검사라는 안내판이 있는 쪽으로 차를 틀었다. 차 몇 대가 차례를 기다리고 있었다.

아내는 스마트폰을 닫더니 뜬금없는 말을 했다.

"오빠와 난 아이에 대해선 얘기를 안 해요."

표 대위는 묵묵히 있기만 했다. 아이는 쉽게 결정할 일이 아니다. 아이가 생기면 자의든 타의든 아버지가 된다. 아버지는 그렇게 되는 게 아니다.

아내는 장미꽃잎을 손끝으로 살살 비벼댔다.

"아이는 우리의 얘긴데 오빠와 난 우리의 얘기를 안 해요."

표 대위는 여전히 침묵했다. 아이야 낳을 수 있지만 아버지가 되는 건 어렵다. 아내가 자라왔던 것처럼 구김 없이 키우고 싶은 욕심도 있지만 행여 비행 사고라도 나면 그땐 어떻게 할 것인가. 아이는 보살피고 함께할 자신이 있을 때에나 가져야 한다. 차원이 다르긴 하나 터뷸런스나 비상착륙을 하는 게 아버지가 되기보다 쉽다. 이런 심정을 무슨 수로 얘기할 수 있을까. 어디서부터 어떤 말로 실마리를 풀어내야 할까.

아내는 가시에 살짝 손가락을 대다 떼다 했다.
"만약 낳게 되면 척추가 곧은 아이를 낳고 싶어요. 오빠처럼."
앞 차가 정기검진 부스 앞으로 다가갔다. 표 대위는 앞 차에 맞춰 움직였다. 척추가 곧은 아이…… 오빠처럼…… 거기다 가시도 좀 있는 아이라면 좋겠지.
앞 차가 정기검진 부스 안으로 들어갔다. 검사소 직원이 다가와 차에서 내리라고 했다. 아내는 장미꽃 다발을 안은 채 차에서 내렸다. 표 대위는 대기실로 가며 아내와 장미꽃을 번갈아보았다.
"그거…… 들고 가게? 차에다 놓을 걸 그랬나?"
아내는 보일 듯 말 듯 고개를 저었다.
"아니요, 들고 가는 게 좋겠어요. 내게 준 게 아니니까."
아내 말대로 딱히 아내에게 주려고 산 건 아니다. 차안은 상견례 자리만큼이나 거북했고 햇볕은 따가웠다. 그래서 샀다. 꽃이란 말도 안 되는 이유로도 살 수 있는 게 아닌가.
표 대위는 긍정도 부정도 하지 않은 채 대기실로 들어갔다. 얼마간 검사가 끝나자 검사원이 검사결과표를 들고 대기실로 들어왔다. 대기실 한쪽 데스크에 있던 담당자가 표 대위의 이름을 불렀다.
"배출가스 상태도 좋고 엔진도 좋게 나왔습니다. 앞바퀴의 마모 상태가 좀 안 좋게 나왔네요. 지금 당장은 아니더라도 교체하셔야 합니다."
표 대위는 검사결과표를 들고 밖으로 나왔다. 밖에 있겠다던 아내가 아기를 안듯 장미꽃 다발을 안고 차로 왔다. 검은 상복에 새빨간 장미꽃 다발을 든 아내, 고결해 보이기도 하고 관능적으로 보이기도 했다.
아내가 조수석에 앉더니 장미꽃 다발을 가슴에 품었다.
"오빠와 나는 모조품이 아니에요."
아내의 말은 내리쬐이는 가을 햇볕보다 따가웠다. 표 대위는 시동을 걸다 말고 도로 껐다. 모조품…… 무슨 뜻일까.
아내는 눈을 내리깐 채 장미꽃만 내려다보고 있었다. 표 대위는 장미꽃에 눈을 돌렸다. 저 꽃을 왜 샀던가. 아버지는 모조품처럼 살다 모조품처럼 납골당으로 갔다. 꽃 한 송이 받아보지 못하고 뒷모습으로 살다간 인생.
표 대위는 와락 아내를 끌어안았다. 가을볕이 앞 유리창을 뚫고 표 대위의 뒷머리를 달궜다. 표 대위는 한동안 아내를, 아내가 품고 있는 장미꽃에서 몸을 떼지 못했다. 심연 저 어딘가에 뭉쳐 있던 눈물 같은 것이 흐느끼듯 올라왔다.
눈발이 옅어진다. 이반과 병사들은 마징가가 치우고 간 자리를 정리하려 활주로에 선다. 표 대위의 눈가가 축축해온다. 눈 속으로 점점이 흩어지는 얼룩무늬들. 기억 속에서 점점이 찍혀 나오는 얼룩한 무늬들.
표 대위는 활주로를 등진다. 녀석을 볼 때마다 아버지가 보이는 것은 무엇 때문일까. 들키고 싶지 않지만 들켜야 가벼워질 듯한 이 느낌의 다발은 무엇인가. 표 대위는 쌓인 눈에다 한바탕 오줌이라도 갈기고 싶은 충동이 인다.

마징가가 궁궁 지축을 흔든다. 그 뒤를 FO 작업 요원들이 나란히 줄을 맞춰 걸어간다. 고개를 숙이고, 비질을 하며, 이물질이 있나 살핀다.

표 대위는 다시 넉가래를 잡는다. 제설작업으로 온몸이 지근지근할 저 병사들. 아버지처럼 근면하고 디테일한 딜리터들.

저들에게 장미를.

주지 못한 장미를.

받아보지 못한 장미를.

FO 작업으로,
ACM 훈련으로

이기적인 오후.

솜털 바람 한 자락이 활주로에 사뿐.

문턱도 빗장도 없는 곳에서 허리를 잘록잘록, 어깨를 달싹달싹.

귀엽고 깜찍한 척 연신 까불까불 자아도취.

얼마 전까지만 해도 초지와 활주로는 구분할 수 없게 눈의 평야, 눈바다였다. 초지 건너, 활주로를 빙 둘러싼 낮은 산에도 떡 버무리를 한 듯 사철나무는 눈 범벅이었다.

초지 옆 개울에서 물소리가 한창이다. 눈 녹은 물이 넉넉한 곳간의 곡식을 풀어놓은 양 풍성하다. 초지는 아직도 누렇지만 푸릇푸릇 솟는 힘을 가누지 못한다. 봄이 뒤척인다. 땅속 씨앗들이 가만가만 흙을 긁어댄다. 완연하진 않지만 봄의 뒤태가 들썩인다.

얼룩무늬에 연두색 야광 조끼를 받쳐 입은 FO 작업 요원들, 활주로 시작점에 일렬로 선다. 손엔 빗자루와 쓰레받기, 옆구리엔 쓰레기 주머니.

FO 작업 요원들, 열을 맞춰가며 활주로를 훑기 시작한다.

활주로는 항공기의 플랫폼. 부대마다 다르긴 해도 폭은 대략 45미터, 길이는 3천 피트 즉 9킬로미터.

다섯 명의 FO 작업 요원들은 45미터의 폭을 일정한 블록으로 나눠 맡는다.

항공기 바퀴에 작은 이물질이라도 끼게 되면 대형사고로 이어질 수 있다. 아주 작은 핀이나 돌멩이 부스러기도 항공기 엔진에는 치명타. 비 온 후에는 달팽이나 지렁이가 활주로로 꽤 올라오지만 지금은 달팽이나 지렁이 철은 아니다.

요원들, 현미경 눈으로 활주로 바닥을 살핀다. 10미터가 지나도록 이물질 무사통과. 쭈욱~ 쭈욱~ 이대로, 다들 그렇게 바라지만 세 번째 블록을 맡은 요원이 허리를 굽힌다. 검정색 단추 하나.

조금 더 가자 다른 요원이 뭔가를 집어 쓰레기 주머니에 넣는다. 볼펜. 이번엔 첫 번째 블록을 맡은 요원이 비질을 한다. 깨진 바닥에서 돌멩이 부스러기.

요원들은 껌을 집고, 핀과 어느 용도에 썼을지 모른 빛바랜 끈 같은 것도 집는다. 단추나 핀, 골프공이나 껌은 항공기와는 무관한 것들. 그럼에도 활주로엔 사람들이 흘렸을 법한 물건들이 나온다. 바람이 실어온 흔적들.

중앙 블록을 맡은 조장이 농담이랍시고 던진다.

"이 쓰레기들, 어디서 온 건지 아냐? 하늘이 내려주셨다. 얼마 전 쓰레기 내렸잖아. 그때 이것들을 선물로 주신 거다. 오늘의 이날과 임무를 잊지 말라는 뜻에서."
 썰렁한 휘소리, 대꾸하는 요원이 없다.
 네 번째 블록을 맡은 이반, 쓰레받기 끝으로 살살 바닥을 긁는다. 새똥.
 이 새똥은 동료의 시체를 본 새의 반응. 그런데 새야, 우리는 너를 이물질의 최강자로 블랙리스트에 올렸구나. 그런데 겨우 똥이나 찍? 앞으로 찍을 하려거든 포유류만큼만 해라.
 그때가 되면 나, 이반은 노래 부르리. 빌딩 사이로 떨어지는 해를 바라보며, 빌딩 상단에 붙은 커다란 전광판을 바라보며, 전광판 안에서 냉장고를 선전하는 여자 탤런트를 바라보며, 여자 탤런트의 웃음이 나를 진동시키던 쩡아, 은스의 웃음보다 떨어지는 걸 바라보며, 바라보다,
 혼자 쓸쓸히 테이크아웃 커피를 들고, 테이크아웃 커피를 든 연인들이 찰싹 달라붙은 채 해피 톤으로 말하는 걸 바라보며, 버스가 왕왕거리며 달리는 거리를 바라보며, 그 거리를 솜털로 간질이는 바람을 바라보며, 바라보다,
 다시 활주로의 바람이 그리워 활주로를 찾아 노래하리. 활주로 이 끝에서 저 끝을 향해 목청을 높이면 나, 이반은 물고기가 되거나 날짐승이 되거나, 되길,
 되었다고 합니다.
 새야, 뜻 모를 그리움 같은 것이 폭주하는 이때 나, 이반은 행방불명된 자, 행방이 묘연한 자가 되었다. 너처럼 똥이나 찍— 그럴 만큼

도 안 되게 나, 이반은 중력의 언밸런스를 받는 중인가보다. 이런 상태가 지속되면 나, 이반은 자꾸 노래가 부르고 싶어질 텐데 어떡할까. 노래의 관성이 붙어 안면마비가 될 때까지 부르면 어떡할까. 이 모든 것은 기억의 죄의식. 어찌 해 볼 수 없는 이반의 죄의식.

새야, 은스는 잘 지내고 있다던? 나 없이도 호호거리며 있다던? 은스는 말이지 전해질에 이상이 생겼나봐. 뇌가 간질 증상에 시달리나봐. 갑자기 갑질의 종결자가 되어 나를 죽이려는구나. 갑질이 무서워. 은스가 무서워. 나는 말이지 은스를 이 쓰레기 주머니에, 엄마도 이 쓰레기 주머니에, 청국장에서 펄펄 끓는 흑역사도 이 쓰레기 주머니에.

활주로는 어느 새 터칭존.

터칭존엔 항공기 바퀴가 랜딩하며 터치한 자국으로 까맣다. 까만 줄의 스키드 마크가 하나 둘로 시작해 나중엔 줄이 아닌 면이 되어 있다. 항공기의 비상과 열기가 까만 타이어 자국에서 후끈거린다.

이반은 까만 바닥에서 누런색 나사를 줍는다. 어디에 쓰는지 어디서 떨어졌는지 모를 납작한 나사 하나.

이 나사는 그때 그 나사다. 조장 말대로 눈을 타고 왔다. 편의점에서 이곳 활주로까지 피웅~

은스, 콧잔등에 살짝 주름을 잡아가며 웃었다.

"어제 편의점에서 알바 하는데 별일도 다 생기더라."

듣는 사람보다 말하는 사람이 더 재미있어하는 표정.

"배가 고파서 편의점에 있던 빵 하나를 먹었어. 반쯤 먹었을 때야.

뭐가 뚝, 씹히는 거야. 뭔가 꺼내 봤더니 납작한 나사더라. 이게 뭐지? 그러다 쫌 생각을 했지. 제품회사에다 전화를 걸까 소비자고발센터에다 알려야 할까. 일단 제품회사에다 전화를 했어. 이러한 나사가 빵에 있었다고, 빵 먹다 이빨 나가는 줄 알았다고. 그랬더니 전화 받은 사람이 팔짝 뛰면서 거짓말하지 말라는 거야. 그 말만 안 했어도, 사과만 했어도 그냥 넘어가려고 했는데 열이 오르더라. 그래서 말했지. 그럼 이 나사를 국과수에 보내 감정 의뢰 할 테니 알아서 하라고. 전화를 끊고 얼마 있으니까 빵 제품회사 직원이라는 사람이 왔어. 절을 하다시피 사과를 하더니 나사를 달라는 거야. 그러면서 하는 말이 빵을 한 박스 줄 테니 모른 척 해달라나? 웃겨서. 웃기지 않아?"
"응, 웃겨. 그래서 뭐라고 했는데?"
"조건을 냈지. 빵은 싫고 이 나사랑 똑같은 모양으로 순금을 만들어주면 입을 다물겠다고. 그랬더니 뭐라고 했게?"
"뭐 개념 상실녀라고 하지 않았을까?"
"쪼잔하긴. 문학하는 사람의 상상력이 그 정도밖에 안 돼? 빵 직원은 내가 내건 조건보다 더 좋은 조건을 냈다고. 뭐냐면, 나랑 같이 금은방엘 가재. 나사 가지고 되겠냐고, 순금으로 된 돼지를 사주겠다고."
"진짜?"
"진짜. 난 얼씨구나 하고 갔어. 그랬더니 진짜 순금 돼지를 사주는 거야. 혹시 금메끼가 아닌가 깨물어봤는데 진짜 금이었어. 대박! 완전 대박!"

"그 순금 돼지 어딨어?"

"어젯밤 꿈에 저장되어 있어. 그 꿈, 혹시 태몽은 아닐까?"

은스, 오버페이스.

오버페이스를 막아 줄 초과저지망 앞.

초과저지망은 활주로 끝에 있는 것으로, 항공기가 착륙 지점을 넘었을 경우 이탈을 막기 위해 설치한 쇠줄이다. 바닥에서 30센티미터 높이로 이쪽 끝과 저쪽 끝에 단단히 묶여 있다.

초과저지망 뒤에는 또 다른 초과저지망이 있다. 항공기가 첫 번째 초과저지망마저 뚫고 나갔을 경우 잡아주는 망이다.

은스는 이미 첫 번째 초과저지망을 뚫고 나가버렸다. 두 번째 초과저지망이 막아주었는지 어땠는지는 알 수 없다. 은스의 오버페이스를 제어해줄 줄이나 망은 무용지물이 되었는지도 모른다. 으슬으슬. 차갑지만 따뜻한 기가 들어 있는 바람이 개울물을 타고 활주로를 달린다. 요원들은 청소 장비를 들고 활주로 밖, 운항관제대 건물로 향한다. 이반은 요원들을 따라가며 문득, 뒤를 돌아본다.

활주로, 저 넓기만 길엔 살풍경이 활개를 친다. 주워도 주워도 계속 주워야 할 이물질, 은스. 쓰레기 주머니가 넘치도록 담아도 계속 담아야 할 청국장의 흑역사. 장렬하게 조퇴하시라 흑역사들아. 조퇴가 싫으면 자퇴를. 자퇴가 싫으면 자해를. 자해가 께름하면 자폭을.

FO 작업 요원마저 가버리자 활주로는 카펫을 깔아놓은 양 멋들어지게 여유롭다. 여유로우니 놀고 싶고, 놀고 싶으니 춤추고 싶고, 춤추고 싶으니 몸부림이 난다. 이럴 땐 기차를 타고, 기타를 튕기며, 직렬 오기통춤을 추며 단체로 나들이 가는 게 최고.

나들이 길엔 미소를 잊지 마. 슬픔은 게으르게, 수다는 해롭지 않을 정도만. 기상나팔 소리는 챙기지 마. 어쩌다 생각나는 이가 있다면 잠시만.

햇빛과 바람이 서로를 유혹하며 몸집을 불린다.

그것과는 별로 어울리지 않는 크다마 한 덩치의 진공청소차 바큠클리너(Vacuum Cleaner). 바큠클리너 두 대가 활주로 끝에서 등장한다. 멀리서 보면 그 자리에 서 있는 듯이 보이지만 시속 10킬로미터로 주행하며 이물질을 제거한다. 공상영화에나 나올 법한 검은색의 이 차량은 직육면체의 상자 모양으로, 차량 아래엔 커다란 브러시가 전동칫솔처럼 돌아가며 이물질을 빨아들인다. 브러시 옆에는 바람을 불어내는 장치가 빨아들인 이물질을 활주로 옆 공간으로 밀어낸다. 차량 앞면 하단엔 자석으로 된 대형 마그네틱 바가 있고, 그것은 철사 같은 금속 물질을 빨아들인다. 빨아들인 이물질은 백 개 정도 달린 쓰레받기로 담아낸다.

표 대위는 비행대대를 나와 이글루로 간다. 오전엔 스모그가 좀 끼어 있더니 지금은 화창하다. 화창하기만 한 날씨가 가슴을 후빈다. 표 대위는 그때로 돌아간 듯 우뚝 그 자리에 선다.

봄이 유난히 요염을 떨던 휴일 오후. 표 대위는 책가방을 챙겨들고 방을 나왔다. 아버지는 고무대야에 가루비누를 넣고 청소복을 주물거리고 있었다. 청소복을 몇 번인가 주물거리고 헹구더니 처마 밑 빨랫줄에다 널었다. 길이가 2미터 남짓 되는 빨랫줄은 담벼락에 못을 박고 매단 탓에 청소복은 거의 담벼락에 붙다시피 했다. 청소복에서 물이 뚝뚝 떨어졌다.

한겨울이면 옷에서 떨어지는 물은 고드름이 되기 일쑤였다. 장마철에는 겨우 물기만 짠 듯 척척했다. 아버지는 늘 축축하고 꿉꿉한 옷을 입고 새벽마다 집을 나갔다.

아버지는 빨랫줄에다 청소복을 널자 담벼락에 기대어 섰다. 아버지가 주머니에서 담배를 꺼내 입에 물었다. 아버지는 하관이 깊게 패도록 담배를 빨았다. 담배 연기가 수증기처럼 피어올랐다.

표 대위는 도서관으로 가려고 앞마당으로 나왔다. 앞마당은 적요하리만치 고요했다. 마당 한가득 빛의 바늘이 우수수 꽂혔다. 표 대위는 책가방을 든 채 그 자리에 섰다. 앞마당을 거침없이 가로지르는 빛. 그 빛을 쨍쨍하게 받고 있는 빈 빨랫줄. 빨랫줄 한가운데에는 바지랑대가 세워져 있고, 땅바닥엔 바지랑대의 그림자가 비스듬히 누워 있었다.

표 대위는 빨랫줄에서 눈을 떼지 못했다. 이 좋은 날에 이 좋은 빨랫줄을 놔두고 뒤꼍 응달에서…… 성성해진 물집 같은 것이 욱신욱신 올라왔다.

활주로에도 온통 빛 천지다. 빛을 차지한 바큠클리너 두 대가 활주로 끝에서 작업을 시작한다. 사람의 눈을 피해 새벽에나 운행하는 푸르뎅뎅한 색의 청소차와는 달리 검은색을 번들거린다.

표 대위는 까맣게 반짝이는 바큠클리너를 응시한다. 부동인 듯 착시현상마저 주던 바큠클리너가 조금씩 다가온다. 움직임이 꼭 아버지를 닮았다. 아버지는 바큠클리너를 몰고 햇빛 한가운데로 들어간다. 바큠클리너가 좁은 산동네 길을 쓱쓱 올라간다. 바큠클리너는 앞마당의 긴 빨랫줄과 바지랑대 앞에 선다. 아버지가 핸들을 멈추고 차에서 내린다. 아버지의 얼굴은 술에 절어 불콰한 게 아니라 새신랑처럼 말쑥하다. 아버지가 바큠클리너 지붕으로 올라간다. 아버지는 따끈따끈해진 바큠클리너 지붕 복판에 비스듬히 눕더니 한쪽 팔로 얼굴을 괸다. 아랫동네의 지붕이 햇빛을 튕겨낸다. 아버지의 눈에 졸음이 몰려온다. 아버지는 습습한 옷을 말리듯 햇빛을 받으며 꾸벅꾸벅 존다.

바큠클리너가 활주로 중간까지 와 있다. 표 대위는 바큠클리너에서 눈을 돌려 이글루로 향한다.

이글루로 가는 길에는 격납고가 있다. 격납고는 치료해야 할 항공기나 검진을 마친 항공기가 머무는 곳이다. 오늘 타야 할 항공기도 아직 이곳에 있을지도 모른다.

표 대위는 격납고를 지나다 말고 안으로 들어간다. 기체정비주임이 항공기를 둘러보다 표 대위에게 온다.

표 대위는 기체정비주임과 마주 선다.

"수고하십니다. 별 문제는 없습니까?"

기체정비주임은 프로답게 확신에 찬 목소리로 대답한다.

"아, 예, 1호기, 최종 점검 끝났습니다. 이 항공기 작업 현황으로 볼 때 노즈 타이어가 마모되어 교체했습니다. 점검 결과 이상 없습니다."

기체정비주임의 목소리가 사방으로 퍼지며 울린다.

격납고는 외부로 새어나갈지도 모를 소음을 흡수하게 만든 돔 형태다. 모든 소리는 격납고 안에서 울리며 분산될 뿐 외부로 나가지 않는다. 높은 천장과 치장을 생략하는 것으로 공간의 활용도를 최대치로 끌어올린 구조다.

아래위 짙은 청색 바탕에, 등에 은색의 야광 띠가 박힌 정비복을 입은 정비사가 항공기를 마무리 손질한다. 표 대위가 탈 1호기의 캐노피를 닦는 중이다.

캐노피는 안경과 비슷하다. 안경렌즈가 맑아야 사물이 깨끗하게 보이듯 캐노피도 말끔해야 한다. 계기비행을 하는 중에도 밖을 내다보고, 비와 눈과 구름이 어떻게 이동하는지, 산과 바다와 인가가 어느 지점에 위치한지, 옆으로 다가오는 전투기의 상태는 어떤지 어디로 가는지, 편조를 이룬 조종사의 사인도 포착해야 하고 진로도 파악해야 한다. 그러자면 캐노피는 맑고 투명해야 한다.

정비사가 캐노피의 안과 밖을 꼼꼼히 닦더니 기체를 닦기 시작한다. 유선형의 저 쇳덩이는 돌고래의 몸통이다. 매끈하게 빠진 선, 앞부분으로 갈수록 갸름하게 뺀 모양새, 중력과 공기 저항을 연구한 과학의 증명서다.

정비사는 제설작업을 하던 이반만큼이나 열심이다.

표 대위는 이반이 떠오르자 정비사를 부른다.

"고생이 많다. 여기서 일하기 춥지 않아?"

정비사는 날개를 닦다 말고 어정쩡한 표정을 짓는다.

"아닙니다! 괜찮습니다!"

표 대위는 무슨 말인가를 할 듯하다 돌아선다.

격납고 안으로 토잉카(Towing car)가 새 기종의 항공기를 끌고 들어온다.

활주로에 내린 항공기가 격납고로 들어오자면 토잉카가 있어야 한다. 토잉카는 지프 정도의 크기로, 앞부분엔 토우바를 장착해 항공기의 앞바퀴와 연결해 이동시키는 게 주 임무다. 토잉카 운전병은 항공기와 토잉카가 마주본 상태에서 이동시켜야 하기에 숙련된 운전 솜씨가 있어야 한다.

토잉카를 운전한 병사가 새 기종의 항공기를 제자리에 놓더니 토잉카에서 내린다. 항공기보다 훨씬 작은 토잉카가 하늘을 지키는 최고의 선수를 인도한 셈이다.

다른 한편에 있던 토잉카가 001호기를 끌고 천천히 옆으로 돈다. 정비사 몇이 산파인 양 항공기와 토잉카 앞과 옆에서 손짓으로 방향을 유도한다. 토잉카와 001호기는 탯줄과 태아처럼 하나로 연결되어 격납고 입구로 간다. 토잉카와 001호기가 자궁을 빠져나가듯 격납고를 나간다.

표 대위는 격납고를 나온다. 오늘 임무를 맡은 001호기. 저 페가수스는 적을 교란시키며 치고 빠지기를 능숙하게 할 것이다. 초음속으로 적을 따돌리고 적의 꼬리를 물어버리리라.

활주로에는 임무를 마친 항공기가 택시웨이로 들어간다. 토잉카 한 대가 택시웨이에 선 항공기로 다가간다. 토잉카는 항공기를 끌고 조심스레 택시웨이를 돌아 주기장으로 간다. 저 토잉카의 속도는 아버지다. 느리지만 꾸준한 속도의 아버지.

1호기를 끈 토잉카가 천천히 이글구로 향한다. 토잉카는 이글루 바닥에 그어진 노란 중앙선에 1호기의 앞바퀴를 맞출 것이다. 신중하고도 정확한 솜씨로, 아버지의 솜씨로 임무를 마치리라.

표 대위는 심호흡을 한다. 오늘의 페가수스가 될 1호기는 내가 누구인지 알려줄 것이고 나는 그 번호에 찬사를 표하리라. 아버지와는 다른 속도로, 토잉카와는 다른 음과 크기로 강해지리라.

**

하늘은 경이로움.
은하수가 출렁이고 노을 빛 행성이 꿈을 토해내는 광장.
어린왕자가 보아뱀을 기다렸던 행복한 시간의 연속선.
직선과 곡선이 랩의 음으로 빠르게 돌고 도는 오선지.
오선지엔 사막이 있고, 사막에는 빨간 마후라를 두른 장미꽃이 있다.
장미꽃은 어린왕자에게 말하지.
"나는 사막으로 곧장 산책하도록 권할래."*

------
*   생텍쥐페리, 조규철·전채린 역, 「마드리드」, 『야간비행』, 범우사, 1985, 151쪽.

어린왕자는 장미꽃에게 말하지.

"나는 오 초를 천천히 세는 법을 배웠어."*

어린왕자와 장미꽃의 대화는 신비한 행성의 언어.

세 대의 전투기가 하늘 사막으로 날아오른다. 콜사인은 갤럭시 알파(Galaxy A). 고도 1만 피트. 350KTS로 임무 공역에 진입. 임무지역은 속리산 상공. 임무는 2대 1로 적기와 근접공중교전을 수행하는 ACM(Advanced Combat Maneuver : 고등전투기동).

1번기에는 표 대위, 2번기 전방석에는 얼마 전 전환 및 작전가능 훈련을 마치고 전입한 Y 중위, 후방석에는 교관 조종사인 H 소령이 타고 있다. 가상적기 역할을 수행하는 3번기에는 표 대위의 일 년 선배인 S 대위가 탑승하여 북한의 최신예 전투기 Mig-29를 모사할 예정.

ACM 임무는 Y 중위와 같은 신참 조종사들에겐 부담스러운 임무 중 하나다. 적기와 1대 1로 벌이는 단기 공중전보다 기동 양상이 훨씬 복잡한 데다 고려해야 할 사항이 많기 때문이다. 성능이 비슷한 항공기 간 공중전투에서는 당연히 수적 우세가 있는 쪽이 승산이 높다. 단, 편조원 간의 상호협동이 잘 이루어졌을 경우에 한해서다. 이런 경우를 두고 교관 조종사들은 1 더하기 1이 항상 2가 되는 것은 아니라고 말한다. 각각의 편대원이 제몫을 충실히 수행할 때에라야 전투력은 2 이상이 된다. 어느 한쪽이 자신의 역할을 충실히 하지 못할 경우, 결과는 0~2 사이에서 다양하게 나타날 수 있다. 극단적인

---

* 위의 책, 155쪽.

경우, 한 명이 조작을 잘못하면 우군기끼리 공중충돌을 일으키기도 한다. 그럴 때 편대 전투력은 1 더하기 -1로 결과는 영이 될 수도 있다. 따라서 승산이 높은 싸움을 하려면 서로의 역할과 기동을 잘 이해하고, 적절히 조언할 수 있어야 한다. 그렇다 보니 제 앞가림하기에도 벅찬 신참 조종사들에게는 매우 부담스러운 임무다.

표 대위는 임무 공역에 진입해 1만 8천 피트로 상승한다. G-어웨어니스 체크*를 수행하려 대형 변경을 지시한다.

"갤럭시 알파 스프레드 포 G-어웨어니스 체크, 익스텐션 포헌드 레드."**

표 대위의 지시에 2번기의 Y 중위와 3번기의 S 대위는 잘 알아들었다는 뜻으로 대답한다.

"알파 투."

"알파 쓰리."

갤럭시 알파 3기의 편대는 표 대위를 중심으로 2번기는 좌측 9시 방향에, 3번기는 5시 방향에서 각각 1NM*** 간격을 유지하며 400KTS로 증속한다.

"갤럭시 알파 인플레이스 나인티 레프트 나우."****

━━━━━━
* G-Awareness Check : 고가속 전투기동 전 조종사의 가속도 내성 점검 및 가속도 극복 기법을 연습하기 위한 일련의 급선회 기동.
** Galaxy A spread for G-Awareness check, extension 400KTS : 갤럭시 편대는 G-어웨어니스 체크를 위한 대형으로 변경하고, 400KTS로 증속하라.
*** Nautical Mile : 해상 마일, 약 1.8km.
**** Galaxy A in place 90° left now : 갤럭시 알파 편대 좌측 90도 전술 선회 실시.

FO 작업으로, ACM 훈련으로 109

"알파 투."

"알파 쓰리."

표 대위의 지시에 따라 3기 모두 4G 선회를 위해 동시에 좌측으로 항공기를 기울인다. 수평선과 거의 수직인 상태에서 깊게 숨을 들이마신 후 조종간을 뒤로 당긴다. 전투기의 기수가 수평선을 따라 신속하게 왼쪽으로 돌아가기 시작한다. 스틱을 더 강하게 당길수록 전투기의 기수 변화는 빨라지고, 조종사에게 가해지는 G-포스 또한 증가된다.

G-포스란 줄에 매달린 물건을 돌릴 때 물체에 가해지는 원심력과도 같다. 물체를 돌리는 속도가 빨라지면 손에 느껴지는 힘이 더 커지는 것처럼, 고속에서 급격하게 기수를 변화시킬수록 조종사가 감당해야 하는 G-포스도 증가된다.

갤럭시 알파 편대는 90도 선회 후 줄어든 속도를 다시 400KTS 이상으로 증가시킨 후, 동일한 요령으로 우측 180도로 선회한다. 다른 점이 있다면 이번에는 선회량이 90도 더 많고, 항공기에 걸리는 G-포스도 6G로 증가된다는 점이다.

드디어 머리 쪽에서 하체로 압력이 가해지기 시작한다. 표 대위는 혈액이 밀려 내려가는 것을 이기려 온몸의 근육을 긴장시킨다. 선회 전에 깊게 들이마신 숨으로 폐압(肺壓)을 빵빵하게 유지한 상태에서 3초에 한 번씩 짧고 강하게 호흡을 이어간다. 그렇게 하지 않으면 가슴을 내리 누르는 압력 때문에 제대로 숨쉬기가 어렵다.

갤럭시 알파 편대는 G-웜업(warm up)을 마친 후 본격적인 ACM

임무를 위해 편대대형을 G-어웨어니스 체크 이전과 비슷하게 맞춘다. 오늘 갤럭시 알파 1, 2번기는 표 대위의 1번기 5시 방향에 나타난 적기와 교전하는 방어 ACM 상황을 훈련할 예정이다.

표 대위의 기체 9시 방향에는 Y 중위가 1NM 라인어브레스트(Line Abreast) 대형을 유지하며 곧 닥칠 어려운 상황을 숨죽인 채 기다린다. 3번기의 S 대위는 표 대위의 기체 5시 방향 1천 피트 상방에서 먹이를 노리는 매처럼 1, 2번기를 매섭게 보고 있다. 표 대위는 근접 공중전에 필요한 장비들의 스위치를 다시 점검하며 증속한다. 분명 1, 2번기가 수적으로 우세에 있지만, 3번기는 수적 우위를 무력화시킬 만큼 유리한 위치를 점하고 있다.

흔히 전투기들이 벌이는 근접공중전투를 '도그파이트(Dogfight)'라고 한다. 무장을 발사하려면 적기의 후미에 위치하는 것이 유리하기 때문에, 서로 꼬리를 물려고 빙빙 도는 모습이 개들이 싸우는 모습과 비슷하다 해서 붙여진 별칭이다.

지금 표 대위가 탄 1번기는 적에게 꼬리를 물려 격추되기 직전이다. 전시에 이런 상황에 맞닥뜨리지 않기 위해 조종사들은 편조원끼리 6시 방향을 탐색해준다. 하지만 임무 내내 상대방의 후미만 바라볼 수는 없는 노릇이다.

이제 방어기인 1, 2번기의 목표는 명확하다. 적기의 공격에서 가능한 빨리 벗어나, 아무런 손실 없이 적기를 격추시키는 일이다.

편조원 모두가 서로의 위치를 파악하고 충분한 전술속도로 증속하여 기동준비가 완료된 순간, Y 중위의 목소리가 다급하게 헤드세트를 통해 나온다.

"넘버 원 라이트 파이브 원 앤 하프 마일 텐 하이 하스틸 어태킹 유 브레이크 라이트, 플래어."*

Y 중위는 표 대위의 후미를 경계하던 중, 표 대위에게 접근하는 적기를 발견하고 상황을 전파한 것이다.

표 대위는 곧바로 스틱을 우측으로 기울여 수평선과의 각도가 90도를 훨씬 넘게 급경사를 만들며, 스틱을 뒤쪽으로 당겨 우측 하방으로 기수 변화를 재빨리 만든다. 동시에, 엔진에서 뿜어 나오는 배기가스가 적의 열추적 미사일에 포착되는 것을 막기 위해 쿨다운**을 하며 기만용 섬광탄도 뿌려댄다.

고속에서의 급격한 선회는 어마어마한 원심력을 만들어낸다. 그 원심력이 엄청난 하중으로 표 대위를 덮친다. 표 대위는 곁눈질로 G-meter를 본다. G-포스는 이미 7G를 넘어섰다. 온몸이 짓눌린다. 잔뜩 부푼 G-슈트가 아랫배와 허벅지, 종아리를 조여 온다. 숨쉬기도 어렵고 시야도 흐릿해온다. 몸은 그만 스틱을 놔버리라고 애원한다. 하지만 그럴 수 없다. 손과 팔의 힘이 풀리는 순간, 적의 미사일은 하얀 연기 꼬리를 내뿜으며 등 언저리를 파고들 것이 분명하다.

표 대위는 쥐어 짜이는 몸으로 페가수스를 떠올린다. 너는 페가수

------

* Number 1 right 5, 1 & half NM, 10 high, hostile attacking you, break right flare : 1번기 우측 5시 방향 1.5NM 10도 상방에서 적기 공격 중, 우측으로 최대 -G 선회하며 기만용 섬광탄을 투하할 것.
** Cool Down : 엔진추력을 줄여 냉각시키는 것.

스! 고개를 들어라! 적기를 눈으로 봐라! 계속 쫓아오는지, 2번기 쪽으로 가는지 빨리 판단해라!

표 대위는 마음만 탈 뿐 쉽게 고개를 들지 못한다. 머리를 눌러대는 하중이 건물더미에 눌린 양 옴짝달싹 못하게 한다. 지금은 지상에서 느끼는 무게를 9배까지 견뎌야 한다.

표 대위는 사력을 다해 적기 쪽으로 향한다. 잔뜩 움츠렸던 고개를 움직이는 순간 어지러움이 온다. 표 대위는 "윽!" 소리를 내며 목에 힘을 주고 현기증을 떨쳐낸다.

표 대위는 적기가 지속적으로 자신을 추적한다면 기체의 앞부분이 보일 것이라 예상한다. 하지만 좌측에서 회피 기동 중인 Y 중위를 향해간다면 적기의 아랫부분이 보일 것이다. 표 대위는 적기의 앞부분이 보이기를 바란다. 적기가 우선회하는 표 대위의 꼬리만 쫓는다면, 90도 선회 이후에는 자연스럽게 좌측에 있던 Y 중의의 전방에 놓이게 되고, Y 중위는 이 기회를 놓치지 않고 미사일을 발사하여 적기를 끝내버릴 것이기 때문이다. 다시 말해 편대의 목숨 줄을 거머쥔 적기는 1, 2번기 사이에서 먹기 좋은 양념 치킨 신세로 전락하게 된다.

조종사들은 이런 상황을 흔히 샌드위치가 되었다고 말한다. 하지만 적기가 샌드위치 패티가 되는 것은 표 대위 좌측에 위치한 Y 중위를 확인하지 못한 상황에서만 가능하다. 노련하고 숙련된 조종사가 적기를 조종하고 있다면 이런 상황은 쉽게 일어나지 않는다.

아니나 다를까. 적기가 배(비행기 아래 부분)를 보이며 오른쪽으로 빠르게 빠져나간다. 적 조종사를 모사하는 3번기의 S 대위는, 표 대위에게 신속히 미사일을 발사하고 샌드위치 상황을 피하기 위해 Y 중위의 후미 쪽으로 경로를 변경한 것이다.

표 대위는 Y 중위에게 상황을 전파한다.

"타깃 스위치드, 투 인게이지 원 서포트."*

Y 중위는 교전기 역할을 수행하겠노라고 표 대위의 지시를 복창한다.

"롸저, 투 인게이지 원 서포트."

헌데 적기가 표 대위에게 가상으로 발사한 미사일이 도달할 시간은 지났다. 적기 역을 맡은 S 대위도 표 대위가 격추되었다는 통보는 하지 않았다. 이로 보아 표 대위는 일단 생존에 성공한 셈이다. 따라서 표 대위는 Y 중위가 적기와 교전하는 동안, 미사일 회피로 인해 잃었던 속도와 고도를 회복할 수 있는 여유를 갖게 된다.

고도는 곧 에너지다. 근접 공중전은 에너지 싸움이다. 가시권에 머무르며 최대한 고도를 취하고 유리한 위치를 점해야만 한다. 표 대위는 비록 불리한 상황이지만 Y 중위가 최대한 버텨준다면, 적에게 복수할 기회가 생기리라 여긴다.

표 대위는 급선회를 멈추고 증속한다. 적기와 Y 중위는 교전 중이다. Y 중위가 점점 불리한 상황으로 몰리고 있다. Y 중위는 미사일

------

* Target switched, two engage one support : 적기가 표적을 변경했다. 2번기가 교전기, 1번기가 지원기 역할을 담당한다.

회피 기동을 하며 속도를 과도하게 잃었거나 자신을 공격하는 적기를 제대로 보지 못하는 듯하다. 이 상황을 보자 표 대위는 자신에게 주어진 시간이 그리 많지 않음을 깨닫는다.

표 대위는 증속을 멈추고 기수를 적기 쪽으로 재빠르게 돌린다. 아직은 충분한 속도와 고도 에너지를 확보하지 못했지만, Y 중위의 상황이 워낙 좋지 않아 다른 선택의 여지는 없다.

Y 중위는 한참이나 낮은 고도에서 속도를 잃고 겨우겨우 버티는 중이다. S 대위는 그런 Y 중위를 격추시키려 무장발사 구역으로 진입한다. 무장통제 레이더로 Y 중위를 락온(Lock on) 하고 미사일 발사거리를 가늠한다. 이때 S 대위의 눈에 표 대위가 전장으로 돌아오는 게 보인다.

S 대위는 선택의 기로에 선다. 현 상황에서 Y 중위를 제거하는 것은 별 어려움이 없다. 문제는 아무리 빨리 Y 중위에게 미사일을 발사해도, Y 중위를 조준하는 동안 표 대위가 유리한 위치로 진입하게 되리라는 점이다. 선택은 일 초에 수백 미터씩 적과 가까워지는 공중전의 특성상 수 초 내에 해야 한다. S 대위는 모험을 하기보다 위험을 최소화하는 쪽을 택한다. 어차피 Y 중위가 위협적인 존재가 되기에는 많은 시간이 필요하다. S 대위는 우선 표 대위를 제거하기로 하고 표 대위 쪽으로 기수를 튼다.

표 대위는 S 대위가 오는 것을 인지하자 Y 중위에게 신속히 증속하여 전장을 이탈하라고 지시한다. 이에 Y 중위는 격추되는 최악의 상황은 면한다.

S 대위가 표 대위보다 높은 고도에서 빠른 속도로 접근해온다. 적기가 더 높은 기동성을 보유한 이상, 적기의 조종사가 터무니없는 실수를 하지 않는 한, 표 대위는 힘든 싸움을 해야만 한다.

두 대의 전투기는 빠르게 교차하며 먼저 꼬리를 물기 위해 서로를 향해 급선회한다. 표 대위는 대등한 상태를 유지하려 애써보지만, S 대위는 야금야금 표 대위의 후미를 파고든다. 현재, 표 대위는 고도를 희생시키며 속도를 유지하고 있는 중이다. 지상까지의 고도가 얼마 남지 않은 상태에서 이대로 간다면 먼저 지면에 충돌할 것은 자명하다. 표 대위의 호흡은 거칠어지고 고민은 깊어간다.

이때 Y 중위가 구원투수로 나온다.

"알파 투 컴백 라이트, 알파 원 파짓?"*

표 대위는 항법장비에 나타난 위치와 고도를 Y 중위에게 알려준다.

"알파 원, 불스아이 원포제로 레디알 포티포, 원투 싸우전."**

이제 시간이 흐를수록 초조해지는 쪽은 표 대위가 아니라 S 대위다. S 대위는 표 대위를 신속하게 제거한 후 Y 중위를 공격하려 했지만, 완강하게 버티는 표 대위와 교전을 하다 보니 어느 순간 Y 중위를 시야에서 놓치고야 말았다. 시간을 더 지체하다간 어디서 나타날지 모를 Y 중위에게 꼬리를 내어줄 수도 있다. S 대위는 속도에너지를 조금 손해 보더라도, 상승 후 기수를 표적에 향하는 수직 기동을

---

* A two come back right, A one posit? : A2 전장 재진입, A1 위치는?
** A1 Bull's eye 140° Radial, 44(NM), 12 thousand(ft) : A1 위치 기준점으로부터 140도 방향, 44마일, 1만 2천 피트.

수행하기로 결단한다.

Y 중위는 전장 진입을 시도하며 표 대위의 상황을 묻는다.

"알파 원, 알파 투, 스테이터스?"*

표 대위는 지금의 상황을 전파한다.

"알파 원 나우 인게이지 디펜시브."**

표 대위의 말이 끝나는 순간 S 대위가 기체를 끌어올린다. Y 중위는 공격을 시도하기 전, 적기와 아군기를 명확히 식별하기 위해 다시 한 번 묻는다.

"알파 원 스테이터스?"***

표 대위는 후미 쪽이 아닌, 위협이 덜한 위치로 변경되었음을 알린다.

"타깃 클라이밍, 인게이지 뉴트럴."****

Y 중위는 교전기로서 역할 변경을 요구하며, 표 대위가 적기에 격추되지 않도록 계속 우측으로 급선회 할 것을 말한다. 표 대위의 육안 확인을 위해 자신의 위치도 보고한다.

"롸저, 투 인게이지 원 컨티뉴 하드 라이트, 투 유어 라이트 쓰리 하이."*****

* A1, A2, Status? : 알파 원, 알파 투, 현재 상황은?
** A1 now engage defensive : 현재 A1은 방어적인 교전상황이다.
*** A1 Status? : 알파 원 현재 상황은?
**** Target Climbing Engage neutral : 표적이 상승한다. 중립적인 교전상황이다.
***** Rager, two engage one continue hard right, two your right three high : 알겠다, 2번기가 교전하겠다. 1번기는 오른쪽 급선회를 지속하라. 2번기는 너의

표 대위는 3시 방향 상방에서 Y 중위를 육안 확인하지는 못했지만, 적기와 자신이 명확히 구분되는 상황이기에 Y 중위의 교정을 허가한다.

"클리어드, 투 인게이지 원 서포트, 원 블라인드."*

잠시 후 표 대위의 레이더 경보 장치가 시끄럽게 울어댄다. 그러나 적기는 표 대위를 레이더로 락온 할 위치에 있지 않다. 표 대위는 무언가 잘못되었다는 생각이 스친다.

그때 Y 중위가 적기에게 미사일을 발사했다고 보고한다. 표 대위는 얼른 고개를 뒤로 돌려 6시 상방을 본다.

이럴 수가! 표 대위는 할 말을 잃고 만다. 설마 했던 상황이 펼쳐지고 있다. Y 중위는 적기인 S 대위가 아니라 우군인 표 대위를 향하고 있었다.

적기를 아니, 적기라고 판단한 전투기를 멋지게 격추시킨 Y 중위의 목소리는 더 없이 씩씩했다.

"타깃 킬드, 미션 터미네이티드!"**

어린왕자와 장미꽃이 머물던 하늘 사막엔 후끈 달아오른 교훈이 짙게 남는다. 모두 호흡을 맞춰야 하며 단 몇 초의 순간도 허비할 수

　　우측 3시 방향 상방에 있다.
* 　Cleared, two engage one support one blind : 허가한다. 2번기가 교전해라. 1번기가 지원하겠다. 현재 1번기는 2번기를 보지 못하고 있다.
** 　Target Killed, mission terminated : 적기가 격추되었다. 임무 종료.

없다는 교훈. 훈련 없이는 에이스가 될 수 없다는 교훈.

세 대의 전투기는 ACM 임무를 마치고 8천 피트로 하강한다. 해는 석양을 칠하며 강한 빛으로 전투기를 쏜다. 검은 바이저를 통해 내려다보이는 가로수와 도로, 건물과 강은 움직이지 않으나 움직인다.

표 대위는 내리쏘는 빛을 그대로 받는다. 그때 아버지가 뺨을 때리지 않았더라면, 그럴싸한 가훈을 적어주었다면, 일 초도 멈출 수 없는 이 전투기를 탈 수 있었을까. 독사라는 별명을 들으며 원 샷 원 킬을 독기로 품고 군사훈련과 G-테스트를 치를 수 있었을까.

표 대위는 다운윈드를 향해 절도 있게 선회한다. 잘 닦인 활주로와 활주로를 감싸듯이 있는 낮은 산, 산과 활주로 사이의 시냇물, 둥근 지붕의 이글루와 격납고, 부대 내를 순찰하고 있는 장갑차, 비행전대의 소로들과 게이트가 항공기 부품처럼 맞물려 있다. 기지 내에 있는 모든 사물과 사람은 비행에 꼭 필요한 존재로 비상구이자 바리케이드이며 안전띠다. 생명으로 살아있는, 모조품이 아닌 진품들.

표 대위는 활주로 방향으로 기체를 튼다. 곧 랜딩이다.

모든 조종사는 이륙할 때보다 착륙할 때 더 신중해진다. 기본비행훈련 때 교관이 한 말은 비행의 교범이다.

"수없이 강조하지만, 랜딩은 세련되게 하기보다 무사히 하는 게 중요해."

표 대위의 전투기가 터치존으로 들어간다. 세 개의 바퀴가 지표면을 뜨겁게 달군다. 곧이어 테일스트라이크(tailstrike) 없이 랜딩 완료.

표 대위는 헬멧을 벗어들고 조종석을 나온다. 항공 장구실에다 헬멧과 G-슈트를 걸어두고 디브리핑룸으로 간다. ACM 임무를 마친 조종사들이 디브리핑룸으로 들어온다.

디브리핑룸에는 긴 테이블과 항공지도, 커다란 모니터가 있다. 표 대위는 잔뜩 굳은 표정으로 의자에 앉는다. 편조 막내인 Y 중위는 임무 편대장인 표 대위의 표정에 적잖이 긴장한다. 어색한 침묵이 디브리핑룸을 무겁게 누른다.

2번기 후방석에서 교전을 참관하던 교관 조종사 H 소령이 입을 뗀다.

"표 대위, 아까 방어 ACM 상황에 대해 자세히 디브리핑 해보자."

표 대위는 바둑 복기를 하듯 수행했던 임무를 순차적으로 설명한다.

"먼저 공역진입, G-어웨어니스 체크, 임무 셋업에는 문제가 없었습니다. 임무를 시작하며 초기 미사일 회피 기동 중 Y 중위가 적기를 육안으로 확인하지 못했던 듯하고, 에너지 손실도 많아 보였습니다. Y 중위, 적기를 계속 보고 있었나?"

Y 중위는 굳은 목소리로 대답한다.

"선회 시작 전에는 확인했는데 미사일 회피 기동 때는 잘 보지 못했습니다."

표 대위는 Y 중위에게서 눈을 떼지 않는다.

"어제 비행 준비하면서 공중 전투기동은 적기를 보는 게 매우 중요하다고 했잖아. 그래서 기동 도해로 시기별 예상 지점도 설명해 주었고."

아닌 게 아니라 어제 밤늦도록 표 대위는 고등전술교범을 꼼꼼히 읽어가며 계획한 임무가 전술적으로 타당한지 검토했다. H 소령은 내일 있을 기동훈련에 대비해 적 항공무기체계를 무력화시킬 채프 / 플레어 프로그래밍을 Y 중위에게 숙제로 내준 터였다. Y 중위는 표 대위 옆에서 적 항공기의 레이더와 미사일 추적 성능을 분석하고 있었다.

Y 중위는 한참이나 주눅 든 음성을 추스른다.

"어제 숙소에서 자기 전까지 침대에 누워 선배님께서 주신 기동 도해를 보며 저와 적기의 위치를 생각했습니다. 헌데 막상 공중에서는 그 위치를 확인해도 항공기를 잘 볼 수 없었습니다."

Y 중위의 대답에 진심이 그대로 묻어나온다.

이때 S 대위가 끼어든다.

"그래, 어제 보니 밤늦게까지 남아서 열심히 비행 준비하드만. 오늘은 항공기가 잘 보이는 날씨였는데 Y 중위는 왜 잘 못 보았을까?"

어제 비행준비실과 브리핑룸에는 교범을 보고, 비행을 준비하고, 전술토론을 열띠게 하는 조종사들로 분주했다. S 대위는 공대지 브리핑룸에서 표적의 성질에 적합한 무장을 선택하고, 이것을 안전하고 정확하게 투하할 제원을 산출하기 위해 컴퓨터를 두드리고 있었다.

H 소령은 이들의 대화를 묵묵히 듣다 Y 중위에게 묻는다.

"Y 중위, 처음 기동 시작점에서는 적기가 4시 방향에 있었지? 2번 지점에서는 적기가 2시 방향에 있었는데 이 항공기를 보려면 고개를 어느 쪽으로 돌려야 하지?"

Y 중위는 주저 없이 대답한다.

"당연히 고개를 옆으로 돌려 2시 방향을 봐야합니다."

순간 H 소령과 S 대위가 웃음을 터뜨린다. 표 대위는 얼굴이 화끈해진다. 오늘 임무를 위해 표 대위는 Y 중위에게 많은 것을 가르쳐 주려 애썼다. 임무 절차, 작전 용어, 적군과 아군의 무기체계 성능은 물론 기동 도해까지 알려주느라 시간이 가는 줄도 몰랐다. 하지만 가장 기본적인 사항은 등한시한 것이다.

H 소령이 Y 중위에게 다시 묻는다.

"Y 중위, 2번 위치에서 항공기 자세가 어떻게 되었지?"

"오른쪽으로 90도 이상 경사진 상태입니다."

"그렇지? 그 상태에서 조금 전 Y 중위가 본대로 2시 방향을 보면 뭐가 보일까?"

"어! 그러면 땅을 보게 됩니다. 그런데 저는 아까 땅을 보지는 않았습니다."

H 소령은 다 이해한다는 듯 고개를 끄덕인다.

"그렇지, 공중에서 적기를 찾기 위해 지상을 바라보는 조종사는 없겠지. 하지만 정확히 어디를 봐야할지 모르면 하이 G 상태에서 작은 점처럼 보이는 적기를 육안 확인하는 것은 결코 쉬운 일이 아니야. 자, Y 중위, 이 회의 테이블에 올라 오른쪽 옆으로 누워 봐."

Y 중위는 잠시 머뭇대다 테이블에 올라 옆으로 눕는다.

H 소령은 Y 중위가 있는 곳에서 2시 방향으로 이동해 마커 펜을 손에 든다.

"자 이제 이 마커 펜을 한번 봐봐."

Y 중위는 H 소령이 든 펜을 보기 위해 고개를 움직인다. 펜을 보기 위해서는 고개를 옆이 아니라 위로 치켜들어야 했다.

Y 중위는 놀란 표정으로 테이블에서 벌떡 일어난다.

H 소령은 설명을 이어간다.

"공중 경사진 상태에서 조종사가 바라보는 방향은 일반적으로 생각하는 평면적인 방향 감각과는 많이 달라. 침대에서 이런 자세로 해당 방향을 탐색하는 연습을 많이 해야 할 거야."

H 소령은 표 대위에게 시선을 옮긴다.

"2번기는 표 대위가 말한 대로 적기를 육안 확인하는 게 미흡해서 필요 이상 회피 기동을 했어. 그 바람에 속도와 고도의 감소가 많았고. 해서 기동 초반에는 적기에게 아무런 위협이 되지 못하고 위험한 상황에 처하게 됐어. 하지만 전장 이탈 후에는 표 대위가 회복 시간을 확보해 줘서 리포지션 기동*을 잘 수행했지. 그랬음에도 우군을 살상하는 결과를 초래했어. 표 대위, 이 상황의 원인을 설명할 수 있겠나?"

표 대위는 마음을 가라앉히며 침착하게 대답한다.

"먼저 제가 방어적인 상황이라 2번기의 위치를 정확하게 파악하지 못했습니다. Y 중위가 롤 체인지를 위해 제게 교전 상황을 물어봤을 때, 저는 교전 상황을 표준 용어로 설명했습니다. Y 중위가 공격 진입을 요청했을 때는 2번기를 육안 확인하지는 못했지만 적기

----
* Re-position maneuver : 유리한 위치로 이동하기 위한 기동.

와 저의 고도 차이가 명확하게 구분되는 상황이었기에 교전을 허가했습니다. 왜 Y 중위가 저와 3번기를 혼동했는지 임무 영상을 보고 판단해야 할 것 같습니다."

항공기 칵핏에 장착된 카메라에는 촬영된 영상이 허드 정보와 함께 들어 있다. H 소령이 표 대위의 임무 영상이 저장된 카트리지를 플레이어에 꽂자 당시 상황이 생생하게 재생된다. 표 대위는 Y 중위와 통화한 내용을 집중해서 듣는다.

#2 "알파 원, 알파 투 스테이터스."
#1 "알파 원 나우 인게이지 디펜시브."
#2 "알파 원 스테이터스."
#1 "타깃 클라이밍, 인게이지 뉴트럴."
#2 "라저, 투 인게이지 원 컨티뉴 하드 라이트, 투 유어 라이트 쓰리 하이."
#1 "클리어드, 투 인게이지 원 서포트, 원 네가티브 인사이트."

H 소령은 표 대위의 임무 영상을 주의 깊게 바라보다 입을 뗀다.

"표 대위, 아까 상황에서 뭐가 문제였는지 알겠나?"

"솔직히 잘 모르겠습니다. Y 중위가 왜 헷갈렸는지……."

표 대위는 도무지 알 수 없다는 표정으로 Y 중위를 돌아본다. Y 중위의 얼굴에 당황한 표정이 역력하다.

"어, 저는 공격을 시도할 때 1번기가 상승하는 것으로 판단했습니다. 그래서 당연히 아래쪽에 있는 항공기가 적기라고 생각하고 미사일을 발사했습니다."

표 대위는 일그러지는 얼굴을 애써 누그린다.

"Y 중위! 공격을 시도하기 전에 내가 분명히 적기가 상승한다고 설명했잖아. 레디오 콜(무선통신)을 귀 기울여 들었어야지."

우군 살상의 원인이 Y 중위의 착각으로 결론이 나려는 순간 H 소령이 말한다.

"표 대위, 난 자네 생각과는 달라."

표 대위는 의아한 표정으로 H 소령을 돌아본다.

H 소령은 잘못된 매듭을 차분히 풀어나가려는 듯 표 대위에게 묻는다.

"Y 중위가 공격하기 전에 어떤 상황을 물었지?"

"네, 전장 상황을 물어봤습니다."

"물론 전장 상황이지. 내가 지금 물어보는 핵심은 Y 중위가 정확히 1번기의 상황을 물어 본건지 아니면 표적기의 상황을 물어봤는지를 묻는 거야."

표 대위는 잠시 기억을 더듬는다.

"원 스테이터스였으니까 제 상황을 질문한 것입니다. 당시 적기가 상승 기동을 수행하고 있었기에 저는 그 상황을 설명하려 '타깃 클라이밍, 인게이지 뉴트럴'이라고 말했던 것입니다."

H 소령은 Y 중위의 임무 영상이 저장된 카트리지를 플레이어에 꽂는다.

"먼저 Y 중위의 영상을 보고 얘기하자."

Y 중위의 임무 영상은 표 대위의 영상과는 전혀 달랐지만 외부 통

신 내용은 동일하게 녹음되어 있었다.

#2 "알파 원, 알파 투 스테이터스"
#1 "알파 원 나우 인게이지 디펜시브"
#2 "알파 원 스테이터스"
#1 "**치직— 클라이밍, 인게이지 뉴트럴.**"
#2 "라저, 투 인게이지 원 컨티뉴 하드 라이트, 투 유어 라이트 쓰리 하이"
#1 "클리어드, 투 인게이지 원 서포트, 원 네가티브 인사이트"

H 소령은 논란이 된 부분을 재생한다.

#2 "알파 원 스테이터스."
#1 "**치직— 클라이밍, 인게이지 뉴트럴.**"

표 대위는 곤혹스러움을 어쩌지 못한다. 어째서 Y 중위가 상승하는 항공기를 1번기로 오인할 수밖에 없었는지 비로소 알았던 것이다.

H 소령은 표 대위의 표정을 살피자 입을 연다.

"인터넷이나 무선 통신을 하려면 정해진 프로토콜을 따라야 하듯이 우리가 사용하는 알티*도 정확히 사용하는 게 중요해. 전시 무선 통신 환경은 지금보다 더 열악할 테니 짧은 시간에 적합한 용어를 정확히 구사해야 해. 만약 Y 중위가 내게 똑같은 질문을 했다면 나는 '알파 원 인게이지 뉴트럴 원 로우, 타깃 하이(A1 engage neutral one low, target high)'라고 설명했을 거야. 지금 녹음 내용을 들었다

------
*   RT(Radio Terminology) : 무선통신 용어.

시피, 중간에 치직거리는 간섭음 때문에 어느 부분이 잘 안 들렸더라도 상황을 정확하게 이해하는 데 어려움이 없도록 말이지."

무선 통화 절차는 너무나 기본적인 사항이라 대수롭지 않게 생각하기 십상이다. 표 대위는 처음 비행교육대대에 갔을 때 본 문구가 떠오른다. '처음부터 올바르게'. 하도 기초적인 말이라 흘려버리기 쉽지만 그 말에 들어 있는 중요도는 새삼 강조할 필요가 없다.

조종사는 항공기 좌석에 앉는 순간부터 수많은 위험 요소를 적절히 관리해야만 한다. 해서, 조종사들은 "비행의 질적 성과는 그것을 준비한 시간에 비례한다"는 문구에 아무도 이의를 제기하지 않는다. 많은 조종사들이 밤이 깊어가는 줄도 모르고 열과 성을 다해 다음 날 비행 임무를 준비하는 까닭이다.

표 대위는 디브리핑룸을 나온다.

팀워크. 하늘에서의 팀워크는 생명과 직결된다. 같은 교육과 훈련을 받아도 누군가는 추진력이 좋고, 누군가는 모험심이 좋고, 누군가는 소심하다. 옥석을 가리듯 선발된 조종사들이지만 특기가 다르고 약점도 다르다. 조종사들 또한 자신을 컨트롤타워로 두지 않으면 과유불급이 될 수 있다.

표 대위는 비행대대 건물 계단을 내려온다. 며칠 전만해도 이 시간은 어둑어둑했다. 활주로에는 애수가 끼어 있었고 석양빛엔 노르스름한 기를 띤 붉은빛이 신화의 시간을 펼쳐놓은 듯 장엄했다.

지금의 빛은 석양으로 들어가기엔 이르다. 조금은 뜨겁고 약간은 어중간하게 밝다.

활주로는 어중간하거나 애매할 새가 없다. 다음 비행을 준비하려 FOD 작업이 한창이다. 바큠클리너 두 대가 우람한 몸체로 활주로를 쓸고, 택시웨이 끝 지점엔 토잉카가 항공기를 끌고 격납고로 향한다.

훈련을 같이 했던 Y 중위가 표 대위 옆으로 다가온다.

표 대위는 한참이나 풀이 죽은 Y 중위에게 담담히 말한다.

"수고했다. 실수의 원인을 알았으니 같은 실수는 하지 않도록 조심하자."

Y 중위는 고개를 주억거린다.

"오늘 대위님과 편조를 이루어 많이 배웠습니다."

Y 중위가 인사를 한 후 게이트 쪽으로 간다. 표 대위는 Y 중위의 뒷모습을 무연히 바라본다. 오늘을 배운다는 건 내일을 여는 키워드다. 실수를 통한 훈련이 그 점을 여실히 일러준다.

표 대위는 초등학교 저학년 시절, 혹독하게 훈련을 받은 셈이다.

어린 표 대위는 양쪽 주머니를 뒤져 한 움큼이나 되는 잡동사니를 꺼내놓았다.

"아빠, 이거 오다 주웠어요."

아버지는 청소복을 벽에 걸다 말고 돌아봤다.

"이건 옷핀이고, 이건 못이고, 이건 딱지고, 이건 철사고······."

갑자기 아버지가 뺨을 후려쳤다.

"그런 쓰레기를! 앞으론 돈이 떨어졌대도 줍지 마라!"

아버지에게 뺨을 맞고 난 얼마 후, 학교에서 가훈을 적어오라는 숙제가 나왔다.

표 대위는 아버지에게 물었다.

"아빠, 우리 집 가훈이 뭐예요? 가훈 적어가기가 숙제예요. 아빠나 엄마가 종이에다 써서 내는 거예요."

아버지는 표 대위를 보지도 않은 채 막걸리 병을 기울였다.

"우리 집에 가훈 같은 건 없다. 니가 알아서 해라."

아버지의 음성은 막걸리 냄새와도 같이 시큼하게 젖어 있었다. 표 대위는 입을 옹송그렸다. 숙젠데.

다음 날 숙제검사가 시작됐다. 아이들은 가지고 온 교훈을 들고 선생님 앞으로 나갔다. 어떤 아이는 한지에다 붓글씨로 성실하게 살자고 써왔고, 어떤 아이는 마분지에다 매직펜으로 부지런히 살자고 써왔고, 어떤 아이는 스케치북에다 한 가족이 모인 그림을 그리고 그 위에다 단란하게 살자고 써왔다.

표 대위는 연필 쥔 손에 땀이 찼다. 숙젠데. 그때 아버지가 한 말이 떠올랐다. "우리 집에 가훈 같은 건 없다. 니가 알아서 해라."

표 대위는 공책을 펴고 한 면이 꽉 차게 썼다.

알아서 살기.

표 대위는 공책을 들고 선생님 앞으로 갔다.

선생님은 눈을 휘둥그레 떴다.

"알아서······ 살기? 이거······ 왜 니가······ 니네 집 가훈 맞니?"

표 대위는 목에 힘을 주었다.

"아빠가 그러셨어요. 알아서 사는 거라고요. 아빤 손을 다치셔서 제가 대신 쓴 거예요."

그제야 선생님이 빙긋 웃었다.

"으응, 그렇구나. 독립심이 든 좋은 가훈이네. 독특하기도 하고."

훈련이 혹독할수록 배우는 건 많다. 단 몇 초를 가볍게 여겼다간 뺨을 맞는 게 아니라 생명을 던져야 한다.

작전편대실에서 근무하는 F가 표 대위의 어깨를 툭 친다.

"마스크 자국이 있는 거 보니 비행 마친 지 얼마 안 됐구나. 고생했다."

표 대위는 볼따구니를 문지른다.

"ACM 임무가 있었어. 벌써 저녁시간이다. 난 와이프가 야근이라 식당에서 먹을 건데 넌?"

F는 게이트 쪽으로 몸을 돌린다.

"난 집. 우리 마눌님 배가 뽈록 항아리야. 근데 입덧은 출산할 때까지 하는 거냐? 아직도 입덧 타령이다. 가서 아양도 좀 떨고 뭐 사 오라고 하면 오대기(오 분 비상대기)로 출격해야지. 입덧 좀 그만하고 빨리 낳았으면 좋겠다."

게이트를 나오자 F가 주차장으로 가며 팔을 번쩍 치켜든다. 잘 가라고 치켜든 팔에서 구김 없는 웃음이 흘러나온다.

표 대위는 장교식당으로 발걸음을 뗀다. F가 조종사가 되려고 결심했던 계기는 모른다. 그저 항공기가 좋아서, 하늘이 좋아서 조종사가 된 사람은 많다. F는 그중 하나일지도 모른다. 그런 이유로 조종사가 되었더라면 인정받고 싶은 욕망은 덜했을까.

표 대위는 저녁을 마치고 식당을 나온다. 날은 어느 새 어둑해져 있다. 낮과는 달리 저녁 공기는 싸늘하다. 표 대위는 F가 갔던 주차장으로 간다.

은빛 야광 밴드를 허리에 두른 병사 몇이 도로를 건넌다. 부내 내지만 일몰 후엔 안전을 위해 야광 밴드를 허리에 차고 다니는 게 규칙이다.

아버지는 야광복을 입었지만 야광복은 아버지를 지켜주지 못했다. 그렇다 해도 아버지는 야광복을 입은 배트 팀을 통해, 야광 밴드를 찬 병사들을 통해 살아난다. 시도 때도 없이 살아나기만 하는 아버지, 무엇을 원하는 것일까. 아버지도 인정받고 싶은 욕심이 있어 이렇듯 문득문득 치고 들어오는 것일까.

표 대위는 자동차로 간다. 자동차 근처에서 두런거리는 소리가 난다. 표 대위는 그 자리에 선다. 두런거림이 표 대위의 자동차 뒤에서 난다.

표 대위는 발소리를 죽여 다가간다. 차 뒤에서 은빛 야광 밴드를 찬 병사가 웅크려 앉아 웅얼거린다. 병사는 표 대위가 온 줄도 모르고 무슨 말인가를 계속 중얼거린다. 표 대위는 병사가 찬 은빛 야광 밴드와 등판을 쏘아본다.

턱걸이를 하고,
나귀 가죽을 덮고

저녁식사는 하루 일과가 끝났다는 알람.

알람은 가볍게 어깨를 두드려주는 센스 안마기.

안마를 받은 병사들, 느긋한 걸음으로 식당.

식당에서 뭉실뭉실 나오는 냄새, 고단함을 씻어주는 샤워 물줄기.

샤워 물줄기를 받은 병사들, 잡담과 함께 식사.

식사를 마친 병사들, 나머지 시간을 즐기러 뿔뿔이.

저녁식사가 끝나면 병사들은 대부분 생활관으로 향한다. 어떤 병사는 곧장 침대로 가 포기 자세로 눕는가 하면, 티브이에 문안 인사를 하러 가는 병사, 체력단련실로 가 쌓인 울분을 토하는 병사, 전화기로 내달려 애정 전선을 확인하는 병사, 샤워실로 가 참았던 눈물을 터트리는 병사가 있다.

이반이 있는 생활관이 떠들썩하다.

한 달 간격으로 후임이 된 일병이 한 달 먼저 들어온 일병에게 말한다.

"상병 파퉈 안 하십니까?"

이 방을 옮기기 전, 이 방에서 일병의 최고참이던 병사가 상병 계급을 달고는 호들갑을 떤다.

"워우~ 퉈, 퉈, 퉈, 퉈 조오치. 야, 퉈 해라. 나도 했다. 괜히 하라는 거 아니다. 일단은 내가 너의 맞선임이었고, 그 다음 봉급이 오를 거고, 복무 기간이 짧아지는 거고, 너는 이제 이 방을 빼고 상병들이 있는 방으로 갈 것이고, 더 나열해?"

"알았습니다. 하겠습니다."

"그럼 BX 콜?"

"예, BX 콜!"

BX 콜을 한 병사가 맞후임과 함께 생활관을 나간다.

이반은 슬그머니 복도로 나온다. 복도엔 한 방에 대여섯 명이 함께 쓰는 방이 연이어 있고, 각 방의 출입문 옆엔 수납장이 있다. 수납장 위엔 샤워바구니가 병사들의 수만큼 질서 정연하게 놓여 있다.

이반은 샤워바구니를 들고 샤워실로 간다. 샤워실이야말로 이반에겐 휴게실. 왁자지껄 떠드는 분위기로부터 혼자가 될 수 있는 아주 괜찮은 비트.

이반은 들썩들썩 떠드는 분위기를 씻어내기라도 하듯 샤워바스로 몸을 문댄다. 거품 냄새가 그럴싸하다. 은스의 말도 그럴싸하다.

"내가 알바만 뛰는 건 차원 높은 구상에서야. 취업을 해봐. 붙박이잖아. 칼출근에 퇴근은 무한 리필 서비스. 내가 왜 그런 무모한 짓을 하겠어. 이 세상도 구경, 저 세상도 구경, 경험 더하기 체험을 토탈

한 다음 내 사업을 할 생각이야."

차원 좋아하시네. 내 사업 좋아하시네.

이반은 샤워기를 틀고 거품을 씻어낸다. 따뜻하고 보드라운 감촉이 더도 덜도 아닌 은스의 몸. 이것이야말로 뻔히 아는 기억의 충동질.

이반은 벌거벗은 채 물줄기를 맞기만 한다. 이런 거 말고 다른 생각을…… 그래, 그 자식을 죽이고 싶었다. 코를 비틀고 발로 자근자근 밟아대고 싶었다. 청테이프로 코와 입을 막고 죽어라 패고 싶었다. 이반 옆 침대의 병사, 잘 때마다 코를 곤다. 경련을 일으키며 이도 갈고 잠꼬대도 한다. 소음의 종합세트, 단테의『신곡』지옥편.

이반은 코골이를 노려보기만 했다. 저런 씨발, 개성도 엿 같네. 저 콧구멍에다 백 년쯤 산 바퀴벌레를 찔러 넣을까보다. 저 입에다 발고린내가 진동하는 저 자식의 양말을 쑤셔 넣을까보다. 자식은 숨이 막혀 캑캑, 더 요란을 떨며 코를 골겠지. 골아라 새꺄! 넌 코를 고는 내내 꿀잠의 피의자, 나는 꿀잠의 피해자. 어이씨, 매일 당직병이나 자원할까보다.

이반은 몸을 돌려 옆으로 누웠다. 밤이 울린다. 어둠을 가르는 항공기의 이륙음과 진동. 밤은 살아 움직인다. 관절을 굽혔다 폈다, 입가를 실룩이다 다물다, 콧구멍을 벌렁거리다 말다, 눈동자를 치떴다 내렸다, 낮의 스트레스를 온갖 짓으로 해소한다.

이반은 밤하늘로 이륙하는 전투기가 눈에 어른거린다. 전투기를 타고 이 밤을 장악하러 가는 자, 부디 밤이 내뿜는 분수를 휘어잡으시라. 두둥~ 캬, 덩크 슛!

이반은 갑자기 표 대위가 떠오른다. 그 자의 시선은 끈끈이주걱, 파리지옥. 사람을 그런 식으로 쳐다보면 안 되지. 말도 고따구로 하면 안 되지. 계급은 그렇게 하라고 달아준 게 아니거든. 계급장을 떼도 그럴 거임? 멀쩡한 사람을 잡고 웬 태클? 교육이 모자란 거야. 다정다감 교육. 은스에게 배워봐. 은스는 얼마나 보풀보풀하다고. 보풀거리만 한가? 파룻파룻, 사뿐사뿐, 상큼상큼, 발레리나 급인 걸. 일월 초쯤 되어 보이는 이월 말.
스키복을 벗은 은스, 작은 사막여우.
"민쯩 안 까도 되지? 너는 신입생. 나랑 같은 나이. 내숭 떨기 없기. 내숭은 복잡해. 영양가 없이 피곤해. 빙고?"
오, 제법인데? 나불나불, 야불야불, 천진난만한 표정으로 방글방글 비눗방울 웃음까지.
"응, 빙고."
전화번호를 준 이후 처음 보는 자리. 이래도 되나 싶게 은스, 자연, 초자연. 초자연이 지나쳐 남매처럼 되면? 그렇게 가면 족보가 꼬일 텐데 설마.
사막여우 은스, 패딩 점퍼를 벗어 옆자리에 놓는다.
"내가 먼저 전번 따서 황홀해진 거 아냐? 으스대고 싶음 으스대. 난 상관없으니까."
은스, 팔꿈치를 테이블에 대고 팔을 45도로 세운다. 군청색 바탕의 스웨터에 노랑과 연두가 섞인 소매 단. 사막여우에겐 잘 어울리는 핏.

"나도 상관없어. 으스대고 싶을 땐 으스댈게."

사막여우 은스, 쌍꺼풀도 없는 작은 눈을 반짝.

"합격."

은스, 조금은 약이 오른 듯 아닌 듯 팔꿈치 이동.

"내가 너를 합격시킨 건 커트라인을 낮게 잡아서야. 살짝 불쌍해 보여서. 너, 여자 첨이지?"

약이 오른 건 맞구나. 이대로 진격해야 하나 후퇴해야 하나. 이반, 물 잔을 들어 물의 입자를 분석이나 하려는 듯 들여다보다 후퇴 결정.

"응, 내숭 안 떨기로 했으니까 응."

비로소 입가를 늘이는 은스. 입가를 늘인 김에 훈수까지.

"으스대는 거랑 건방진 건 달라. 으스는 용서, 건방은 안 용서."

이반, 이쯤해서 진격 결정.

"너, 내숭 떤다. 좋으면 좋다고 해."

은스, 기대감이 빡빡해진 눈을 감추려 팔꿈치를 내린다. 6.5센티미터 정도 되는 소매 단에 2.3센티미터 정도 길이로 할랑대는 실밥. 이 자리로 나오기 직전 택배로 받은 포장지를 뜯어 입고 온 혐의가 무럭무럭 나는 스웨터.

"넌 스키 아냐. 눈썰매야. 눈썰매 타러 갈까? 500미터 공중부양 시켜줄 수 있어. 그래야 제정신이 들 거고, 그래야 바른말을 할 거니까."

진격에 대한 기대감이 대화의 진도를 제법 탄다. 진도는 그렇다 치고, 이반은 저 살랑대는 실밥을 라이터로 태워 말아? 갈등이 농익어간다. 농익어 터지기 전에 할 말은 해야지.

"바른말은 태어날 때 배웠는데 웬 눈썰매 과외? 엄마 탯줄 끊고 세상이라는 동네로 부웅~ 공중부양 했을 때 배웠잖아. 난 그랬는데 넌 아니었니?"

사막여우 은스, 제대로 약이 오른 표정.

"나도 그랬어. 근데 넌 500미터가 아니라 450미터에서 쿵, 했어. 그래서 눈썰매를 타야 할 필요성이 절실해. 500미터짜리 공중부양 눈썰매."

말을 할 때마다 하늘거리는 실밥, 실밥 달린 말이 은스 입에서 술술.

"난 운동 신경 하나는 타고 났거든. 확실하게 500미터 책임질 수 있어. 우리 아빤 국가대표 농구선수였고, 우리 오빤 국가대표 스키 선수거든. 우리 엄만 뽁뽁이 잔소리꾼이지만."

은스야, 그 말도 버블이었니? 버블이었잖아.

이반은 물줄기를 맞다 말고 몸을 씻는다. 그날의 은스는 정말이지 귀엽고 싹싹했다. 적당히 내숭을 떨며 떨지 않는 걸로 분위기를 맞출 줄도 알았다.

이반은 마른수건으로 몸을 닦다 말고 멍하니 선다. 이것은 그리움이 코드화된 시스템. 오류 절대 불가.

이반은 씩씩거리며 옷을 주워 입는다. 은스야말로 지금쯤 끈끈이 주걱, 파리지옥이 되어 있을지도 모른다. 이리 꼬부랑 저리 꼬부랑 휘어진 꽃줄기에 털을 곤추세우고, 털에다 살인적인 독을 뿌드득뿌드득 올리고 있을 수도 있다. 그래서 뭐, 뭐, 어쩌라고, 어떻게 하라고.

할 수 있는 것과 할 수 없는 것도 구분 못하고 날뛰는 계집애 은스. 차라리 표독스러워봐라. 차라리 울어봐라. 잘난 척 누나 노릇 엄마 노릇 지겹다고. 사랑? 꺼져! 질척임? 꺼져! 나는 말이지 끈끈한 냄새가 싫다고. 두꺼워지기만 하는 그림자가 무섭다고.

이반은 샤워실을 나와 생활관으로 향한다. 복도는 내복차림으로 돌아다니는 녀석, 깔깔 차림에 과자를 우물거리는 녀석, 허리에 야광 밴드를 차고 들락거리는 녀석, 녀석들만 있는 괴이쩍은 곳.

남자 말고 여자는 없나? 여자가 그리워. 은스 빼고 세상의 모든 여자를 만지고 싶어. 만질 수 있는 여자는 모두 천사. 천사들에게 마법의 의상을.

천사여, 이 옷을 입으십시오. 이 옷은 유리섬유로 가공처리 된 천연 라텍스입니다. 유리의 재료는 당신들의 고향, 저 먼 항성에서 떨어진 운석에서 채취한 거랍니다. 고향의 냄새가 그리우실 당신들에게 고향의 먼지가 알알이 박힌 이 옷을 선물합니다. 이 옷을 입고 브레이크댄스를 추던 민속춤을 추던 상관없습니다. 당신들의 민속춤이 말춤이라 해도 좋고 개다리춤이어도 좋습니다. 움직일 때마다 유리섬유의 특성이 그대로, 어른어른 살이 비쳐 당신들은 엄청 섹시해 보일 겁니다. 자, 어서 이 옷을 받으십시오.

천사들의 사양.

어머나, 그런 옷은 안 됩니다. 그런 옷은 G-슈트입니다. 형상기억 합금처럼 중력을 조절해줍니다. 우리는 중력을 도움닫기로 차고 올라야 휘힝~ 날아갈 수 있습니다. 날아갈 땐 말춤을 추겠습니다. 원

하신다면 개다리춤도 추겠습니다. 우리별엔 남자는 없고 여자만 있습니다. 그 별로 갈 수 있게만 해주신다면 당신을 초대하겠습니다. 어른어른 살이 비친다는 그 옷, G-슈트의 기능을 의심케 하는 그 옷은 그때 받도록 하겠습니다.

천사는 간 곳 없고 수컷들만 북적북적.

이반은 느그적 느그적 생활관으로 들어간다. 상병 파티 때문인지 조금은 산만한 분위기. 괜히 서성이거나, 괜히 티브이를 켰다 끄거나, 괜히 건조대를 치거나, 괜히 관물대를 여닫거나, 괜히, 괜히, 뭐 그러고 있다.

이반은 관물대에서 큐브를 꺼내 생활복 주머니에 넣는다. 야광 밴드도 꺼내 허리에 찬다.

이반을 본 맞선임 V,

"BX 갔던 사람들 곧 올 텐데 어디 가게?"

이반, 시치미를 뗀다.

"예, 전화 좀 걸고 오겠습니다."

전화기는 생활관 건물 안에 있는데 야광 밴드를? 전화를 걸겠다며 큐브를?

맞선임과 병사들, 알지만 속아주겠다는 표정이 역력.

이반은 생활관을 나온다. 뒤통수가 따갑다. 어울릴 수 없는 웃음들, 어울리기 싫은 잡담들, 그보다는 뒤통수를 택하겠다.

복도 저쪽에서 BX에 갔던 예비 상병과 그의 맞후임이 온다. 비닐봉지가 불룩불룩 인스턴트 복부지방.

별로 가깝지도 않은 예비 상병, 기본 예의를 차린다.
"야, 뽄드, 파티 안 하고 어디 가!"
이반, 똑같은 변명.
"예, 전화 좀 걸고 오겠습니다."
이반은 복도를 쭉 걸어 로비로 간다. 로비에서 복도 끝으로 꺾인 지점엔 전화기 한 대가 놓여 있다. 전화기 앞에는 생활복 차림의 병사가 전화기에다 카드를 긁고 있다.
이반은 전화기 앞 병사를 스쳐가다 말고 돌아선다. 잠시 병사 뒤 어디쯤을 어슬렁거리다 말다 하며 전화기를 흘깃댄다. 전화기와 연결된, 돼지꼬리처럼 도르르 말린 전화선을 쭉 따라가며 보더니, 송수화기를 움켜쥔 병사의 포근포근한 손등에서 멈춘다. 눈길은 다시 송수화기를 찰싹 붙인 귓바퀴가 조금씩 달아오르는 것을 향해 가더니, 턱선 옆에 난 여드름자국으로 간다. 여드름자국을 하나, 둘, 셋, 세면서 시선은 자연스레 송수화기를 든 반대편으로 간다. 반대편 귓바퀴를 따라 병사의 짧은 머리칼까지 가더니 머리 복판으로, 머리 복판에서 송수화기를 든 쪽 머리칼로 내려간다. 머리칼에서 생활복 깃을 타고 어깨로, 어깨에서 허리로, 허리에서 허벅지로, 허벅지에서 다리로 간다. 한쪽 다리만 지속적으로 떠는 걸 하나, 둘, 셋, 세면서 슬리퍼 신은 발로 간다. 발과 발 옆의 탁자 다리로 가더니, 떠는 다리와 탁자 다리의 간격을 어림한다. 30센티미터로 잡을까 27센티미터로 잡을까 보다가, 급격히 병사의 등판으로 간다. 등판을 불끈불끈 노려보다, 뒷목을 맹렬히 째려보다, 뒤통수를 조준 사격하듯 쏘아보며 로비와 복도 끝 사이를 오락가락한다.
전화기 앞의 목소리는 오락가락이 아니라 절절하다.
"그러니까 지금 다른 놈 생겼다 이거지?"
전화기 저쪽에서 무슨 말을 하는지 전화기를 쥔 병사의 팔이 파들파들.
"너랑 헤어진 지 겨우 세 달이야. 세 달을 못 참아? 휴가 받아서 나갈게 좀만 기다려. 부모님 입원하셨다고 말하고 나갈게. 한 달 안에 나간다고. 믿어. 믿으라니까. 너 빽 좋아하지? 빽 사줄게. 구두도 사줄게. 그거 못 사주고 온 게 마음에 걸려. 듣고 있니? 야! 내 말은······."
이반은 오락가락하던 걸 일시에 접는다. 저런 찌질이 새끼! 여자에 환장을 했나. 부모까지 파는 후레자식 같으니라고. 그럴 바엔 돌멩이하고나 사랑에 빠져라 시꺄.
이반은 밖으로 나온다. 저렇게 애걸복걸해봐야 마음이 떠난 사람은 그 어떤 것으로도 잡지 못한다. 초등학생도 알 상식을 스무 살이 넘은 사내놈이 모른다. 저런 놈은 뇌를 정리해야 한다. 전선처럼 가닥가닥 이어진 기억의 줄을 잘라 이쪽을 저쪽으로, 저쪽을 이쪽으로 꽁꽁 묶어줘야 한다. 그깟 여자가 뭐라고. 그깟 사랑 나부랭이가 뭐라고. 사랑이라는 거야말로 착각의 스파크 아닌가? 야 자식아, 니가 한 게 하루 치 사랑인지 한 달 치 사랑인지 모르지만 깔끔하게 정리하는 팁을 주겠다. 이건 팁 중에서도 꿀팁이니 잘 써먹어라. "꿈 깨"를 한 번 말하면 한 번 잊고, 두 번 말하면 두 번 잊는다. 그러니 전화통에 매달릴 시간에 "꿈 깨"를 부지런히 복창해라. 너 같은 자식 때문에 군바리라 욕을 먹어요. 너 같은 자식 때문에 여자들이 군바리를 싫어해요.

이반은 공연히 씩씩거리며 생활관과 풋살 경기장 사이에 있는 야외 건조실 앞으로 간다. 병사들이 널어놓은 세탁물이 온실처럼 생긴 건조실에서 말라간다.

울며불며 애간장을 태우던 병사를 저 건조실에 둔다면, 고집 퉁퉁 사막여우를 저 건조실에 둔다면, 은스로 개판이 된 영혼을 저 건조실에 둔다면, 건조실 담당자가 연대책임을 물어 머리를 빡빡 밀어버린다면. 머리를 밀 때가…… 밀어야겠다.

이반은 건조실 건너편에 있는 돌 턱에 걸터앉는다.

밤이 중심을 잡지 못한다. 하늘을 흠모하며 출입을 허가해달라고 애걸한다. 쿨하지 못한 병사처럼, 분열된 영혼을 가진 자처럼, 사랑과 미움이라는 난기류에 휘말린 모든 자처럼, 안절부절 못한다.

이반은 두 팔을 축 늘어뜨린 채 하늘을 올려다본다.

하늘은 어두어두해지는 바다. 하늘 바다야, 밤을 안아라. 밤의 구애가 안쓰럽지도 않니. 밤이 몸살을 앓고 있다잖니. 고열에 시달린다잖니. 전투기도 안아주면서 흔들리는 이 밤을 거절하면 너는 뭐가 될래.

하늘이 차다. 엉덩이도 차다. 가지고 놀 스마트폰도 없다. 생각하는 것도 지겹다. 손이 심심하다. 큐브, 그래, 큐브가 있었지. 큐브로, 음, 큐브로.

이반은 큐브를 꺼내 한 바퀴 돌린다. 또 한 바퀴 이리저리. 또 또

한 바퀴 저리이리.

바로 아래 풋살 경기장에서 공 차는 소리가 힘차다.

"야, 이리, 이리 차!"

"야, 너 반칙이야! 지금 내 팔 쳤어? 근데 이걸 그냥 확!"

"아, 그렇습니까. 죄송합니다."

"파울! 선수 교체! 선수 교체!"

작은 미니 축구장에서 다섯 명의 병사가 군대스리그를 한다.

이반은 큐브를 놓고 풋살 경기장으로 시선을 던진다. 병장의 팔을 친 저 상병, 반칙과 홀딩. 진로를 가로막은 은스, 반칙과 홀딩. 반칙과 홀딩이 아니라고 우겨대는 은스, 선수 교체. 선수 교체마저 거부하는 은스, 파울을 거룩하게 받으시고 퇴장하시라.

이반은 빠르게 큐브를 돌린다. 한 면에 여섯 개의 색. 이 색들은 섞일 수가 없다. 너무나 또렷한 색이라서, 비슷하기는커녕 보색이라 섞으면 안 된다. 섞으려는 찰나 충돌이 일어나고 전쟁이 난다. 전쟁, 피를 본다. 상대를 죽여야만 내가 산다. 죽일 용기가 없는 자는 하프타임을, 24개월짜리 하프타임을.

"와~"

풋살 경기장에서 승리가 터진다. 승리가 버거워. 함성이 시끄러워.

이반은 부스스 일어난다. 어디서 왔는지 고양이 한 마리가 아는 척한다.

"야옹~"

야옹이 반가운 시점. 이반은 고양이의 머리를 쓰다듬는다.

"너도 승리가 시끄럽니?"

고양이가 이반의 손길을 제법 즐긴다.

부대 내에는 고양이가 종종 돌아다닌다. 그 고양이가 그 고양이가 아닐까 싶게 고양이들은 하나같이 흔하디흔한 누런색의 줄무늬다. 회색이나 흰색의 고양이는 애완동물 숍이나 고양이 마니아들의 집에서 주인을 집사로 거느린다. 떠돌이이긴 하나 부대를 거점으로 돌아다니는 고양이들은 병사들에게 '짬타이거'라는 별명으로 애정을 받는다.

고양이는 이반의 손길이 부담스러운지 슬그머니 꼬리를 뺀다.

이반은 반쯤 몸을 튼 고양이를 답삭 안는다.

"가지 마, 큐브를 가르쳐 줄게."

고양이는 이반의 품에서 내릴까 말까 머뭇대더니 잠잠하다.

이반은 고양이의 목을 살살 긁어준다.

"너의 성감대가 여기지? 가지 마. 더 긁어줄게."

고양이는 눈을 사르르 감으며 갸르릉갸르릉 소리로 응답한다.

병사 둘이 고양이 앞으로 다가온다.

"어, 짬타이거다. 우리 집 냥이 생각난다."

"내가 다니던 학교에도 냥이들 많이 돌아다녔어."

병사들이 고양이에 대한 이야기를 하며 멀어진다.

이반은 고양이를 안고 자리에서 일어난다.

"우리 조용한 데로 가서 더 얘기할까? 큐브도 가르쳐 줄게. 생각보다 재미나."

이반은 고양이를 안고 한적한 데가 어디 있나 두리번거린다. 주차장이 눈에 들어온다.

주차장엔 장교나 부사관, 군무원들이나 온다. 그들은 관사에 살거나 부대 밖에서 출퇴근한다. 대부분 결혼한 사람들이라 저녁 시간이면 집에서 저녁을 먹는다. 저녁 시간은 이미 끝났으니 그들이 주차장에 올 일은 많지 않다.

이반으로선 이런저런, 치밀한 판단을 하며 주차장으로 간다. 이반의 짐작대로 주차장엔 두 대의 차가 남아있을 뿐 아무도 얼씬거리지 않는다.

이반은 주차 된 차 뒤로 간다.

"냥이야, 넌 사막여우보다 이쁘진 않지만 그래도 이뻐. 새처럼 이물질도 아냐. 이럴 줄 알았으면 첨부터 너를 좋아할걸 그랬어. 넌 동면 같은 건 할 줄 모르지? 이유는 묻지 않겠어. 요는 내가 동면을 한다는 거지. 내 동면은 좀 특이해. 24개월짜리니까. 동면하는 동안 세상이 바뀌어 있었으면 좋겠다."

이반은 고양이를 품에 앉고 웅크려 앉는다.

"동면은 기다림이야. 인내하기. 인내도 근성이 있어야 한다는 거 아니? 그런데 난 근성이라는 게 없어."

이반은 고양이의 목을 긁어주고 머리를 쓰다듬어준다.

"난 말이지, 소심하기가 얼음판 유리판이야. 살얼음심장이라고 들어봤니? 그런 심장은 결로현상이 꽤 돼. 공회전도 잘하는 편이고. 왜 그런지 아니?"

이반은 고양이의 얼굴과 턱과 몸통과 다리를 나긋나긋 쓰다듬는다. 왜 이 모양이 됐을까. 이렇게 되지 않았다면 지금쯤 뭘 어떻게 하며 지내고 있을까.

이반은 깊게 한숨을 쉬며 웅얼거린다.

"냥이야, 내겐 감리사가 필요해. 정신의 뼈대가 튼튼한지 어떤지 진단해 줄 감리사. 감리사를 감자로 붙이고 싶은 심정이라면 이해할 수 있겠니? 내 심장을 먹어도 되는 과자로 바꾸고 싶다는 생각이 들 때도 있어. 이런 말, 이해할 수 있겠니? 이건 팩트야. 알아듣겠니? 팩트. 팩트는 큐브를 돌리는 것과는 달라. 다르지만······."

이반이 웅크린 뒤로 누군가 선다. 이반은 입안엣말을 하다 뒤를 올려본다.

**

"군대를 자유여행 온 것쯤으로 아나? 고양이나 안고 무슨 넋두리야?"

이반은 고양이를 안은 채 일어난다. 바로 앞에 끈끈이주걱, 파리지옥이 서슬 퍼렇게 서 있다. 저 아저씨는 왜 또 여길.

표 대위는 이반의 아래위를 표 나게 훑어본다.

"고양이를 좋아하는 걸 뭐라는 건 아냐. 이 컴컴한 데서, 동료들과 뚝 떨어져서······ 볼 때마다 왜 혼자지? 군대는 개인이 아니라 단체야. 팀워크라고."

저 정의에 찬 시선이라니. 저 자는 눈으로 사람을 결박한다. 카리

스마가 아니라 거드름과 시건방짐의 결정체다. 눈동자에는 석탄 같은 심이 박혀 있고 허리는 물리치료를 받아야할 만큼 뻣뻣하다. 저런 자야말로 감리사가 필요하다. 영혼이 부러지게 생겼는데 안 그런가.
어디선가 갓난아기 울음소리가 난다. 고양이의 구애, 소름이 쪽 끼치는 절대음. 이반의 품에서 고양이가 폴싹 뛰어내린다. 고양이는 주차장 아래 둔덕진 길로 사뿐 뛰어간다.
표 대위는 팔을 어긋나게 끼며 이반을 쏘아본다.
"계속 이러고 있을 거야?"
이반의 목소리가 기어든다.
"조심하겠습니다."
이반은 주차장을 나와 왔던 길로 되돌아간다. 저 자는 심심풀이를 찾아 관내를 싸돌아다니나 왜 나만 보면 버럭? 사생활 시간에 사생활을 즐기시겠다는데 웬 참견? 저 자의 말은 처음부터 끝까지 방점 처리되어 있다. 방부제로 뒤범벅이 된 데다 독가스가 펄펄 날린다. 왓, 짜증. 머리나 밀까보다. 스킨헤드로 빡빡, 빡빡. 빡빡 복판엔 파리지옥을 타투하고 콧구멍엔 피어싱이나 할까보다.
표 대위는 이반이 안 보일 때까지 그 자리에 서 있는다.
어두컴컴함 속으로 들어가는 은빛 야광 밴드. 녀석은 규칙 때문에 할 수 없이 야광 밴드를 찬 것이지 정신엔 구멍이 나 있다. 그렇지 않고야 사람의 눈을 피해 자동차 뒤에서, 그것도 고양이에게 말을 하다니 녀석의 정서는 엉망이다.
표 대위는 차문을 열고 시동을 건다. 자동 센서로 맞춰놓은 전조

등이 켜진다. 어둠을 밝히는 라이트. 라이트를 피하는 녀석.

표 대위는 핸들을 꽉 잡는다. 녀석을 볼 때마다 화가 치민다. 동생도 아니고 후배도 아닌데 무슨 피붙이라도 되는 양 성질이 뻗친다. 녀석이 무엇을 하든 전역 때까지 어떻게 지내든 무슨 상관이란 말인가.

표 대위는 주차장을 나간다. 오늘따라 아내는 야근이다. 아내가 없는 집, 생각만으로도 썰렁하다. 썰렁하기만 했던 건 아니다. 어느 땐 호젓하니 좋기도 했다. 그래서 녀석은 혼자 다니나. 녀석의 혼자와 다른 사람의 혼자는 다르다. 녀석은 숨는 것으로 혼자를 만든다. 자유를 위한 혼자가 아니라 도피를 위한 혼자다. 녀석은 무엇으로부터 도피하려는 것일까.

표 대위는 관사 앞 주차장에다 차를 세운다. 삼 층 일 호엔 불이 꺼져 있다.

컴컴하게 웅크려 있는 집. 대화가 없는 컴컴함이, 말이 안 되는 말만 무성히 채워지던 컴컴함이 주인 행세를 하던 집. 기필코 떠나야겠다는 결심을 던져주던 집.

표 대위는 고등학교 3학년이 되자 지원할 학교를 찾았다. 등록금도 숙식도 해결할 수 있는 학교. 거기다 하늘을 날 수 있는 학교. 공군사관학교였다.

공군사관학교에 입교해 기숙사를 배정받던 날, 표 대위는 몇 번이나 침대에 앉았다 일어났다 했다. 2인 1실이긴 하나 혼자 쓰고 처음 써보는 침대였다. 표 대위는 침대에 가만히 누워 보았다. 실내등은 환했고 공기는 쾌적했다.

표 대위는 침대에서 일어나 책상으로 갔다. 아버지는 전기료를 아끼려 두 개의 형광램프 중 하나를 뺐다. 거기다 사물이 안 보일 때나 겨우 스위치를 올렸다. 책을 펴면 글씨는 희미했고 책 위에는 머리 그림자가 어른댔다. 집보다는 도서관에 있는 게 훨씬 편하고 공부하기에도 좋았다.

표 대위는 책상에다 책을 펴고 머리를 이리저리 움직여보았다. 머리 그림자 따위는 생기지 않았다.

표 대위는 시간만 나면 창가로 가 밖을 내다봤다. 공군을 상징하는 조형물들, 자로 재어 그은 듯한 연병장과 조경이 잘 된 정원, 숲으로 둘러싸인 반듯한 건물들. 학교는 웅장했고 거대한 힘을 상징했다. 옹색하고 껌껌한 집과는 한참이나 달랐다. 집을 떠난 건 꿈이 아니라 사실이었다.

학과와 군사훈련을 한 지 육 개월. 첫 번째 주말 외박이 왔다. 생도들은 집에 갈 생각에 들떴다.

룸메이트가 싱글벙글 표 대위에게 다가왔다.

"와오오오~ 꿈만 같다. 내일이면 집에 간다 우홧홧홧~ 집에 가면 제일 먼저 뭘 할까. 넌 뭐부터 할래? 난 할 게 무지무지 많아 순서를 정해야 할 지경이다."

표 대위는 룸메이트를 등진 채 창밖만 내다봤다. 기웃해지는 해, 분말처럼 날리는 쓸쓸함. 앞마당에서 곧잘 마주치던 먹먹함.

표 대위는 창가에서 천천히 몸을 돌렸다.

"글쎄, 뭐…… 아무거나. 생각해보지 않았어."

턱걸이를 하고, 나귀 가죽을 덮고 149

룸메이트는 여전히 싱글거렸다.

"야, 넌 집에 가는 게 좋지도 않냐? 가기 싫은 거 억지로 가는 듯한 얼굴이네."

가기 싫지만 가야하는 집. 너도 가고 나도 가니 가야만 하는 집. 언덕길 좁은 골목을 올라 도착한 집엔 빛이 잔치라도 벌인 듯했다. 안마당 빨랫줄엔 안집 할머니 할아버지의 속옷과 수건이 널려 있었고, 참새 한 마리가 빨랫줄에 앉았다 포르르 날아올랐다. 죽음만큼이나 조용한 집.

마당을 돌아 뒤켠으로 갔다. 판자보다 나을 것 없는 쪽문을 달고 있는 북향집.

문을 열었다. 밖이 환했던 탓인지 안은 굴속만큼이나 어두웠다. 안으로 들어갔다. 아랫목에 둥싯 뭉쳐있는 겨울 이불. 이불 속에서 얼굴 하나가 삐죽 고개를 내밀었다.

"으음…… 왔니? 산기도 갔다 왔더니……."

어머니는 벽 쪽으로 몸을 틀었다. 어머니를 끌고 다니는 잠. 잠 속으로 다이빙한 어머니.

표 대위는 방을 나왔다. 이 맑고 환한 계절에도 어둠과 추위가 점령한 집. 한여름에도 겨울 이불이 있어야만 살아갈 수 있는 집. 겨울처럼 자기만 하는 어머니.

표 대위는 쪽문을 등지고 아래를 내려다봤다. 저 아래엔 군사학과 기상학, 국제정치학과 수학, 물리학, 그 외의 학과목이 정신없이 돌아가고 있었다. 낮잠을 잘 새가 없고 지나치게 조용해서 불안하기까지 한 공간 따위는 없었다.
 표 대위는 벽에 등을 기댔다. 축축한 감이 등을 파고들었다. 아버지의 청소복이었다. 파리 한 마리가 청소복에 날아와 앉았다. 파리의 유전자가 그런 것인지 파리는 다리를 싹싹 비벼댔다. 그렇게 빌면 수월해지나. 비루한 인생.
 표 대위는 파리를 후려쳤다. 파리가 바닥으로 떨어졌다. 날갯짓으로 버둥대는 파리. 구둣발로 파리를 짓이겼다. 파리만도 못한 목숨이라는 말이 떠올랐다.
 표 대위는 쪽문 안쪽을 돌아봤다. 저 집엔 아무도 없다. 기도나 하고 잠만 잘 줄 아는 사람만 있지 어머니는 없다. 파리만 사는, 아무도 살지 않는 집. 잠시도 머물 수 없는, 머물고 싶지 않은 집.
 표 대위는 차에서 나와 계단을 오른다. 이 계단은 산동네를 오르던 길과는 다르다. 아내가 있고, 은은한 불빛이 있고, 계절과 대화와 라이선스가 있다. 체력과 지력을 통과한 소수의 사람만이 받을 수 있는 라이선스. 산동네 단칸방에선 알 생각도 알지도 못하는 라이선스.
 표 대위는 문을 연다. 얼마 전까지만 해도 혼자였지만 이제는 아내가 생겼다. 아내는 빼어나게 예쁜 것도, 현란한 옷차림도 아니었지만 빛이 흘러나왔다.
 아내는 소개팅 자리에서 생긋 웃으며 말했다.
 "GPS가 되어줄 사람을 찾으시나요?"
 말의 기교라는 생각은 들지 않았다. 아내는 가볍게 웃어가며 말했지만 진지했다. 가볍지만 진지한 것, 조금은 당황스러웠다. 당황스러운 대로 그렇게 우물쭈물……. 계속 우물쭈물.

아내는 당황하는 자를 대신해 말했다.

"GPS가 되어줄 사람을 찾고 있어요."

모국어에도 저런 말이 있었나. 뜨끈, 관자놀이가 뛰었다.

진지하게 결혼을 생각했을 때 아내는 다시 한 번 GPS로 쐐기를 박았다.

"사고만 치지 않겠다고 약속하면 평생 함께 하겠어요. 아이도 둘 낳고 내 일도 잘하겠어요. 사고가 무슨 뜻인지 알지요?"

비극은 예고 없이 찾아오는 불청객. 사고는 책임질 수 없지만 결혼은 해야겠다. 기필코 너랑 해야겠다. 꼬르륵 목까지 차오른 말은 하지 못한 채 교과목에나 나올 법한 말을 했다.

"그건 신에게 부탁하는 편이 빠를 겁니다."

겨우 한다는 말이라곤. 그런 눈으로 바라보던 아내.

"비행기만 잘 몰면 뭐해요? 스피치는 꽝이네."

구김 없는 목소리로 눈이 부신 아내. 아내의 목소리에서 모과향이 번졌다. 신비로웠다. 마냥 신비로웠다.

아내는 가을에 결혼하길 바랐지만 그때까지 미루고 싶지 않았다. 기회는 미적거리는 게 아니라 잡아채는 것에 있다.

"가을엔 비행 일정이 많아서 곤란해. 교관 자격증 심사도 있고."

아닌 게 아니라 가을엔 사격능력 평가도 있고 보라매 공중 사격대회도 있다. 그에 따른 비행연구도 꽤 많은 시간을 요한다.

"유월엔 태풍도 오고 장마도 있겠지만, 비행이 많지 않을 거니까 그때 하는 게 좋겠는데…… 양보해줄 수 없어?"
아내는 한동안 커피 잔만 만지작거렸다.
"아무리 그래도 만난 지 얼마 안 됐는데 식을 올리는 건 좀. 도둑결혼도 아니고 준비할 것도 있어요."
표 대위는 아내의 손을 꼭 잡았다.
"준비할 게 뭐 있어. 집은 관사에서 살면 되고 살림살이는 꼭 필요한 것만 사면 돼. 관사가 그리 넓은 게 아니니까 많이 준비할 필요도 없어. 결혼이 누구한테 보이려는 건 아니잖아."
표 대위는 아내에게서 어떤 말이 나올지 조바심이 났다. 자신과는 전혀 다른 환경에서 자란 여자. 부모와 대화도 하고 넘치지도 모자라지도 않게 자신감 있는 여자. 놓치고 싶지 않았다. 사랑한다는 확신은 없었지만 싫다는 느낌도 없었다. 사랑은 살면서 만들어갈 자신이 있었다.
결혼 후 아내는 많은 것을 가지고 왔다. 폭신한 감촉, 때론 젖은 자줏빛 목소리, 잘 익은 오디처럼 차랑차랑 윤이 나는 머리칼, 가끔은 생각에 잠긴 가슬가슬한 눈빛, 그리고 회사 이야기도 싣고 왔다. 혼자는 가질 수 없고 누릴 수 없던 많은 것들, 조금은 낯선 것들, 그러나 산뜻하고 좋은 것들, 놀랍지 않은 놀라움 같은 것들을 아내는 한 움큼씩 뿌렸다. 처음엔 서먹한 느낌으로, 조금 후에는 친근한 느낌으로, 지금은 끈끈한 느낌으로, 아내는 꼭 필요한 효소처럼 있어주었다.
혼자였을 땐 몰랐던 것들, 헌데 녀석은 혼자다. 누구 때문이 아니라 자의적 고립이다. 자의적 고립이야말로 자신을 기만하는 행위다.
 아내는 기만도 고립도 모른다. 토론을 통해 발달된 의식은 건전하고, 여러 사람과 부딪치며 생겼을 상처는 스스로 치료할 줄 안다. 말이 통하고 진심이 통한다. 열등감이 아니라 자존감이 크다. 그만한 라이선스도 드물다.
 아내는 혼자 늦은 저녁을 먹으며 말했다.
 "오늘 나 미워하는 사람을 발견했어요. 사십이 넘은 노처녀 팀장. 평소에도 까칠하기 일쑤였는데 오늘 그 팀장이 날더러 커피를 빼오라는 거다. 순간 삥 했죠. 그러다 이게 아니지 하고 발딱 일어나 커피를 뽑아다 줬어요. 그냥 뽑아다 준 게 아니라 생글생글 웃으면서. 맛있게 드세요 팀장님. 오늘따라 참 예뻐 보이세요, 한 마디 던지면서."
 표 대위는 픽 웃으며 대꾸했다.
 "그 팀장, 빈정 상했겠다. 구긴 얼굴로 갖다 줬어야 좋아라 했을 건데."
 아내는 밥에 김을 얹으며 말했다.
 "아, 나도 그 정도 머리는 있어요. 사실 생글거리며 갖다 주긴 했는데 속은 그렇지 않았어요. 하지만 생각을 바꿨어요. 그대 덕분에 팔다리 운동 좀 했답니다, 뭐 그렇게. 호호······."
 표 대위는 아내의 음성이, 그 말을 하던 때의 표정이 한참이나 된 듯 그리워진다. 죽는 날까지 혼자 살겠다고 장담했던 마음이 언제 그랬냐 싶다. 사람끼리 마주보고 대화를 나누거나 다툰다는 건 창자의 연동운동처럼 살아가는 힘이 된다. 헌데 녀석은 혼자 껌껌하게 돌아다닌다. 주차장에서 봤던 녀석, 보는 것만으로도 사람을 질리고 지치게 한다.

표 대위는 운동복을 챙겨 들고 밖으로 나간다. 서너 계단을 내려가자 아내에게서 전화가 온다.

"저녁은? 으~응 또 식당. 이번 주에 식당밥이 벌써 두 번짼가? 미안요~ 회의가 길어지네요. 지금 뭐 해요? 으~응 체력 단련. 잘 갔다 와요. 난 빨라야 열 시, 넉넉잡아 열한 시까진 갈 수 있어요."

전화기를 통해 들려오는 여자의 목소리. 여자의 음성이 이렇게 애틋한 것이었나. 페가수스가 도약하는 음이라면 아내는 연주하는 음이다. 생을 향해 무기가 아닌 악기를 드는 음. 깨끗하고 청명한 음. 사실 그 어떤 수식도 필요하지 않다. 환하다. 그냥 환하다.

표 대위는 관사를 나와 도로로 나간다. 길도 잘 닦여 있고 외부의 침입 따윈 염두에 두지 않아도 되는, 지극히 보안이 잘 된 구역이다. 게이트는 철통 경비고, 차도는 시속 30킬로미터를 넘지 않는 데다 곳곳에 일단정지표가 있다. 최고의 안전지대다.

아내는 출근길에 노란 버스를 보며 말했다.

"여긴 아이들 키우기엔 더없이 좋은 데네요. 부대 내에 유치원이 있고, 초등학교만 들어가면 통학버스도 오고, 교통사고나 성폭행 같은 건 걱정하지 않아도 되고. 다만 외부와 접촉할 기회가 적어 새로운 걸 받아들이기엔 시간이 좀 걸리겠어요."

표 대위는 고개를 끄덕였다.

"그런 셈이지. 그렇지만 모든 조건을 만족시키는 건 세상 어디에도 없어."

말은 그렇게 했지만, 표 대위는 통학버스에 오르는 아이들을 바라보던 아내의 시선이 문득문득 잔상으로 떠오른다.

밤공기가 아직은 차다. 야근을 끝낸 부사관이나 위관장교의 차가 간혹 지나가고 야광 밴드를 맨 병사들이 빠른 걸음으로 도로를 건넌다. 자동차는 어김없이 일단정지선 앞에 서고, 병사들은 특별한 일이 없는 한 자리를 지킨다. 매뉴얼대로 사는 건 모두를 안심시킨다.

체력단련실이 있는 건물 앞. 2층에 있는 체력단련실은 장교와 부사관 전용이다. 병사들은 병사들만이 이용하는 체력단련실이 있다. 병사와 장교가 같은 체력단련실을 쓴다는 건 피차 거북하다. 같지만 다르고, 다르지만 같은 이 세계의 공유권은 아직 흔들린 적이 없다.

누군가 표 대위 앞을 가로막는다.

"이 시간에 어쩐 일이야?"

공사 선배 M이 비닐봉투 한가득 뭔가를 든 채 웃고 있다.

"아, 선배님. 오랜만입니다. 체련실에 왔습니다."

M은 마침 잘됐다는 투다.

"그럼 시간이 좀 있다는 거네? 잠시 나랑 차 한 잔 할래?"

M은 앞서 걸으며 봉투를 들어 보인다.

"이게 뭔지 알아? 내 주방이야. 맥주랑 오징어, 햄, 소시지, 기타 등등의 잡것들. 혼자 살려니 별 수 있나. 흐흐."

M은 입문비행훈련 과정만 마치고 비행을 포기했다. 이통이 원인이었다. M은 현재 비행과는 무관한 부서에서 근무한다.

표 대위는 M의 뒤를 따라 던킨도넛으로 들어간다.
"체련실에 오느라 지갑을 두고 왔습니다."
M은 손사래를 치며 주문대로 간다.
"무슨 소리. 체력 단련 시간까지 할애해 줬는데. 뭐 마실래?"
표 대위는 애플주스를, M은 탄산음료를 시킨다.
M이 자리에 앉는다.
"두루두루 잘 돼 가지? 보기 좋다. 독사였던 때에 비하면 많이 부드러워진 거 같고. 난 이혼하고 나니 생각보다 힘들다. 참을 걸 그랬나 후회도 되고. 외로움이 젤 커. 혼자 텅 빈 집에 들어가는 게 제일 싫다."
표 대위는 묵묵히 주스만 마신다. 미혼이 아니라 이혼인데 무슨 할 말이.
M은 마지못해 탄산음료를 홀짝인다.
"이런 탄산음료는 약이 안 돼. 차라리 맥주가 낫지. 맥주도 그래. 속을 확 씻어줄 뭔가가 있었으면 좋겠는데 그게 없어. 그게 뭔지도 모르겠고. 신혼인 사람한테 이런 말 해서 미안하다."
M은 표 대위의 두 기수 선배다. 딱딱 각이 졌다기보다 무난한 스타일이다. 말수도 그렇고 유머감각도 그렇고, 군인이 되기보다 평범한 직장인이나 작은 사업체를 운영하면 맞을 듯했다. 그러나 M은 오직 조종사를 목표로 공사에 입교했다. 비행을 목표에 두지 않았다면 다른 전공을 택했을 거라고 했다. 다른 일엔 느긋하고 여유로웠지만 비행만큼은 전투적이다 싶게 빡빡하게 굴었다.

M은 입문비행훈련을 마치고 기본비행훈련 과정에서 이통을 발견했다. M에겐 절망 그 자체였다. 절망에서 빠져나오는 기간은 뜻밖에도 짧았다. M은 사관학교를 졸업하기 무섭게 결혼했다. 결혼이 빨랐던 것처럼 이혼 또한 그랬다.

M은 탄산음료를 한꺼번에 쭉 들이켠다.

"비행을 포기해야만 했을 때 사실 난 속으로 좋아했다. 그 지긋지긋한 훈련과 긴장에서 벗어났다는 게 속이 시원했어. 실력이 모자라서가 아니라 신체가 허락하지 않아 포기해야 한다는 사실도 훌륭하게 좋았고."

표 대위는 차마 M을 마주보지 못한다. 말은 저렇게 해도 속은 그렇지 않다는 것을 그 누구도 아닌 M은 알고 있을 터였다.

M은 막연한 눈길로 건너편 테이블 너머를 바라본다.

"누구든 잘되길 바라고 잘될 거라 생각해서 결정하겠지. 비행도 결혼도. 근데 참 우울하다."

M이 자리에서 일어난다.

"그만 나가자. 더 있다간 안 해도 좋을 말을 지껄일 거 같다. 오랜만에 너를 보니 좋아서 그런 모양이다. 연락하라는 뜻은 아니고, 우울한 사람과 자주 만나면 안 좋다. 너는 너대로 지금처럼 계속 뻗어 가라. 시간 내 줘서 고맙다."

M이 비닐봉투를 들고 휘적휘적 걸어간다. 표 대위는 M의 뒷모습이 빛바랜 자화상을 한껏 치켜들고 가는 듯이 보인다.

표 대위는 체력단련실로 올라간다. 체력단련실에는 서너 명의 장교가 운동을 하는 중이다.

조종사들에게 체력은 필수다. 될 수 있으면 하루도 거르지 않고 체력을 단련하려고 애쓴다. 군인에겐 사생활보다 임무와 책임, 어느 정도의 긴장이 필수다.

표 대위는 운동복으로 갈아입는다. 가볍게 스트레칭을 한 다음 15킬로그램 덤벨을 든다. 두 다리를 어깨 넓이로 벌인 다음 거울을 향해 선다. 거울 표면에서 단호해 보이는 표정이 튕겨 나온다.

그렇다. 인생엔 주어진 매뉴얼이 없다. 이것인가 하면 저것이고, 저것인가 하면 이것이고, 어느 땐 이것도 저것도 아니기도 하다. 그러한 매뉴얼 아닌 매뉴얼에 맞추기보다 주어진 미션을 완수하는 게 좋다. 체력도 다지고 떠다니는 잡념을 운동으로 전환시키는 것도 일종의 미션이다.

표 대위는 오른쪽 팔과 왼쪽 팔을 번갈아 수직으로 올렸다 내렸다 덤벨컬을 한다. 정중신경이 달아오르고 이두박근이 서서히 뜨거워진다. 조금 지나자 타는 듯한 느낌이 온다. 그래봐야 이 무게는 겨우 양손으로 들 수 있는 무게다. 삶의 무게가 이렇듯 손으로 들 수 있는 것이라면 삶은 아닐 것이다.

표 대위는 M의 뒷모습이 자꾸 어른거린다. 무난하게 비행도 하고 결혼도 할 줄 알았던 M. 무슨 일이든 표 나지 않게 후배와 동료를 챙겨주던 M. 비행만큼은 살벌하다 싶게 적극적이었던 M. M의 인생이 그렇게 풀릴 줄 누가 알았을까.

표 대위는 근육이 터질 것 같은 순간에 덤벨을 놓는다. 덤벨을 제자리에 놓은 다음 20킬로그램 바벨플레이트 두 장을 가져온다. 바벨바 양쪽에다 바벨플레이트를 한 장씩 꽂은 후 벤치프레스에 반듯이 눕는다. 몇 번 심호흡을 한 다음 60킬로그램(바벨플레이트 두 개와 봉의 무게 20킬로그램을 더한 무게)을 든다. 삼두박근, 전면삼각근, 대흉근이 부르르 떤다. 혈액은 빠르게 돌고 심장은 펌프질로 부산하다.

온몸에 열기가 오른다. 근육은 땅기고 혈관은 팽창한다. 두피로 땀이 솟고 호흡이 가빠진다. 이렇게 여기까지 왔다. 혹여 생길지도 모를 실수나 유혹에 잡히지 않으려 수시로 불침번을 섰다. 자신을 적으로 두고 늘 감시하며 조명탄까지 쏘아댔다. 그러한 것이 독사라는 달갑지 않은 별명을 달게 했겠지만 후회하지 않는다. 계기판의 많은 숫자와 기호와 눈금처럼 지켜야 할 규칙을 지켰기에 여기까지 올 수 있었다. 혹독하게 다그치고 관리하지 않았다면 이 자리까지 올 수 있었을까. 인생에 매뉴얼은 없다지만 만들면 된다. 이렇게, 이렇게.

표 대위는 60킬로그램을 스무 번 들자 벤치프레스에서 일어난다. 10킬로그램의 바벨플레이트 두 장을 더 가져와 20킬로그램의 바벨플레이트 옆에 꽂는다. 표 대위는 다시 벤치프레스에 누워 심호흡을 한다.

누워 있을 때와 서 있을 때의 몸은 다르다. 몸은 사물의 위치를 기억하고, 몸의 기억은 고정된 사물의 위치에만 적응하려 든다. 그렇더라도 몸은 훈련하기에 따라 바뀐다. G-테스트가 그것을 증명한다.

표 대위는 80킬로그램을 들었다 놨다 한다. 팔뚝은 펌핑 상태로 부풀고 전신은 부들부들 떨리며 눈의 실핏줄은 금세라도 터질 듯하다.

녀석은 비겁자다. 무게를 이기려는 생각보다 피하려고만 든다. 은빛 야광 밴드를 차봤자 녀석은 미련하다. 지금도 길고양이나 찾으려 컴컴한 데를 기웃거리고 있을지도 모른다. 바보 같은 자식. 겨우 고양이라니, 그러지 말고 바벨을 들어라.

표 대위는 80킬로그램을 들었다 놓기를 반복한 후 벤치프레스에서 일어난다. 펌핑 상태가 마치 갑옷을 입은 양 몸이 딴딴해온다. 기분은 흔쾌해지고 온몸은 꽉 차오른다. 이렇듯 근육도 훈련 없이는 제 몫을 다하지 못한다. 녀석은 근육과 정신을 방치한다. 누군가가 해주길 바란다면 녀석은 어리석은 게 아니라 무지하다.

표 대위는 전동거꾸리로 간다. 일자로 서 있는 거꾸리 등판에 등을 대고 사이드에 있는 스위치를 누른다. 몸이 서서히 뒤로 꺾이고 피가 거꾸로 몰린다. 몸이 180도로 꺾이자 스위치에서 손을 뗀다. 머리가 발이 되고 발이 머리가 된다. 중력에 익숙해진 몸은 뒤집히길 거부한다. 그 거부를 거부하면 오히려 혈액순환이 잘된다. 척추 근육은 이완되고 그동안 눌렸던 척추는 풀리게 된다.

이 또한 무게다. 중력을 이겨내려는 투쟁의 무게. 녀석이 꼭 알고 거쳐야 할 중요한 사실. 녀석은 어디를 헤매고 다닐까. 뭔지 모를 것을 등판에 주렁주렁 매달고는 엉뚱한 짓이나 하는 녀석. 칙칙하고도 애절한 녀석.

표 대위는 전동거꾸리를 다 하자 맞은편에 있는 턱걸이로 간다.

이 턱걸이야말로 제일 힘든 운동이다. 기구를 이용하는 운동은 어쨌든 자신의 몸무게보다 적은 무게를 들어 올리지만, 턱걸이는 자신의 체중을 자신이 끌어올려야 한다.

표 대위는 턱걸이 바를 양손으로 움켜쥔 다음 몸을 쭉 끌어올린다. 평소에는 느낄 수 없던 체중이 한참이나 버겁다. 표 대위는 오버그립 자세로 몇 번이고 몸을 올렸다 내렸다 한다. 이두근과 광배근은 체중과 중력에 저항하느라 금세라도 터질 지경이다.

표 대위는 오버그립 자세를 끝내자 언더그립 자세로 바꾼다. 신체의 모든 근육과 신경이 고통을 호소한다. 언더그립이든 오버그립이든 자신의 체중을 버틴다는 건 결코 쉬운 일이 아니다. 녀석은 자신의 무게가 어떤 것인지 알기나 할까.

표 대위는 턱걸이에서 내려와 옷을 갈아입는다.

밖으로 나오자 밤하늘이 냉랭하다. 저 속 어딘가에는 지금도 항공기가 떠 있을 것이다. 누군가에게는 희망이 되고 누군가에게는 절망이 되었을 항공기.

하지만 희망도 절망도 만들어가기 나름.

녀석과 바벨을,

녀석에게 턱걸이를.

**

이반은 주차장에서 곧장 생활관으로 간다.

상병 파티는 거의 마무리 단계. 음료수병과 종이컵이 여기저기 흩어져 있고, 비스킷과 빵, 소시지가 조금씩 남아있다.

이반은 야광 밴드를 풀어 관물대에 넣는다.
이반을 보던 맞선임 V가 다가와 옆구리를 쿡 찌른다.
"전화가 길었나봐. 이거 안 먹을래? 니 거 남긴 건데."
파티를 연 주인공이 한 마디 던진다.
"넌 튀지 않는 거 같은데 튀어. 내가 이 방을 빼면 너 때문에 시원 섭섭할 거다."
선임과 후임, 동료들이 남은 주전부리를 주섬주섬 비닐봉지에 넣는다. 누군 흩어진 과자부스러기를 쓸어 쓰레기통에 넣는가 하면, 누군 음료수가 엎질러진 자국을 대걸레로 닦는다.
이반은 침대에 올라 큐브를 돌린다.
주변을 정리하던 동료가 이반에게 쏘아붙인다.
"야, 넌 눈치도 없냐? 지금 여기 돌아가는 거 안 보여? 그 짓거리 좀 그만 때려치워라 씨발."
누군가 혼잣말처럼 중얼거린다.
"쟤는 말을 안 해도 시끄러워. 큐브 보는 것도 지겹다. 하도 보니까 보는 것만도 시끄러워."
이반은 큐브를 놓고 침대에서 일어난다. 병사들은 자신의 침대 위를 손바닥으로 판판하게 펴는가 하면, 건조대에 널린 세탁물을 걷어 개키기도 한다.
이반은 엉거주춤 서 있다 빗자루를 잡고 바닥을 쓴다.
이반보다 두 달 앞선 선임이 발로 빗자루를 툭 찬다.
"넌 청소하는 순서도 모르냐? 대걸레질 한 바닥을 쓸어? 전화 좀 일찍 끊고 일찍 좀 쓸지 그랬어."

당직병이 침대와 바닥과 동료들을 재빨리 훑는다.

"저녁 점호 받을 시간이다. 빨리빨리, 준비 다 됐냐?"

병사들이 일사분란하게 정리를 마친다. 때맞춰 당직사관이 들어온다. 병사들은 얼른 자기 침대 옆으로 가 차렷 자세로 선다. 당직병이 인원을 보고한다.

당직사관은 병사들을 하나하나 돌아본다.

"어디 몸 아픈 병사 있나? 거수. 없나?"

큐브가 시끄럽다고 중얼대던 병사가 이반을 곁눈질한다. 이반은 병사의 곁눈질을 곁눈질한다. 그래, 환자 여기 있다고 말하고 싶으면 말해라. 큐브는 단순한 손놀잇감이 아니라 환자의 친구니까.

당직사관이 병사들을 둘러보며 말을 잇는다.

"특이사항 있나? 오늘 연등은 24시까지니까 공부할 병사 있으면 공부하도록. 티브이는 22시까지 시청 가능하다. 날씨가 추우니 보일러 잘 점검하고 조절하도록. 이상."

당직사관이 나가자 연등을 신청한 병사가 책을 끼고 나간다. 발로 빗자루를 찼던 병사는 티브이를 켜고, 병사들은 하나 둘 침대로 올라간다.

이반은 침대에 앉아 티브이에 눈을 둔다. 티브이엔 사막여우를 반에 반쯤 닮다 만 연예인이 나와 맛보기 춤을 30초 정도 추다 들어간다. 패널로 줄을 맞춰 앉았던 연예인들이 좋아라 잘해라 손뼉을 치거나 허리를 꺾어가며 웃는다. 썰렁한 조크보다 못한 예능 프로.

사막여우는 사막 어디쯤에서 전갈을 닮은 삼각김밥을 먹고 있을까. 삼각김밥은 전갈을 닮았나? 닮지 않았는데도 사막여우는 신났어라 맛있어라 잘도 먹었다. 클래스가 형편없는 사막여우.

사막여우의 그레이드를 높여주자. 첫째는 사막여우야, 그렇게 신났어라 맛있어라 티를 내는 게 아니란다. 넌 사막여우, 조금은 시크하게, 미소는 어쩌다 향수로 한 방울만 톡 떨어뜨려야 격이 사는 거란다. 명심해라 명심.

둘째는 사막여우야, 솔직한 게 좋긴 한데 말이다, 중구난방 솔직하면 상처를 만드는 꼴이 된단다. 솔직한 게 내숭을 떨지 않는 것과는 다르다는 걸, 넌 알았어야 했다. 명심, 명심해라.

셋째는 말이다 사막여우야, 보일러를 조절하듯 너를 조절해야 한단다. 아무리 상대가 좋아도 껌딱지로 들러붙으면 채이기 십상이란다. 너는 다 좋은데 그게 문제다. 밧이 없다는 것. 비(b)! 유(u)! 티(t)! 너를 몰빵하고 싶을 때마다 너는 밧! 을 잊지 마라. 니 품격이 떨어지길 원치 않는다면 끝까지 밧! 을 붙들고 늘어지라는 말이다. 이 또한 명심보감이다.

예능 프로가 끝나자 리모컨을 잡은 선임이 채널을 돌린다. 카드 정보 유출에 관한 토론 프로. 선임이 채널을 돌린다. 스포츠 뉴스. 사막여우가 없는, 안 나오는 프로, 격하게 김이 빠진다. 이반은 침대에 몸을 눕힌다. 허연 형광등 빛이 햇살인 양 내리비춘다.

저 천장을 반으로 가르면 뭐가 나올까. 쥐가…… 쥐는 아니고 살구꽃이…… 살구꽃도 아니고 나귀 가죽이…… 그래, 나귀 가죽아 나와

라. 그걸 덮고 잘 테다. 물에 젖지도, 불에 타지도, 산에 부식되지도, 어떤 압력이나 타격에도 손상되지 않는 나귀 가죽.* "나를 가지면 네가 원하는 모든 것을 얻을 수 있다"**고 선언한 나귀 가죽. 그 가죽을 덮고 소원을 빌 테다. "내가 만일 멋대로 할 수만 있다면 이 여자가 무릎을 꿇고 내 집 문 앞에서 우는 모습을 보고 싶다"***는 소원.

지구 어느 편에선 같은 이유로, 비슷한 까닭으로, 닮은꼴의 생각이 붕붕 떠다닌다. 떠다니다 심심하면 적도 근처 어느 움막 속으로 들어가 잠 못 이루는 영혼 하나를 깨우고, 깨운 게 싱거우면 설산 밑 어느 벼랑으로 피신한 남자의 옆구리를 집적대고, 집적댄 게 밍밍하면 환락가에서 폭탄주를 말아 마시는 미혼부의 뇌를 간질이고, 간질인 게 시시하면 달려오는 기차 앞에서 양 팔을 벌리고 "나 돌아갈래!" 소리치는 목소리를 꼬집고, 꼬집은 게 미흡하면 큐브로 세상을 등지려는 인간의 손가락에 쥐를 내고, 쥐를 낸 게 먹히지 않으면 발터 벤야민처럼 "종이 한 장에 백 줄의 글을 쓰겠다"****는 별로 실용적이지 못한 생각을 하거나, 그 생각에 실용성을 주려고 부적을 붙이거나…….

소등을 알리는 종소리 벨이 기지 전체로 울려나온다. 당직병이 전등을 끈다.

━━━━━
* 오노레 드 발자크, 이철의 역, 『나귀 가죽』, 문학동네, 2009, 443쪽.
** 위의 책, 443쪽.
*** 위의 책, 188쪽.
**** 수전 손택, 홍한별 역, 『우울한 열정』, 시울, 2005, 81쪽.

이반은 깜깜한 천장에 여전히 시선을 둔 채 허우적댄다. 발자크는 누구를 위해 『나귀 가죽』을 썼나. 도서관엔 발자크가 있을까. 내일, 아니 모레, 아니 글피, 도서관에 가볼까. 복학을 하면 발자크를 연구해야지. 연구를 하자면 유학, 유학을 하자면 은스, 껌딱지 은스.

그렇게 하기보다 하늘을 펼쳐 그 위에서 트램펄린을 해. 트램펄린을 하다 메스꺼우면 하늘을 접어 보드를 타. 보드를 타다 호수가 보이면 호수로 내달려. 내달리다 호수에 빠지면 호수의 눈을 까뒤집어. 눈물을 덩이덩이 쏟는 호수의 눈. 울지 마, 호수야. 울면 눈이 아파. 눈이 아프면 미팅을 할 수 없어.

고양이와 미팅을 했지만 고양이는 다른 고양이를 찾아 떠났다. 파티도 끝났다. 저녁 점호도 끝났다. 끝나지 않은 것은 저 코골이.

코골이는 소등을 하자마자 기다렸다는 듯 코를 곤다. 저 코골이 자식은 버그. 수정도 안 되는 버그의 버그의 버그. 호수도 모르고 눈이 아픈 것도 몰라. 박자도 틀리면서 드르렁 푸~ 빠드득 푸~ 드르렁 푸푸, 컥.

저녁 점호 때 말을 할 걸 그랬나. 몸 아픈 병사 있으면 거수하라고 했을 때 저 자식을 추천할 걸 그랬나. 큐브를 하는 것보다 코를 골고 이를 가는 건 숙면을 방해하는 환자니까.

이반은 코골이 병사를 노려본다. 몸 아픈 병사 저기 있습니다. 저 병사를 다른 실로 이동시켜주십시오. 그보다 병가로 전역시켜 주십시오. 입대 선발 사항으로 심한 코골이는 안 된다는 조항도 붙여주십시오.

이반은 이불을 뒤집어쓴다. 연등을 신청할 걸 그랬나. 그랬다면 적어도 두 시간은 자유로울 수 있었는데. 자유를 억압하는 자, 천벌을 받으리라. 발톱 열 개가 빠지도록 선임과 공만 차야 하는 축구천벌. 일 년 내리 장맛비를 맞으며 유격훈련만 해야 하는 유격천벌. 복무 내내 연병장을 뺑뺑이로 돌며 "기준!" "번호 끝!"만 외쳐야 하는 제식천벌. 훈련이 끝나면 밥 대신 사탕만 빨아야 하는 사탕천벌. 단테의 『신곡』 지옥편에 추가 부탁합니다.

이반은 이불을 끌어다 귀를 틀어막는다. 코고는 소리가 이명인 듯 귀를 파고든다. 자음과 모음도 없이 그저 난리치는 파열음. 코골이가 없다면 밤은 짧고 달지도 모른다.

밤이 길다. 코골이는 여전히 소리로 주먹을 날리고 얼차려를 시킨다. 이제야 알겠다. 그때 은스의 말도 말이 아닌 소리로 펀치를 먹이던 구타였다.

여름이 반쯤 문을 열던 어느 날.

이반은 강의 시간에 맞춰 허둥허둥 교문으로 들어섰다. 신 본관 건물 계단을 뛰어오르는데 계단 꼭대기에서 은스가 손을 흔들었다.

"안녕."

은스는 화보라도 찍는 양 손을 살짝 흔들며 계단 꼭대기에서 나폴, 또 나폴, 내려오고 있었다.

이반은 계단을 올라가다 말고 은스의 나폴, 또 나폴, 에 넋이 나갔다. 매료가 아니라 단순 넋 나가기.

"어…… 아침부터…… 웬일? 여긴 어떻게 알았어?"

은스는 뭐랄까, 예쁘게? 예쁜 척? 그런 말에 가장 가까운 표정을 지었다. 은스에겐 만들다 실패한 인형만큼이나 어울리지 않았다. 표정만 그런 건 아니었다.
"보고 싶어서. 강의 들으러 가는 모습 보고 싶어서."
아이고 오글오글. 사귄 지 얼마나 됐다고 귀여운 생물체 역할을 하시나. 실토가 하고 싶었다면 상황 판단부터 하고 했었어야지.
이반은 뻥 한 얼굴로 은스를 보다 말했다.
"봤으니까 됐지? 강의 시간이 간당간당하다."
은스는 여전히 웃으며, 때려도 웃을 듯이 웃으며, 그렇게 하기로 작정한 듯이 웃으며,
"그래, 얼른 들어가. 한 시간 후에 여기서 보자."
한 시간 후? 쟤 뭐 하자는 거지? 갑자기 쳐들어와서 사차원 언어를 쓰네.
이반은 은스를 두고 거의 슬라이딩을 하듯 강의실로 들어갔다. 휴대폰을 진동으로 놓고 은스에게 문자를 쳤다.
한 시간 동안 거기 있으려구?
은스에게서 답이 왔다. 딱 시치미를 뗄 때처럼,
한 시간 동안이 아니라 한 시간 후에 아까 그 자리에서 보자는 거야.
한 시간 동안이나 한 시간 후나 그게 그 소리.
한 시간…… 중세 프랑스 문학의 사조는, 텍스트와 콘텍스트를 오가며 강의하는 교수의 음성은, 한 시간 내내 벌들의 웅웅거림처럼 귀에 들어왔다 나갔다 했다.

이반은 바지주머니를 만졌다. 휴대폰은 그대로고 진동음도 없었다. 아, 거참, 한 시간은 뭐고 기다리겠다는 건 뭐지? 아침이라 갈 데도 마땅찮을 텐데 어디서 뭘 하고 기다리겠다는 거지?

프랑스 혁명과 프랑스 문학의 관계는, 강의하는 교수의 음성은, 한 시간이라는 시간에 분절되다 이어지다 깨어지다 합치기를 반복했다. 어째서 아침부터 온 것일까. 어제 찍어 보낸 플랫슈즈에 감탄을 약하게 보냈나. 긴 문자에 응, 아니오, 만 보내서 직접 찾아왔나.

한 시간 후, 은스는 그 자리에 있었다.

"학교가…… 참 좋다. 이럴 줄 알았으면 나도 이 학교를 지원했을 건데."

때 아닌 말. 그 말을 하려고 아침부터? 은스에게 상황 판단은 애초에 물 건너 간 듯했다.

이반은 조급하게 시계를 들여다봤다.

"오늘은 알바 안 가? 난 곧 강의 들으러 가야 하는데."

은스는 그런 것쯤은 다 알고 있다는 듯,

"이번 주엔 오전 알바 없어. 수업 방해할 생각도 없어. 넌 수업이나 열심히 들어. 난 이 시간에, 바로 이 시간에 널 보고 싶어서 왔을 뿐이야."

가슴이 뭉클, 참을 수 없이 뭉클. 사차원 언어네 뭐네야말로 물 건너가고 감동에 감전된 몸은 스르르 은스 옆으로 가 은스의 손을 잡고야 말았다.

"수업 빼먹고 너랑 튈까?"

은스는 흔히 여자들이 습관적으로 하는 제스처, 긴 머리칼을 호르르 뒤로 젖히며,
"수업 빼먹으면 죽는다아아아. 성적표 나옴 체크할 거야. B 하나라도 나옴 B 준 교수 찾아갈 건데 그래도 되지?"
속살대는 저 음의 질, 쫀득쫀득 감칠 맛 나게 몰랑몰랑.
은스는 그렇게 갔다. 미련을 함뿍 던지고, 발걸음을 당기게 하는 미감을 남기고 스크린에서 사라지듯 갔다.
이반은 벌떡 일어나 앉는다. 그때 다시 가지 않았어야 했다. 가지 않았더라면 그런 말도 들을 일이 없었을지 모른다. 아침을 온통 만들고 있던 은스를, 그 뿌듯함을 다시 찾지 않는다는 건 솔로몬도 하기 어려웠으리라. 삼손이 들릴라를 찾았던 이유를, 이반은 충분히 이해했다.
중산에 휴강이 있긴 했지만 수업은 저녁 여덟 시에 끝났다.
이반은 은스가 아르바이트 하는 커피전문점으로 갔다. 은스는 프랜차이즈 커피점 로고가 인쇄된 앞치마를 두르고 오더를 받고 있었다.
"마끼아또 한 잔 주세요."
이반은 주문을 하며 은스에게 눈을 찡긋했다. 은스의 눈에 파란 하늘이 열리고 입가엔 뭉게구름이 퍼졌다. 만족스러웠다. 같이 지옥의 둘레길을 걷자고 해도 걸을 만큼 흡족했다.
이반은 마끼아또를 들고 구석자리로 가 앉았다. 책을 펴놓고, 의심받지 않을 정도로 은스를 할끔대며, 때론 창밖을 내다보며, 책을 들여다보며, 은스가 끝나기를 기다렸다.

은스가 앞치마를 풀고 오전에 입었던, 야슬야슬한 짧은 원피스 차림으로 나왔다.

"올 줄 알았다고 말하는 건 올드 멘트. 그렇지만 온 건 환영."

은스의 얼굴에 뽀얀 기가 몽실몽실 올라왔다.

"그냥 좋으면 좋다고 해. 존심 챙기려 요상하게 말 틀지 말고."

은스는 커피점을 나가며 이반의 팔에 자신의 팔을 꼈다.

"그래, 난 내숭쟁이 아니니까 솔직한 게 좋아. 지금 니가 한 말처럼 솔직한 거."

이반은 은스와 함께 버스정류장으로 갔다.

"그동안 뭐했어? 알바 때까지."

은스는 버스정류장 앞에 있는 작은 공원으로 발걸음을 옮겼다.

"뭐하긴. 재미난 거 했지. 물어봐도 안 가르쳐 줄 거야. 나만의 시간이었으니까. 궁금증 나지?"

이반은 은스의 콧잔등을 톡 쳤다.

"재미없게 보냈다는 얘기네. 불쌍해라 우리 은스."

은스는 공원 입구에 있는 벤치로 다가가 벤치에다 손수건을 폈다.

"불쌍하지 않은 은스가 제공하는 자리야. 앉아. 이건 의전용이야."

은스는 꽃무늬 손수건을 가리키며 이반을 잡아 앉혔다.

이반은 꽃무늬에 털썩 앉았다.

"말 안 해도 안다. 내 자리라는 거."

은스는 이반 옆에 앉아 버스가 오가는 것을 눈으로 흘려보냈다.

"변별력이 없는 사랑은 사랑이 아니야. 남친에게 의전용 자리를 마련해주는 건 변별력에 속해 안 속해?"

무슨 말을 하려고 저리 와사사 판을 까나.

"변별력은 이미 아침에 맛 봤고, 지금도 맛 봤고, 이후엔 어떤 변별력이 올지 무서워지려고 한다."

은스는 이반의 강의 노트를 팔랑팔랑 넘기기 시작했다.

"난 니가 좋아. 대학생이라 좋아. 난 공부하기 싫어 대학 안 갔거든. 직장생활도 하기 싫어 알바만 뛰거든. 그러니까 넌 공부를 잘해야 해. 니가 계획했던 대로 유학도 가고 교수도 되어야 해. 넌 나랑 결혼할 남자니까."

은스의 변별력이란 이런 건가? 남자 친구의 학부형이 되어 그 인생을 인솔하시겠다? 솔직도 유분수지 이건 뭐 시대를 거꾸로 잡아 끄나.

은스의 와사사 판은 이어졌다.

"넌 대학교수, 난 교수 부인. 그림이 좋지 않니? 난 니가 공부하는 동안 뒷바라지를 할 거야. 책임지고 뭐든. 어떤 거든."

'참 잘했어요' 도장을 열 개, 백 개, 천 개를 찍어도 모자랄 발언.

이반은 느닷없이 속이 벌렁거렸다.

우욱.

우욱.

구토는 일지 않았지만 속은 뒤집혔다. 니글니글, 울렁울렁, 와랑와랑.

이반은 자리에 팍 눕는다. 생각할수록 돌기신경 세포가 발작을 일으키고 동맥과 정맥과 모세혈관이 경기를 일으킨다. 넌 처음부터 그렇게 하기로 작정했다 이거지. 그래서 변별력이네 뭐네로 사람을 홀렸다 이거지. 사막여우였던 은스, 사살.

코골이도 사살하고 싶도록 불규칙한 음을 규칙적으로 쏟아낸다. 컥, 컥, 방지턱을 넘나들고 한밤으로 들어간 시간에 족쇄를 채운다. 이반은 차라리 기절하는 게 낫겠다는 생각이 든다.

기절해 있는 동안 눈을 크게 열고 하늘 속 호수 보기. 호수에 빽빽한 등지느러미 달아주기. 눈물을 꽃덩이로 쏟던 심장에 비수 꽂아주기. 비수는 결단한다. 이제는 잊으라고, 끝났다고, 아무 것도 아니라고, 결단의 기상나팔을 힘차게 분다.

기상나팔 소리가 난다. 생활관이 깬다. 병사들은 밤을 덮어주던 침구를 개키고 아침 점호를 준비한다.

당직사관이 들어온다. 당직사관은 몸 아픈 병사가 없으면 연병장으로 집합해 구보하라고 말한다.

이반은 동료들과 함께 연병장으로 나간다. 아침은 하루에 한 번 오는 것이지만 매일 다르다. 대할 때마다 시작의 얼굴, 아침을 존경하기. 만약 아침이라는 게 없다면 코골이의 코골이는 계속될 것이고, 코골이의 코골이가 계속되면 은스에 대한 생각도 계속될 것이고, 은스의 생각이 계속되면 불면 또한 계속될 것이다.

이반은 찬 공기를 가슴 한가득 들이며 뛰기 시작한다. 오늘은 이렇게 고고고…… 로 시작하기. 구보가 끝나면 아침 먹으러 갈 시간, 고고고…… 로 기운내기. 어쨌든 아침.

도서관에 클릭, 비행복에 클릭

어느 새 둥실 떠오른 봄.
마른 바람엔 춘우를 담고, 옷섶엔 꽃샘추위를 여미고,
꽁꽁 싸맨 마음을 풍선으로 터트리는 봄의 성깔.
봄이 외롭다는 건 거짓.
봄이 외롭다는 건 진실.
거짓과 진실을 키질로 골라낸들, 거짓도 진실이고 진실도 거짓인데,
돌아보기.
좌우를 뺑뺑.
위아래를 빙글.
환각이 일어, 환지통이 생겨.
아지랑이가 보롱보롱 올라오는 활주로, 사물의 윤곽을 흐리며 몽환의 씨를 뿌린다. 저 길로 반가운 누가 오는 것은 아닐까. 저 길로 정겨운 이를 맞으러 가야하는 건 아닐까. 봄이 간지럼을 타며, 간지럼을 태우며 장난질이 한창이다.

팔로우미카가 봄이 깔린 길을 꽃수레인 양 돈다. 모든 게 얼어붙었을 때에는 마른 행성을 떠도는 듯이 보이고, 사방이 이글거리는 때에는 황야를 가는 듯이 보이고, 부슬부슬 비가 올 때에는 추리소설을 더듬는 듯이 보이고, 안개가 흐를 때에는 매연의 도시를 떠도는 듯이 보이고, 바람이 불 때에는 추상화를 그리는 듯이 보이고, 동이 트는 순간에는 서정시를 짓는 듯이 보인다.

어느 시점을 꼬집어 지금이 가을이다 겨울이다 말할 순 없지만 봄인 것만은 틀림없다. 봉울봉울 올라오는 아지랑이만 봐도 그렇고 택시웨이를 봐도 그렇다.

봄을 사색하는 팔로우미카. 봄에 취해도 좋고 졸아도 괜찮지만 자지는 말아라.

표 대위는 사무실 근무를 하다 나와 대대 건물 앞에 서 있다. 팔로우미카는 멀리서 보면 미니카처럼 보이지만 저 안에는 운전자가 타고 있다. 핸드브레이크와 계기판과 발판과 각종 엔진들이 맞물려 운행한다. 환각이 들어설 자리가 없고 몽환을 즐길 여유가 없다.

환각이나 몽환은 눈을 가물가물하게 하는 아지랑이처럼 존재하지만 존재하지 않기도 하다. 그러한 것에 오래 마음을 두면 풍요로워지는 게 아니라 현실감을 잃게 된다.

비행은 현실이다. 한순간도 마음을 놓거나 시선을 놓치면 그대로 끝이다. 끝이라고 생각할 겨를도 없이 끝장이 난다. 끝의 파장은 시작의 파장과는 비교할 수 없게 크다. 한꺼번에, 모든 것을, 그대로, 순식간에, 잃는 것이다.

그런 손실과 불행을 방지하기 위해 비행에는 여러 시스템이 있다. 그 중 하나가 활주로를 청소하는 것.

FO 작업 요원들이 활주로를 청소하고 있다. 아지랑이 사이를 다섯 명의 요원이 마치 손이라도 잡은 듯 일렬횡대로 걷는다. 아지랑이를 주우려는 듯 때론 허리를 굽히고, 때론 쓸어 쓰레기 주머니에 담는다.

표 대위는 이반을 찾기라도 하듯 눈을 세운다. 녀석을 본 지는 얼마 되지 않았지만 꽤나 오래 된 것처럼 여겨진다. 눈에 뜨이지 않으면 생각도 나지 않아야 하는데 무슨 까닭에선지 녀석이 문득 문득 떠오른다.

팔로우미카가 주기장으로 들어간다. FO 작업 요원들도 활주로 끝에 다다른다. 곧이어 택시웨이며 활주로가 막막하게 빈다. 아뜩, 비어버리는 봄.

다른 곳의 봄이 요란스럽다면 이곳 활주로의 봄은 차분하다. 다른 계절에 비해 바람이 조금 더 많다는 것만 빼면 기지개를 켤 만큼 휘휘하다.

E가 비행대대 앞에 차를 세운다. E는 차에서 나와 표 대위 옆으로 온다.

"뭘 그렇게 봐? 오늘 비행 있어?"

표 대위는 활주로에서 눈을 떼며 E를 돌아본다.

"없어. 오늘은 쾌청해서 개성이 아니라 평양까지 다 보이겠어."

E는 문서가 든 판을 부채질하듯 허공에 대고 흔든다.

"이런 날은 개성만 보고 오면 허무하지. 동해바다에서 서핑 하는 고래남도 보고 고래녀도 봐야지. 훗훗."

E는 문서 판을 옆구리에 끼고는 몸을 튼다.

"봄이라 그런지 실내가 답답하다."

실내가 답답하다고 느끼는 계절. 농담마저 술술 나오게 하는 계절. 페가수스도 가끔 농담 따먹기를 한다.

표 대위야, 타워 관리자에게 관제사를 전부 걸그룹으로 바꿔달라고 말 좀 넣어봐. 나두 감성이라는 게 있는데 이건 뭐 남탕들의 구린 목소리뿐이야. 나두야 좀 논다 하는 걸그룹이 좋거든. 걸그룹이 교대로 말하는 게 많이많이 듣고 싶거든. 시방 랜딩 콜~ 되시겠습니다. 이륙 콜~ 준비 땡 되셨나요? 요이 땡 되셨음 오실 때 구름 60야 드만 사각사각 잘라다 주세용. 하양과 노랑이 땡땡이로 섞인 구름 38.5퍼센트, 파랑과 주황이 스트라이프로 된 구름 29.7퍼센트, 보라와 연두가 모눈종이 모양으로 된 구름 12.3퍼센트, 회색과 검정이 그러데이션으로 된 구름 15.5퍼센트 말이어요. 이번 공연 때 구름치마가 필요하거등요. 구름 원단이 우리의 공연을 업, 업, 시킬 수 있거덩요.

페가수스는 잘난 척 요리조리 날갯짓 하는 새를 볼 때면 이런 랩도 할 줄 안다.

인생은전술전술, 똥그란눈으로똥그랗게놀라똥그란똥을싸는새야새야, 니눈은똥그란데눈치는삼각형, 우리의전술을배워배워, 전술의 스킬은원샷원킬, 멍때리지말고우리를따라와, 우리는구름속구름속으로 들어가, 구름과 놀다 구름을 먹을 거야, 쌩까다 손해 보면 너만 너만 손해, 새대가리 욕 먹기 식은 죽 먹기, 두개골에 자물쇠만 채우면 새대가리 짱, 와우와우~

농담과 랩은 조종사의 뇌핵을 이완시킨다. 아이스크림처럼 부드럽고 달콤하게, 시원하고도 향긋하게 도파민을 충족시킨다.

무슨 텔레파시인지 아내에게서 사진과 문자가 온다.

요거이, 아이스크림. 지금 인터뷰 나왔는데 쫌 기다려야 해서 애를 시켰음. 뭐하고 있음?

사진은 아이스크림이라기보다 부케다. 크림색과 연분홍과 병아리색과 옅은 연두색이, 작은 분수대 모양의 유리잔에 소복이 올라앉아 있다.

표 대위는 사진을 확대해서 보다 원래 크기로 돌려놓는다.

일 층에 볼일이 있어 내려온 김에 잠시 봄을 감상하고 있었어. 곧 들어가야 해.

아내는 문자와 함께 즐겁게 놀라는 모양의 이모티콘을 보내온다.

앗, 조종사에게도 감상이라는 낭만이? 퇴근 후엔 낭만을 즐길 수 있는 기회를 듬뿍 주겠음. 어여쁜 새악시를 시력 저하가 되도록. ㅋㅋㅋ.

표 대위는 씨익 웃으며 휴대폰을 주머니에 넣는다.

아내는 비행 스케줄을 묻지 않는다. 미팅 때와는 달리 평범한 직장인을 대하듯 하지만, 그것이야말로 비행에 신경을 쓰고 있다는 반증이리라.

표 대위는 이 층 작전편대실로 올라간다. 작전편대실 옆 공대공 브리핑실에서 조종사 몇이 나온다. 조종사들에게서 열띤 기운이 훅 끼친다. 표 대위와 동기인 T가 열띤 기를 그대로 내뱉는다.

"비행 전술에 관한 연구는 해도 해도 끝이 없다."

표 대위는 싱긋 웃으며 대꾸한다.

"스터디 했구나. 열공 냄새가 팍 난다."

T는 그렇다고 말하며 작전편대실로 들어간다.

"아참, 대대주관 독후감 대회 공지 떴던데 해볼 생각 없어?"

표 대위는 시큰둥하게 대답한다.

"비행술에 관한 책도 다 못 읽는 판에 무슨 독후감."

T는 책상에 메모 노트를 놓으며 표 대위의 자리로 넌지시 고개를 기울인다.

"포상도 있던데. 상금과 휴가. 그 옛날의 문학 소년을 상기하는 의미에서 참여해 보는 것도 괜찮지 않아? 흐흐."

표 대위는 자리에 앉아 마우스를 잡는다.

"하고 싶은 사람이나 해. 난 문학 소년 상기할 일 없다."

T는 표 대위의 책상을 톡톡 두드리며 목소리를 낮춘다.

"비행술에 관한 책을 읽고 정리 차원에서 써도 되잖아. 도서 선정은 자유던데."

표 대위는 모니터에 뜬 안전기금 문서와 편대기금 문서 파일을 넘긴다.

"병사들이 대거 참여하겠군. 상금과 포상 휴가가 있으니까."

표 대위는 파일에 뜬 숫자를 확인·검토·수정한 후 마우스를 놓는다.

녀석은 독후감을 쓸까. 세상의 모든 고민은 혼자 하는 양 끙끙대던 녀석. 고양이한테까지 알아들을 수 없는 말이나 중얼대던 녀석. 그렇게 속이 복잡한 녀석이야말로 글로 풀어야 한다.

T는 맡은 업무를 마치자 표 대위의 책상에 반쯤 얼굴을 들이민다.

"난 학교 다닐 때 글짓기에 관한 한 한 번도 상을 타 본 적이 없다. 하다못해 제일 꼬바리 상도 타 본 적이 없어. 내가 못 쓰는 건지 다른 사람이 잘 쓰는 건지."

표 대위가 초등학교 저학년이던 시절, 학년별 글짓기 대회가 있었다. 제목은 아버지나 어머니 둘 중 하나를 택해 쓰는 것이었다. 표 대위는 아버지를 떠올렸다.

늘 불콰한 얼굴의 아버지. 말도 없고 표정도 없고 울어본 적도 웃어본 적도 없어 보이는 아버지. 아버지는 숙제 검사를 해 준 적도, 공을 받아준 적도, 목욕탕에 함께 가준 적도 없었다. 그런 아버지에 대해 무엇을 쓸 수 있을까. 단 하나의 에피소드도 없는데, 추억할 그 어떤 사건도 없는데 무엇을 어디서부터 써야 할까.

표 대위는 어머니를 떠올렸다.

부석한 얼굴에 부스스한 머리칼의 어머니. 어머니는 정다운 어머니, 자식에게 헌신하는 어머니의 상을 가지고 있지 않았다. 눈의 초점은 항상 흔들렸고 뭔가를 잡으려는 듯 떠돌았다. 어머니는 안집 할머니를 붙잡고 산기도를 해줄 테니 감사헌금을 달라고 했었다. 아랫집 아줌마에게는 귀신을 쫓아준다며 감사헌금을 달라고 했었다. 어머니는 도무지 해독하기 어려운 언어를 쓰는 사람과 다르지 않았다.

표 대위는 아버지를 쓰기로 했다.

우리 아빠. 우리 아빠는 청소부다. 아침 일찍 일어나 청소를 하신다. 우리 아빠가 제일 많이 보는 건 별이다. 새벽부터 나가시기 때문이다. 아빠는 비가 오나 눈이 오나 하루도 빠지지 않고 길거리를 청소하신다. 우리 아빠 때문에 길거리는 깨끗하다…….

대강의 줄거리는 그랬다. 심사를 맡은 선생님은 솔직하게 잘 썼다며 우수상과 연필 한 타스를 주었다.

표 대위는 연필 한 타스를 들고 집을 향해 뛰었다. 아버지는 없었다. 연필 한 타스를 품에 안고 앞마당으로 나갔다. 마당을 건성건성 돌아다니며 땅바닥에 그림을 그리기도 하고, 개미가 가는 길을 손가락으로 그어가며 따라가기도 했다.

해가 기웃해지기 시작했다. 표 대위는 담벼락으로 가 까치발로 아래를 내려다봤다. 교복 차림의 누나들, 형들이 올라올 뿐 아버지는 보이지 않았다. 다리가 아팠다. 방으로 들어가 픽 쓰러졌다. 연필 한 타스를 쥔 손에 땀이 끈적하게 차올랐다. 무슨 소리가 났다. 아버지였다.

표 대위는 발딱 일어나 연필 한 타스를 아버지에게 내보였다.

"아빠. 이거, 글짓기 대회에서 탄 거예요. 우수상 받았어요. 선생님이 솔직하게 잘 썼대요. 제목은 우리 아빠였어요."

아버지는 연필 한 타스를 흘깃 보기만 할 뿐 아무 말도 하지 않았다. 집에 오면 통상 그렇듯 불그레해진 얼굴로 청소복을 가지고 뒤꼍으로 갔다.
　표 대위는 연필 한 타스를 들고 아버지 앞에 쪼그려 앉았다. 아버지는 물에 세제를 풀어 청소복을 쭈물거렸다. 몇 번인가 쭈물거리고 헹군 후 물이 뚝뚝 떨어지는 청소복을 빨랫줄에 널었다.
　표 대위는 연신 연필 한 타스를 만지작거렸다. 아버지는 그 무엇도 보지 않은 채 그림자처럼 방으로 들어갔다.
　그때 아버지의 등판과 어깨는 나이에 비해 훨씬 늙었으며, 세상의 어떤 것과도 비교할 수 없게 무거워 보였다.
　다음 날 학교에 갔을 때 반 친구들은 표 대위를 에워쌌다.
　"니네 아빠 청소부라며?"
　"아이, 더러워. 쟤한테서 구린내 난다."
　"애들아, 쟤하고 놀지 말자."
　킥킥거림, 수군거림, 손가락질이 아버지의 침묵만큼이나 아팠다.
　표 대위는 그때의 자신이 시큰하게 잡힌다. 친구들에게 놀림 받는 아버지가 부끄럽고 미웠다. 숨고 싶었지만 숨을 수도, 변명할 수도 없는 처지가 죽을 만큼 힘들었다. 지금도 그때를 생각하면 수치심이 선연히 피를 흘린다.
　T가 자리에서 일어나 표 대위의 의자를 살짝 친다.
　"벌써 점심 먹을 시간이 오셨다. 안 가?"
　표 대위와 T는 비행대대를 나와 장교식당으로 간다.
　T는 못내 아쉬운 듯 독후감에 대한 얘기를 꺼낸다.

"넌 글짓기 상 타 본 적 없어? 그거 생각보다 어렵더라."

생각보다 어렵지. 어렵지 않았다면 그렇게 썼을까. 어렵지 않았다면 그 후로 단 한 번도 쓰지 않았을까.

학년별 최우수상, 우수상, 장려상을 탄 학생들끼리 겨루는 글짓기 대회가 있었다. 그 대회에서 최우수, 우수, 장려, 각각 한 명을 뽑아 학교 대표로 나가는 행사였다. 제목은 가을, 소풍, 바다 중에서 고르는 것이었다.

표 대위는 세 개의 제목을 수없이 읽었다. 가을에 엮인 추억은 없다. 소풍은 학교에서 간 것 말고는 없다. 바다는 본 적도 없다. 표 대위는 소풍을 쓰기로 했다.

소풍 때면 친구들은 김밥은 기본이요, 과일이며 제과점 과자며 치킨까지, 배낭이 미어터져라 싸왔다. 표 대위는 흰밥에 멸치조림과 김치, 포장김, 집에서 먹던 그대로였다. 도시락을 꺼내놓기가 창피했다. 표 대위는 멀찍이 떨어져 누가 볼세라 허겁지겁 도시락을 먹었다.

표 대위는 제목을 쓰고 글로 들어갔다.

아빠와 나는 시간이 날 때마다 소풍을 간다. 소풍갈 때면 아빠는 직접 도시락을 싼다. 소고기와 시금치를 듬뿍 넣어서 김밥을 싸고, 내가 좋아한다고 유부초밥도 따로 싼다.

아빠와 나는 도시락과 과자, 오징어와 과일을 예쁜 가방에 넣고 자동차로 간다. 나는 아빠가 운전하는 차에 타는 걸 제일 좋아한다. 아빠 옆자리에 앉으면 앞이 다 보여서 너무너무 좋다. 어느 땐 차끼리 부딪칠 것 같은데 아빠 운전을 잘해서 사고가 난 적은 없다.

아빠와 나는 강가에 차를 세우고 차에 실었던 자전거를 꺼낸다. 우리는 맛있게 김밥과 유부초밥을 먹고 다시 자전거를 탄다. 아빠는 앞서 가시고 나는 아빠를 따라가려고 부지런히 페달을 밟는다. 아빠는 내가 따라오나 자꾸만 뒤를 돌아보신다.

아빠가 자전거를 세우고 생수를 마신다. 나는 겨우 아빠 옆에 도착해 숨을 할딱인다. 아빠는 다시 자전거를 타며 말씀하신다. 잘 따라오면 비싼 장난감도 사주고 운동화랑 옷을 사주시겠단다. 나는 열심히 페달을 밟는다. 아빠랑 소풍을 가면 항상 즐겁다. 아빤 다음에 또 소풍을 오자고 하신다. 나는 아빠랑 소풍가는 날을 손꼽아 기다린다.

그렇게 쓴 글은 예선에도 들지 못했다. 상이 아니라 예선에도 들지 못했다는 사실이 속이 후련했다.

T의 말에 표 대위는 대답한다.

"딱 한 번 있었어. 초딩 저학년 때. 그때 상 받은 걸로 끝. 그 후론 쓰기 싫어서 안 썼어. 제목부터가 영. 가을과 나, 아빠와 엄마, 너무 도식적이잖아. 생기려던 상상력마저 쏙 들어가게 하고."

표 대위는 말을 하고 나니 그때 거짓으로 썼던 글처럼 말했다는 생각이 든다. 그럴 바엔 말을 하지 말았어야 했다. 글 역시 그렇게 쓰려면 쓰지 않아야 한다. 지금처럼 아닌 척, 좋은 척, 가식적으로 쓰면 안 쓰느니만 못하다. 그런데 그렇게 돼버렸다. 글이 아파서, 아려서 쓸 수 없었던 게 아니라 식상해서 쓰지 않은 게 돼 버렸다.

글이, 진정, 쓰라리다. 오전에 봤던 아지랑이처럼 어른어른 기억의 후미진 곳을 뒤진다. 환각이나 몽환의 입자가 아니라 하도 또렷해서 숨이 막힌다.
T는 장교식당으로 들어가며 킬킬댄다.
"난 글에 아쉬움이 좀 있나봐. 고딩 문학의 밤 때 우리 학교로 어떤 여학생이 왔는데 한눈에 반했거든. 그 여학생하고 좀 만났더랬는데 걔 땜에 한동안 책도 보고 글도 끄적여댔어. 가끔 걔 생각나. 걔가 생각나면 글이 생각나고. 글 잘 썼거든. 지금쯤 작가가 되어 있을지도 모르지."
표 대위는 식판을 든다. 글로 진로를 결정하지 않은 건 잘한 일이다. 문학을 택했더라면 지금처럼 전투기는 몰지 못했으리라.
문학에 비해 전투기는 얼마나 명징한가. 속을 후비지도, 기억을 되새김질하지도 않는다. 이 숫자와 저 숫자를 합치거나 빼면 결론이 나오듯 한마디로 뒤끝이 깨끗하다. 적지에 떨어졌을 때도 생환을 도울 수 있는 건 문학이 아니라 과학이다.
표 대위는 점심을 먹고 밖으로 나온다. 날씨가 풀려서인지 병사들의 발걸음이 활발하다.
표 대위는 T와 헤어져 차도로 내려온다. 근처 족구장에서 볼 차는 소리가 봄을 토해낸다. 이토록 건강한 날씨에 녀석은 뭐로 시간을 때우고 있을까. 혼자 뒷길이나 걷지 말고 볼이라도 찰 것이지.
표 대위는 번뜻 도서관이 있는 건물로 발길을 돌린다. 녀석은 이번 독후감 대회에 참여할까. 큼큼하게 돌아다니는 꼴이 영락없이 구석에 박혀 글하고 씨름할 인물이다.

표 대위는 성큼성큼 도서관으로 들어간다.

차분하게 깔린 공기, 소리 없이 움직이는 손과 발걸음들. 이 낯익은 분위기라니. 얼마 만에 대하는 친숙함인가. 도서관에서 보냈던 그 많은 시간들, 글자와 종이와 펜이 만들어 가던 다짐들. 표 대위는 오랜만에 자신과 만나는 듯한 느낌이 든다.

도서관 입구에 있는 긴 테이블에는 몇 명의 병사가 책을 읽고 있다. 표 대위는 책꽂이가 죽 늘어선 곳으로 간다. 병사 몇이 책을 고르거나 고른 책을 펼쳐본다.

표 대위는 책꽂이와 책꽂이 사이를 둘러보다 다시 출입문으로 간다. 녀석은 이 좋은 분위기를 놔두고 무엇을 하고 있나. 그렇게 시간을 허비할 바엔 독후감이라도 써라.

표 대위가 문을 당기는 순간, 기다렸다는 듯 병사 하나가 들어온다. 군인다운 느낌은 눈 씻고 봐도 없는 일병 이반.

이반과 표 대위는 부딪칠 뻔하다 멈칫 한다. 이반은 깜짝 놀라 한 걸음 뒤로 물러나고 표 대위는 이반을 지나치다 말고 멈춘다.

"책 읽으러 왔어?"

이반은 그렇다고 대답한다.

표 대위는 생각지도 않은 말이 튀어나온다.

"독후감 대회 때문에?"

이반은 아니라고 대답한다.

표 대위는 왠지 벌쭉해져 도서관을 나온다. 녀석은 독후감 대회와는 무관하게 책을 좋아하나. 표 대위는 이반을 생각하는 자신이 갑자기 낯설어진다.

**

 이반은 책꽂이 사이를 오간다. 자대배치를 받고 처음 와 본 도서관. 생각보다 책이 많다. 자기계발서, 문학지, 시집, 평전, 기록물, 소설책 등.
 이반은 세계명작 시리즈가 서너 칸을 차지한 진열대 앞에 선다. 이리저리 훑어봐도 발자크나 『나귀 가죽』은 보이지 않는다.
 굳이 발자크를 찾을 일은 아니었다. 잠이 오지 않아 천장을 보았고, 천장을 보자 나귀 가죽이 떠올랐다. 발자크를 연구하고 싶다는 생각도 믿을 수 없다. 다른 사람들이 생각해내지 못한 걸 연구한다면 모를까 그렇지 않으면 할 필요가 없다. 그런데 왜 발자크인가. 어째서 『나귀 가죽』인가.
 나귀 가죽은 지극히 위험하다. 위험물 소지자 내지 위험물 취급주의라는 단서가 붙어야 한다. 나귀 가죽을 원하는 자는 생명과 바꿔야 한다. 소원 하나가 이루어질 때마다 생명이 조금씩 줄어드는, 나귀 가죽이 곧 소원자의 생명이 되는 셈이다.
 소원이란 생명과 바꿀 정도로 절대적인 것인가. 생명과 바꿀 정도는 아니지만 다급하고 절실하다. 이를 테면 정말정말 쉽지 않은 '페르마의 정리'를 한 시간 안에 증명해야 불가촉천민으로부터 벗어날 수 있는 것과도 같은, 달려드는 악어를 맨몸으로 싸워 이겨야 군 입대를 면제받을 수 있는 것과도 같은, 중요하고도 시급한 일이다. 그래, 그렇지, 은스는 악어인가? 악어라 악어새가 필요했나? 이빨에 남은 찌꺼기를 깨끗이 청소해 줄 악어새가?

이반은 책꽂이에 꽂힌 책들에서 눈을 돌린다. 책꽂이가 끝나는 지점, 책꽂이와 책꽂이 사이의 통로로 빛이 엇비스듬히 들어온다. 한 병사가 엇비스듬히 들어온 빛을 받으며 책을 들여다본다. 병사의 몸은 빛으로 인해 윤곽이 부옇게 퍼져 있다. 꿈속에 나오는 인물처럼 뚜렷하지 않으나 뚜렷한 병사의 몸.

병사가 책을 덮더니 책꽂이에 꽂는다. 다른 책을 향해 팔을 뻗는 병사. 병사의 모습은 빛으로 인해 렘브란트의 인물화가 된다.

이반은 렘브란트 전시회를 나오며 은스에게 말했다.

"빛이 인물의 윤곽을 흐리기 때문에 오히려 인물이 더 또렷이 보이는 거 같지 않니?"

은스는 등나무가 있는 벤치로 자박자박 걸었다.

"난 그렇게 복잡한 건 모르겠고 저기 저 하늘에 뜬 무지개가 더 근사해 보인다. 나, 무지개 잡을까? 잡고 싶어."

고궁 밖 빌딩 위엔 언제 찾아왔는지 무지개가 걸려 있다.

이반은 등나무 아래의 빈 벤치를 찾아 두리번거렸다.

"무지개를 잡고 싶어 하는 사람은 많지만 잡은 사람은 없어."

은스는 커플들이 앉았다 막 일어난 벤치로 갔다.

"그렇게 말해도 소용없어. 난 이미 무지개를 잡으러 출발했거든. 교통카드도 꽉 채웠고 운동화 끈도 단단히 맸거든. 아, 여권도 신청했어."

이반은 은스 곁에 앉아 은스의 얼굴을 잡아 자신 쪽으로 돌렸다.
"너 되게 고달프겠다. 없는 걸 찾아 나서다니. 혹시 찾게 되면 나한테도 쬐끔 나눠주라. 맛이 어떤지 궁금하다."
은스는 왜 이럴까 싶게 또박또박 말했다.
"무지개가 없다면, 찾지 못한다면 내가 무지개가 될 거야. 내가 무지개가 되면 너도 무지개가 되는 거야. 너와 나는 각각이 아니라 우리니까."
도대체 무슨 말을 하는 건지. 이반은 멀뚱멀뚱 은스를 보기만 했다.
은스는 그런 이반이 재미있다는 듯 생끗 웃었다.
"우리가 무지개를 잡거나 무지개가 되면 사람들은 놀라겠지? 어쩌면 이런 타이틀이 붙을지도 모르겠어. 이 시대의 핫 아이콘, 훌륭한 파트너십, 팀워크의 강자들."
은스의 등판과 머리와 팔과 다리에 빌딩 너머로 넘어가는 빛이 깔렸다. 무지개를 말하고 우리라고 말하는 은스는 실루엣도 이미지도 아닌, 렘브란트의 그림에 나오는 인물화를 카피하고 있었다. 윤곽은 흐렸지만 몸은 절망적일 정도로 분명한, 뚜렷하지 않으나 뚜렷한 인물화.
빛이 던진 요술은 순식간에 허물을 벗듯 사라져 있다. 책꽂이가 끝나는 지점, 책꽂이와 책꽂이 사이의 통로로 엇비스듬히 들어온 빛 속엔 책을 읽는 병사는 없다. 이반은 주위를 두리번거린다. 세계명작 시리즈가 꽂힌 책꽂이 앞에 조용히 서 있는 일병 하나.

이반은 급히 도서관을 나온다. 복도 저만치로 조종사가 희미한 형광등 빛을 받으며 간다. 통짜로 된 비행복을 입은 탓에 뒷모습만으로는 표 대위인지 아닌지 식별하기 어렵다. 그자는 어째서 도서관엘 왔을까. 독후감 대회를 말한 걸 보면 참가라도 하겠다는 건가. 글씨만 알지 글은 도통 모를 작자가 무슨 책을. 기껏해야 혼자 어슬렁거리느냐는 잔소리나 할 줄 아는 자가 궁금증은 있었나. 오늘은 무슨 약을 탄 점심을 먹었기에 혼자냐는 말을 하지 않았을까.

이반은 도서관 건물 계단을 내려와 도로 쪽으로 간다. 점심을 마친 병사들과 장교들, 부사관들이 조금은 여유롭게 걸어간다.

이반 앞에 조종사 둘이 무슨 말인가를 나누며 간다. 이반은 그들 뒤를 따라 간다. 표 대위, 그자는 점심이 끝난 나머지 시간을 어디서 무엇을 하며 보낼까.

앞서 가던 조종사 중 하나는 군수전대본부 쪽으로 가고, 다른 조종사는 비행전대본부 쪽으로 간다. 이반은 비행전대본부 쪽으로 가는 조종사를 따라가다 말고 몸을 돌린다. 표 대위도 아니거니와 설령 표 대위라 한들 왜 표 대위를 찾는지 알 길이 없다. 표 대위, 그자는 파리지옥에다 고지식대왕이다. 문학은커녕 글자라곤 그저 비행에 관한 것만 알 것이다. 문학이야말로 사람을 풍요롭게 해주는 샘이건만 그 자는 그런 것도 모른 채 혼자 잘난 척 떠든다. 가는 곳이란 사무실 밖에 없을 테고 혼자를 증오하며 팀워크만을 최고의 가치로 여긴다. 그런 작자를 왜?

생각은 그랬지만 이반은 어느새 비행대대가 있는 쪽으로 간다.

비행대대 게이트 앞에서 조종사 둘이 무슨 말인가를 나누더니 와 하 웃는다. 저들도 사람이다. 빛이 좋은 날엔 빛 바라기를 하고 싶어 하고 신나는 노래가 나오면 춤을 추고 싶어 한다. 표 대위라고 다를까. 다르다. 그자는 빛도 모르고 노래도 모른다. 혼자도 모르고 느낌도 모른다. 문학을 깔보며 기계를 조상님으로 모신다. 그런 자는 전투기이며 로봇이다. 그런 사람에게 무슨 볼 일이.

생각과는 달리 이반은 자신도 모르게 비행대대 게이트 가까이로 간다. 표 대위가 언뜻 돌아본다. 이반은 반사적으로 필! 승! 거수경례를 한다.

표 대위는 떨떠름한 표정으로 이반을 본다.

"뭐, 나한테 용무 있어?"

이반은 없다고 대답한다. 대답을 하고도 이반은 그 자리에서 꼼짝을 하지 않는다.

표 대위는 옆에 있던 조종사에게 먼저 들어가라고 말한 후 이반에게 다가온다.

"뭐야? 없으면 가."

이반은 여전히 부동자세로 서 있기만 한다. 왜 표 대위를 찾았는지, 무슨 말이 하고 싶어 가라는데도 가지 않는지 아무 생각도 떠오르지 않는다.

표 대위의 눈매가 싸늘해진다.

"가라는데도 안 가는 거 보면 할 말이 있는가 본데 뭐야?"

이반은 이를 꽉 문 채 아무 말도 하지 못한다.

표 대위는 가소롭다는 듯 헛웃음을 웃는다.

"지금 뭐 하자는 거지? 개기기라도 하겠다는 거야?"

이반은 표 대위의 조종화에 시선을 둔 채 가만히 있기만 한다. 만나면 무슨 말인가를, 중요한 어떤 말인가를 할 것 같았는데 도무지 입이 떨어지지 않는다. 머릿속엔 엉뚱하게도 도서관에서 봤던 렘브란트의 병사만이 어른거린다.

표 대위는 딱 팔짱을 끼더니 다그친다.

"용무 없는 얼굴이 아니잖아. 여기까지 온 걸 보면 할 말이 있다는 뜻인데 뭐야? 자기표현도 제대로 할 줄 몰라?"

이반은 입술만 달막거릴 뿐 아무 말도 하지 못한다.

표 대위의 얼굴에 불쾌감이 역력히 드러난다.

"할 말 없음 가. 여긴 군대지 투정이나 받아주는 곳 아냐."

표 대위는 냉랭해진 얼굴로 게이트 안으로 들어간다.

이반은 표 대위의 뒤에 대고 주저주저 말한다.

"아까⋯⋯ 도서관에서⋯⋯ 왜 혼자냐는 말씀을⋯⋯ 하지 않으셨습니까."

표 대위는 게이트로 들어가다 말고 그대로 선다. 저 말을 하려고 여기까지 왔나. 그때 한 말에 꼬이다 못해 뒤틀렸나. 한심한 자식.

표 대위는 다시 게이트를 나와 이반 앞에 선다.

"그래서? 그게 날 찾은 용무였어? 계속해 봐."

이반은 근육이 경직되는 것을 느끼며 안간힘을 다한다.

"그냥⋯⋯ 궁금했을 뿐입니다⋯⋯ 더 할 말 없습니다."

표 대위는 말문이 막힌다. 점심시간이라지만 이 비행대대까지 와서 한다는 말이 겨우 저것이란 말인가.

"앞으로 날 찾아올 때는 분명한 용건을 가지고 와. 군대는 우물쭈물하는 데가 아냐. 우물쭈물하는 걸 받아주는 나도 아니고. 할 말 다 했음 가."

표 대위는 홱 몸을 돌려 게이트 안으로 들어간다. 허술하고 엉성해 보이던 녀석에게도 저런 용기가 있었나. 말이랍시고 한 말은 엉망이었지만 질책하는 장교를 찾아온 것만도 칭찬해 줄 일이다.

이반은 비행대대를 등지고 운항관제대로 간다. 자신이 생각해도 어처구니가 없다. 일개 병사가 불쑥 장교한테 찾아가 무슨 짓을 한 건가. 제정신이 아닌 다음에야 있을 수 없는 일을 한 게 아닌가.

이반은 툭툭 뛰는 가슴을 어쩌지 못한다. 점심시간이 끝날 때까지는 자유지만 표 대위 말대로 아무 데나 돌아다닐 수 없다. 연등 시 이용하는 독서실도, 사이버지식정보방도, 생활관도 지금은 갈 수 없다. 어쩐 일인지 생활관의 풍경이 너울너울 다가온다.

저녁 식사가 끝나면 생활관은 민간인 구역으로 탈바꿈한다. 침대에 벌렁 누워 공상을 떠는 병사, 건조대에다 세탁물을 너는 병사, 만화나 편지를 읽는 병사.

이반은 침대에 걸터앉아 큐브를 돌리고 있었다. 편지를 읽던 병사가 다 읽은 편지를 봉투에 넣더니 사진 한 장을 관물대 문 안쪽에다 붙였다. 휴가 때 찍은 사진인지 사복에 야구 모자를 쓰고 여자 친구와 어깨를 붙이고 있다. 병사는 사진이 떨어질까 몇 번이고 손바닥으로 눌렀다.

SNS를 떠난 병사들. SNS가 천하무적의 괴력을 발휘하는 이 시대에도 위문편지가 통하는 곳은 군대다. 그들은 SNS 금단현상을 위문편지나 면회로, 휴가나 외박으로 적당히 버무리며 적응한다.

은스는 지금도 위문편지 같은 건 세상에 있는지도 모른 채 막혀버린 SNS를 원망하고 있을지도 모른다. 은스야, 원망할 거면 지속적으로 원망해라. 네가 보낸 카카오톡, 문자, 이메일, 내가 너한테 보낸 카카오톡, 문자, 이메일에 욕을 퍼 대라. 삿대질도 하고 발길질도 하고 세상의 모든 저주를 찾아내 없어진 나를 씹어라. 내가 바라는 바, 네가 너를 정리하는 것뿐. 네가 너를 정리하기 싫다면, 그래도 할 수 없다. 정리해라.

이반은 빠르게 큐브를 돌리며 편지를 읽던 병사를 흘끔댔다. 병사는 푸른색 상자에 차곡차곡 모아둔 편지를 한 통씩 꺼내 읽고 있었다. 이반은 코웃음을 쳤다. 위문편지 따위, 사카린 같은 것. 영양가도 없으면서 말초신경만 잠시 웃게 해주는 건달 같은 것. 헌데 저 자식은 뭐지? 위문편지가 엄청난 계시라도 되는 양 읽고 또 읽잖아. 그래 봐야 넌 허당이다. 네 여자 친구는 곧 너를 버리게 될 테니까. 네가 읽는 그 편지엔 몸은 없고 추억만 있거든. 추억만으로 몸을 대신하긴 좀 그렇지 않나? 은스도 그럴 걸? 그래야 하지 않나? 그렇게 못하겠다면 내가 편지를 써주마. 너는 이미 선이 끊긴 필라멘트이며, 엔딩 된 자막이라고, 빽빽이 써 보내주마.

이반은 침대에서 일어나 숙소를 나왔다. 물큰물큰한 무엇인가가 분노처럼 치밀었다. 이 엉뚱한 감정 같은 것, 분쇄기에 넣어 가루로 만들었으면. 가루가 되면 죽을 쒀 개나 줘버려야지.

이반은 복도를 가다 말고 사이버지식정보방 앞에 섰다. 이 방은 인터넷을 할 수 있는, 외부와 접촉할 수 있는 창구다. 병사들은 종종 이곳으로 와 세상 밖을 들여다본다.

병사 하나가 인터넷을 하고 있었다. 입대하기 전에 입력된 SNS는 유전형질로 남아 병사를 괴롭힌다. 실시간 뉴스를 봐야 하고, 요즘 뜨는 드라마와 유행하는 언어, 게임과 웹툰과 노래와 연예인을 알고 싶어 병사의 뇌는 안달한다. 안달은 채워지기는커녕 갈증만 더 부추긴다. 그녀는 잘 있나? 아놔! 나 말고 다른 시끼랑 살판났다고 노는 거 아냐?

은스야, 다른 놈이랑 놀아라. 제발 부탁인데 너를 정리하는 차원에서 나를 버리는 차원에서 다른 놈과 새 출발해라. 넌 이걸 알아야 해. 네 꿈의 보따리가 한 남자를 망쳐버렸다는 사실 말이다. 죽어서야 깨닫는다 해도 용서해줄 테니 나를 잊어라. 싸그리 잊어버려라.

이반은 사이버지식정보방의 문을 닫았다. 영원히 열리지 마라 사지방아. 그 길로 가면 은스가 나온다. 발칙하고도 신물 나는 은스가 대기하고 있단 말이다.

이반은 뺙뺙거리듯 복도를 걸었다. 연등 시간도 아닌데 안경 낀 병사가 독서실로 들어가고 있었다. 이반은 병사를 따라 독서실로 들어갔다.

안경 낀 병사가 자기 자리로 정해놓은 데로 가 앉았다. 책상 위엔 원서가 펼쳐져 있었고 원서 위엔 형광펜으로 줄이 그어져 있거나 연필로 쓴 작은 글씨가 보였다. 병사는 원서를 한 장 한 장 들춰보더니 후르르 책 뒤 마지막 페이지로 넘겼다. 마지막 쪽수를 한참이나 보더니 달력을 넘겨보았다.

병사 건너편 자리에도 병사 하나가 책상에 고개를 박고 있었다. 병사는 편지를 쓰는지 반성문을 쓰는지 A4용지 반을 채우고 있었다. 이반은 잠시 서 있다 빈자리에 걸터앉았다. 이 자리에 앉게 되면 고발장을 쓰리라. 사막여우의 야생성과 야생성을 버린 사막여우에 대해 신랄하게 쓰고야 말겠다.

눈썰매 얘기를 할 때만해도 은스의 야생성은 살아있었다.

은스는 500미터 공중부양을 빡빡 우기며 눈썰매장으로 잡아끌었다. 눈썰매장 양 옆으론 숲이 있었고, 눈 덮인 나무들이 하얀 사슴뿔처럼 눈밭에 깊게 뿌리를 내리고 있었다.

은스가 나무들을 보며 탄성했다.

"와~ 저 나무들, 꼭 사슴뿔 같아. 저 사슴뿔에다 MP3를 걸고 눈썰매를 타면 완전 영화 찍는 거 되시겠습니다. 징글벨~ 징글벨~, 징글벨 시즌은 지났지만 아무튼."

눈썰매장은 숲의 분위기와는 달리 어수선했다. 겨우 걸음마를 하는 아이부터 어른까지, 썰매를 빌리랴, 머플러를 두르랴, 장갑을 끼워주랴, 순서가 됐느니 마느니 그야말로 바글바글 장터였다.

은스는 썰매를 빌리며 이반에게 속삭였다.

"스키 타는 사람들은 눈썰매를 우습게 여기지만 그건 아냐. 눈썰매는 눈썰매만이 가진 매력이 있거든."
은스는 굳이 이인용 눈썰매를 마다하고 일인용 눈썰매를 잡았다.
"너, 눈썰매 첨이지? 버림받기 전에 얼렁 타셔라. 내가 500미터 힘으로 밀거니까 공중부양하면서 살려달라고 외쳐봐. 그게 너의 내숭을 없애는 솔직 지름길이니까."
내숭은 누가 해놓고 누구한테 뒤집어씌우나.
이반은 은스가 내민 플라스틱 눈썰매를 받았다.
"넌 안 타?"
은스는 해죽거리며 허리에 양손을 얹었다.
"이 스승님께선 500미터 책임져야지."
이반은 눈썰매를 받은 채 어정쩡하게 서 있기만 했다.
"책임 안 져도 돼. 이인용 같이 타기 싫음 일인용 타. 너는 너대로, 난 나대로."
은스는 고개를 살래살래 저었다.
"말했잖아. 난 스승님이라고. 스승님께서 제자랑 나란히 타면 체면 구기지. 자, 어서 앉아봐. 확 밀거니까."
이반은 자꾸 우기기도 뭣해 눈썰매에 앉았다. 언덕 아래로 미끄러져 내려가는 눈썰매들은 잘 가다 옆으로 틀어지는가 하면 거꾸로 휙 돌기도 했다. 즐거워 죽겠다는 비명이 눈 바닥에 깔리다 공중으로 부서지다 했다.
은스는 이반이 눈썰매에 앉자마자 등을 밀었다.
"각오하시라."

눈썰매는 아래를 향해 미끄러졌다. 각오를 해야 할 만큼은 아니었지만 의지와는 다르게 속도를 냈고 방향을 틀었다.

그 속도와 방향이 오늘을 알리는 예고편이 되리라는 걸, 그때는 몰랐다. 은스의 목소리는 야실야실 오동통했을 뿐인데, 스승이라던 농담은 사실이 되어 버렸다.

이반은 자리에서 일어났다. 은스를, 야생성을 버린 사막여우를, 어떻게 글로 쓴단 말인가. 무섭고, 떨리고, 회상하기조차 힘든데 고발장이라니. 말이 그렇지 고발장이라는 것도 남이 들으면 하품 나올 얘기다. 억울하기로 치면, 죽어 은스로 태어나 지금의 은스와 똑같은 짓을 해야 한다. 은스는 지금도 공대공 공대지 미사일을 무차별로 쏘아대는데 정말이지 꿈같은 얘기다.

이반은 운항관제대 건물 뒤 흡연구역으로 간다. 해는 활짝 핀 꽃이고 활주로엔 거리낄 것 없이 계절이 판을 벌린다. 이 시간 이곳으로 와 담배를 피우던 동료들의 모습은 보이지 않는다.

이반은 담배를 꺼내 물다 말고 멈칫 한다. 표 대위, 그 작자가 이 모습을 보았더라면 또 혼자네 마네 일장 훈계를 늘어놓을 것이다. 그 자의 지적은 틀렸다. 독서실의 병사도, 숙소의 병사도, 사지방의 병사도 혼자였다. 그들은 하나같이 혼자서 책을 읽거나 편지를 쓰거나 인터넷을 했다. 혼자가 무슨 간첩질도 아닌데 왜 그리 뽀글뽀글 난리굿인지 알 수가 없다. 하다못해 하늘의 저 해도, 늴리리 맘보로 노는 은스도 혼자가 아닌가.

알고 보면 모두 혼자다. 단체도 팀워크도 혼자로부터 시작된다.

개인의 사고와 인지능력, 살아온 배경과 가치관이 모여 단체가 되고 팀워크가 된다. 개인을 인정하지 않고는 단체도 팀워크도 제대로 돌아가지 않는다. 그런데 표 대위 그 아저씨는 왜.

이반은 방금 전에 있었던 일이 바로 앞에서 재현되듯이 보인다. 표 대위가 무슨 용무인지 물었을 때 겨우 한다는 말이라니. 표 대위 말대로 개기기로 작정하지 않은 다음에야 어떻게 그런 짓을 할 수 있었을까.

이반은 한숨을 토해내듯 담배를 깊이 빨았다 뱉는다. 다시 표 대위를 만난다면 지금 생각한 것을 말할 수 있을까. 그런 생각은 어째서 그 시각엔 떠오르지 않고 지금에야 떠오르는 것일까. 표 대위도 단체나 팀워크가 혼자로부터 시작된다는 점은 알고 있을 것이다. 그런데 작정한 듯이 일병 하나를 찍어 갈구겠다는 뜻은 무엇인가. 그 아저씨의 저의는 대체 어디에 있는가.

이반은 운항관제대로 들어가려다 그 자리에 선다. 활주로엔 도서관에서 보았던 빛과는 다른 빛이 길게 누워 있다. 그 끝 지점에서 뭔가 꼬물거린다. 이반은 눈을 가느스름하게 떠 꼬물거리는 물체를 살핀다.

아지랑이도 아니고 오로라도 아닌 은스가 걸어온다.

은스는 활주로에 잔뜩 깔린 벚꽃 잎을 주워 머리에 가슴에 호르르 뿌린다.

"난 렘브란트보다 달리가 더 좋더라. 달리의 그림이 좋다기보다 달리에게 영감을 준 여자가 좋다는 말이야. 그 여자 이름이 뭔지 아니? 갈라야. 달리와 갈라는 서로를 위해 태어났다고 할 만큼 파트너십이 좋았대. 꼭 우리 같지 않니?"

이반은 벚꽃을 쓸어 쓰레기통에다 푹푹 쑤셔 넣는다.

"나는 과거를 줍고 있어. 과거에 있었던 일을 지금처럼 왕창 쓸어 쓰레기통에 넣고 있다고. 이것이 너와 다른 나의 파트너십이야. 나와 나의 파트너십."

은스는 사막여우를 꼭 빼닮은, 간교한 미소를 소르르 흘린다.

"줍는다고 주워지니? 아무리 그래봐야 쓰레기통을 뒤집으면 다시 쏟아져 나와. 그러지 말고 소각을 하지 그래? 소각을 해도 별 수 없긴 마찬가지지만."

이반은 활주로에 쏟아지는 빛을 보다 돌아선다. 달리? 갈라? 파트너십? 흥, 누구 맘대로!

은스의 음성이 활주로를 타고 빠르게 달려온다.

"토낀다고 될 일이니? 이미 벌어진 일이 없어지니? 묻지도 말고 따지지도 말고 이리와. 해치지 않아. 나랑 이 벚꽃을 줍자. 우린 달리와 갈라처럼 환상의 팀이잖아. 이 벚꽃을 보고도 모르겠니? 이 벚꽃은 쓸어 담아버릴 쓰레기가 아니라 프랑스로 유학 갈 티켓이야."

으아아아아아…… 저 리액션! 은스는 언제까지 비범한 척 몸짱 소리나 해댈 것인가. 언제까지 더러운 야심을 더럽게 붓질해댈 것인가.

이반은 목이 조여 오는 느낌에 헐떡인다.

은스는 헐떡이는 숨을 흉내 내며 침이 튀어라 말아라 말한다.

"우리, 다음엔 벚꽃이 아니라 은행잎을 주우러 갈까? 과거가 아니라 다가올 십 년, 이십 년, 삼십 년을 만들어야 하잖아. 우린 칭찬받아 마땅한 팀이라 얼마든지 할 수 있어. 백 년, 이백 년, 삼백 년, 그 이상도."
 으아아아아아아…… 디질랜드의 종결자 은스!
 은스에겐 토핑이 너무 많다.
 음식을 망칠 정도로 무지,
 무지,
 많다.

메추리는 메추리로, 메추리를

희망은 꿈의 시편.
노릇노릇 바삭바삭 볼록볼록 멋을 낸 스포츠카.
스포츠카는 본래 질주를 위해 태어난 자식.
속도를 올려. 계기판은 볼 것 없어.
CCTV가 보든 과속 딱지가 오든 무한 질주.
질주의 끝은 가드레일을 받고 꽈당.
해서, 희망은 누구나 가질 수 있지만 아무나 관리할 수 없음.
표 대위는 주방에서 불고기를 볶으며 울컥해진다. 지금의 이 현실은 희망을 포기하지 않고 잘 관리해서 얻을 수 있었던 자리다. 그동안 CCTV가 없었을까 가드레일이 없었을까. 성질대로 과속하고 싶었던 때는 얼마나 많았던가.

'곰발 톱'으로 통하던 Z가 아버지의 직업을 물었을 때도 그랬다.

"아빠는 뭐 하셔? 우리 아빤 대한항공 A380 기장. 나완 잽이 안 되지."

눈을 피하거나 고개를 돌리면 지는 것. 표 대위는 Z를 똑바로 쳐다보았다. Z는 아버지의 직업을 알고 싶은 게 아니다. 자신의 형편없는 비행 실력을 어떻게든 포장하려 자신의 아버지를 카드로 꺼내든 것뿐이다. 생각은 그랬지만 Z를 찌르듯이 보던 눈동자는 신음했고, 뻣뻣하게 세운 등에선 한기가 땀처럼 흘러내렸다.

Z가 비웃음인지 자조적인지 모를 웃음을 흘렸다. 표 대위는 그런 Z의 면상을 힘껏 후려치고 싶어 몸이 떨렸다.

표 대위는 샌드위치 식빵에다 썰어놓은 토마토를 깔고 그 위에다 양상추를 깐다. 그때를 잘 참았다. 용케도 견뎌냈다. 희망을 이루고자 한 욕망이 약했다면 독사가 되었을까. 독사가 아니었다면 그때를 이겨낼 수 있었을까.

아내가 잠옷 차림으로 나와 표 대위의 허리에 팔을 두른다.

"비행만 할 줄 알았더니…… 요런 예쁜 남자."

표 대위는 팔꿈치로 아내를 밀치는 시늉을 한다.

"각시님은 주방장을 유혹하지 말고 후다닥 식탁으로 가시오."

표 대위는 양상추 위에다 볶은 불고기를 놓고 그 위에다 토마토를 얹는다.

이런 식사를 같이 할 여자가 있으리라곤 생각도 못했다. 여자와 결혼할 수 있다는 생각도 해본 적이 없다. 현실은 암담했고 무엇 하나 가늠하기 어려웠다.

표 대위는 두툼한 샌드위치를 반으로 잘라 접시에 놓는다. 푸른색과 붉은색, 짙은 갈색이 더없이 조화롭다.

아내는 유리잔에 우유를 따르며 말한다.
"오빠한테 이런 면이 있으리라곤 기대하지 않았어요. 오빠 웃기는 말도 못하고 진심만 꽉꽉 찬 조종사인 줄 알았거든. 오빠 지금 반전하고 있는 거 알아요?"
표 대위는 싱크대에서 손을 닦으며 대꾸한다.
"나도 인간이다. 남자다. 자꾸 유혹 멘트 날리면 먹기 전에 확 덮치는 수가 있어."
아내가 한껏 숨넘어가는 소리로 웃는다.
"거기다 하나 더 붙여야 제대로 된 문장이 나올 거 같은데? 나도 짐승이다. 호호호~"
표 대위는 식탁 의자를 빼 아내 맞은편에 앉는다. 저런 여자가 어떻게 내 것이 될 수 있었을까. 저런 여자와 어떻게 잠을 자고 같은 공간을 쓰고 같은 공기를 마실 수 있게 됐을까. 표 대위는 장구실에 붙은 이름표처럼 누구도 넘볼 수 없게 지금 이 순간을 새겨두고 싶다.
창밖의 아침은 비가 올 듯 흐리다. 보는 것만도 을씨년스럽기에 실내 공기는 더욱 다사롭고 식탁보는 어느 때보다 청결해 보인다.
표 대위는 샌드위치를 덥석 베어 문다.
"니가 좋다."
아내는 입가에 허연 우유를 묻힌 채 샌드위치를 우물거린다.
"니가 좋다, 이 말, 참 좋다. 이 말, 나 말고 다른 여자한테도 한 적 있어요?"
잠옷 차림으로 느긋하게 빵을 먹으며 말하고 있는 아내. 누군가 희망이란 무엇이냐고 물어본다면 바로 이 시간과 잠옷 차림의 저 아내를 보여주리라.

표 대위는 양 볼을 불룩이며 말한다.

"나, 주변머리 없는 거 알잖아. 내 인생에서 여자는 열외였어."

고교 시절, 표 대위를 흠모한다고 말해도 좋을 만한 친구 C. C는 그 일이 있고 난 후 표 대위에게 말했다.

"난 너를…… 아, 이런 말은 좀 그렇고, 너, 내 동생 만나볼래? 제법 이뻐. 애교도 있고. 난 니가 내 여동생이랑 사귀었음 좋겠다."

그때 C가 도와주긴 했지만 그렇다고 C의 여동생과 사귀고 싶은 마음은 없었다.

표 대위가 아무 말도 하지 않자 C는 고개를 주억거렸다.

"하긴, 너같이 공부 잘하는 놈이, 앞으로 대통령도 해먹을 놈이 나같이 후진 놈 동생이나 만나겠냐. 그래도 난 니가 좋다."

미사여구를 뺀 니가 좋다…… 아내 말대로 좋다. 아내가 말하니 좋은 말로 들린다.

아내가 표 대위를 마주본다.

"오빠 맹꽁인 거 알아요. 근데 넘 삭막하다. 썸 타는 것도 없이 학창시절을 보냈다는 게."

표 대위는 샌드위치를 삼키며 말없이 입가를 늘인다. 그때 C가 말한 여동생을 만났다면, 생도 시절 뻔질나게 미팅이나 했다면, 지금 이 자리에서 희망이라는 단어를 떠올릴 수 있을까.

아내가 접시에 떨어진 불고기 조각을 집어먹는다.

"근데 조종사라는 게 겉으로 볼 땐 무지 멋있는데 인간적으론 참 재미없어요. 모든 조종사가 그런지 모르겠지만, 오빠 친구도 안 만나고 연락 오는 친구도 없는 듯하고, 관내에 있는 선후배가 전부인 거 같아."

표 대위는 이렇다 저렇다 말하지 않는다. 당시엔 친구라는 자체가 의식에 없었다. 상위권 학생은 경쟁자요 그보다 못한 학생은 눈에 차지 않았다.

중간고사 기간이었다. 반에서 껌 좀 씹고 침 좀 뱉는다는 녀석이 뒷자리에 앉았다.

"야, 친구, 잽싸게 답 써서 요~쪽으로 놓는 거 알지?"

통로 옆에 앉은 녀석이 거들었다.

"너만 믿는다."

표 대위는 녀석들의 말을 묵살했다. 묵살의 대가는 시험이 끝난 후에 있었다.

표 대위가 교실을 나가자 녀석들이 실내화 뒤축을 꺾어 신고는 줄레줄레 따라왔다. 표 대위는 목을 꼿꼿이 세우고 도서관으로 향했다.

도서관 앞에 이르자 녀석들이 표 대위의 앞을 가로막았다.

"야, 친구, 쫌 보자."

녀석들은 도서관 뒤, 작은 공터로 표 대위를 끌다시피 데리고 갔다.

녀석 하나가 보란 듯이 땅바닥에다 침을 퉤퉤 뱉었다.

"야 새꺄, 일 등은 너 혼자 회쳐먹냐? 그러다 배 터져 뒤지는 수가 있어."

표 대위는 녀석을 째려보았다. 쓰레기 같은 새끼. 남의 거나 훔치려는 도둑놈의 새끼.

침을 뱉던 녀석 옆에서 손톱을 탁탁 깎던 녀석이 픽픽 웃었다.

"어쭈구리, 공부벌레가 째려보실 줄도 아네. 야, 저 새끼 목발 챙기게 해줘라."

말이 떨어지기 무섭게 주먹이 날아오고 발길질이 이어졌다. 표 대위는 바닥에 쓰러져 녀석들을 노려보았다. 양아치 새끼들. 여자 앞에선 쪽도 못 쓸 거면서 등신 머저리 새끼들.

다시 주먹과 발길질이 날아왔다.

"낼도 오늘처럼 깝치면 저기 아카시아 나무 밑에 묻힐 각오하고 나와라."

정신이 가물가물해지려는 순간 C가 하는 말이 귀에 들어왔다.

"그만 하자. 쟤 아빠 청소분데, 장학금이라도 받아야 계속 공부할 수 있을 거 아냐. 솔직히 난 쟤의 투지가 부럽다. 나 같았음 벌써 가출하고도 남았을 거다."

C가 녀석들을 끌고 멀어졌다.

표 대위는 땅바닥에 널브러진 채 코피를 닦았다. 눈물이 주르르 볼을 타고 흘렀다. 도서관을 에워싼 듯이 있는 낮은 언덕에서 아카시아 향이 퍼졌다.

표 대위는 부스스 일어나 앉았다. 뭔지 모를 것이 느껍게 가슴을 훑었다. 녀석들도, 녀석들의 구타도 실감나지 않았다. 실감나지 않는다는 사실이 공연히 뒤틀렸다.

표 대위는 욱신대는 몸을 끌고 도서관 앞으로 갔다. 녀석들도 다른 학생들도 보이지 않았다. 잠시 그 자리에 서서 녀석들이 갔음직한 방향을 응시했다. 오늘을 던져준 저 쓰레기들, 친구가 될 수 없다. 되지 않겠다.

아내가 티슈를 뽑아 입가를 닦는다.

"오빠 고딩 동창회 같은 거 없어요? 연락 오면 나가요. 나 혼자 있을 거 생각해서 안 나가고 그러지 말고."

연락을 해온 동창이라니. 있었다면 생도 시절 한두 번 연락해 온 C뿐.

생도 일 학년 때 C는 편지를 보내왔다.

넌 나의 영웅이다. 외박 나오면 연락해라. 너를 자랑하고 싶어 입이 근질거린다.

표 대위는 다 먹은 접시를 싱크대로 가져간다. 그때를 기억하는 사람들, 만나고 싶지 않다. 그때를 지금으로 돌려놓는 사람들, 만날 수 없다. 비록 C 때문에 괴롭힘이 없어졌다 해도 만나는 일은 하지 않겠다.

아내가 표 대위 옆으로 다가온다.

"예전부터 물어보고 싶었던 건데 오빤 왜 어린 시절에 대한 얘기를 안 해요? 친구들 얘기, 부모님들 얘기, 그런 거. 원래 말이 없는 거 알지만 쫌 그래."

표 대위는 세제 묻힌 솔로 접시를 닦으며 대꾸한다.

"말주변도 없고 특별히 기억나는 것도 없고⋯⋯ 그렇지 뭐."

특별히 기억나는 것도 없다니 왜 이런 거짓말이 나왔을까.
생도 시절 첫 휴가를 받던 날, 표 대위는 집을 나오며 다짐했다. 지린내 나는 저 인생의 바닥을 다시는 찾지 않으리라. 꾸역꾸역 참 아내야 하는 저 인생의 틀을 다시는 마주치지 않으리라. 희망을 시름시름 앓게 하는 저 바이러스들을 다시는 참지 않으리라.
아내가 커피머신에 물과 커피를 넣으며 말한다.
"이 아침, 디게 착실하다. 오빠처럼. 색도 맛도 영양가도. 그리고 부피도."
표 대위는 설거지를 마치고 소파로 간다. 그때 녀석들에게 답안지를 보여줬다면 뭐가 달라졌을까. 녀석들은 경쟁상대가 안 된다. 그렇다면 정의감 때문이었나. 꼭 그렇지만은 않다. 비굴하고 치사한 녀석들이 싫었다. 녀석들의 눈치나 보며 비위를 맞춰야 하는 것도 싫었고, 한 번 잡히면 끝까지 잡힐 것 같은 것도 싫었다. 녀석들은 그때그때를 모면할 줄만 알았지 자기 것이 뭔지, 어떻게 만드는지 생각조차 없었다. 희망을 좀먹는 벌레들.
희망에도 테크닉이 필요하다. 필요할 때 열거나 걸어 잠글 줄 아는 테크닉. 그때를 잘 넘겼기에 오늘이 있지 않은가. 오늘이 그것을 증명하고 있지 않은가.
아내가 머그잔 두 개를 들고 소파로 온다.
"노동자에게 휴일은 최고의 선물~"
표 대위는 아내가 내민 커피 잔을 받아든다.
"희망과 절망은 한 끗 차이."

아내가 눈을 동그랗게 뜬다.

"지금 무슨 말 한 거예요? 외계어 한 거야?"

표 대위는 아내의 허리를 한 팔로 감는다.

"응, 외계어 맞아. 내가 한때는 외계에서 살다 왔거든."

아내가 리모컨을 잡고 티브이를 켠다.

"으응~ 외계어 어려워. 외계어 안 알아들을래. 오빠 오늘 완전 집에서 쉬는 거야?"

표 대위는 아내의 머릿밑에 손가락을 넣어 머리칼을 만진다.

"쉬긴 쉬는데 자동차 정비도 받고 와이퍼도 사고 그럴까 해. 같이 갈래 집에 있을래?"

아내는 소파를 비집고 비스듬히 눕는다.

"날씨가 춥고 흐려서…… 안 나가고 싶어라. 못 잔 잠도 실컷 자고 싶어라. 미안하지만 오빠 혼자 갔다 올래요? 올 때 치킨 부탁해도 되지? 프라이드로."

표 대위는 점퍼로 갈아입고 집을 나온다.

이젠 정말 봄이구나 했던 날씨가 흐리터분하니 쌀쌀한 기운마저 돈다. 휴일이면 아이들을 데리고 나와 놀던 장교나 부사관도 보이지 않는다. 관내는 썰렁하니 착 가라앉아 있다. 이런 날씨에 녀석은 무엇을 하고 있을까. 혼자 뚝 떨어져 지내는 건 고독으로 그치지 않는다. 자신을 왜곡시켜야 하고 가슴을 닫아걸어야 하는 중노동이다. 녀석은 그런 사실을 아는지 모르는지 한사코 혼자를 고집한다.

표 대위는 관사를 나와 남문 쪽으로 차를 몬다. 날씨가 꾸물거리는 탓에 관내 도로 역시 한산하다. 병사 둘이 표 대위가 가는 방향과 마주보는 쪽에서 걸어온다. 병사들은 표 대위의 차를 보자 거수경례를 한다. 이반은 아니다.

표 대위는 남문 앞으로 간다. 남문 건너편 면회소에는 군청색 약복을 차려입은 병사들이 있고 민간인 몇이 서 있다. 면회를 온 가족 친지들의 손엔 쇼핑백과 보따리가 들려 있다. 표 대위는 약복을 입은 병사들을 빠르게 훑어본다. 이반은 없다.

표 대위는 남문을 빠져나간다. 남문 옆 야외주차장에는 여러 대의 차가 주차되어 있거나 주차하려고 이동 중이다. 그들의 표정에 설렘이 묻어나온다. 자식이나 애인을 만나러 오는 것이니 왜 안 그럴까. 잠시지만 헤어져 있다는 건 안타까움이다. 보고 싶고 궁금하고 만지고 싶은 욕구의 발산. 눈에 보이지 않는 것에 대한 불안과 그것을 눈으로 확인하면서 주거나 받아야 할 정의 터치.

녀석에게도 가족은 있을 것이다. 가족 구성원이 어떤지는 몰라도 녀석은 그다지 편해 보이지 않는다. 문제는 그것을 방치하는 데 있다. 될 대로 되라, 그것이 어디 제대로 된 정신 상태인가.

표 대위는 시내 쪽으로 우회전한다. 시내의 주행 속도는 80킬로미터. 관내에서 30킬로미터에 맞추다 80킬로미터로 맞추는 건 신경의 모드를 전환시켜야 한다. 환경에 적응하기.

밖에서 어떻게 살아왔던 군인이 되었으면 군인 정신으로 무장해야 하건만 녀석은 여전히 80킬로미터 모드다. 얼렁뚱땅 지내다 보면 복무 기간은 끝날 것이고 녀석은 그 점을 바라고 있을지도 모른다.

멍청한 자식. 30킬로미터에도 배울 게 있다는 걸 왜 모를까.
　표 대위는 정비소 앞에 차를 세운다. 정비사가 다가와 무슨 일로 왔냐고 묻는다. 표 대위는 차에서 내려 앞뒤바퀴를 가리킨다.
　"바퀴 좀 봐주십시오. 앞 타이어를 뒤 타이어로 교체하고 싶은데요."
　정비사는 구부정하게 허리를 숙여 앞바퀴와 뒷바퀴의 홈을 살핀다.
　"앞 타이어는 바꿀 때가 좀 지났고, 뒤쪽은 상태가 좋습니다."
　표 대위는 자동차 키를 정비사에게 건넨다.
　"얼마나 걸릴까요."
　정비사는 키를 받으며 대답한다.
　"얼마 안 걸립니다. 근데 잘 아시겠지만, 앞뒤바퀴를 교체해도 얼마 못 갑니다. 좀 쓰시다 네 짝 다 갈아야 할 겁니다."
　정비사의 말은 군더더기다. 뻔히 아는 말을 주절거리는 건 낭비이며 타이어에 생긴 마모와도 같은 것이다. 그럼에도 일단 말을 던져 놓고 본다. 상대가 자기보다 많이 아는지 모르는지, 많이 가졌는지 덜 가졌는지 말 몇 마디로 판가름하려 든다. 판가름이 서는 순간 고개가 뻣뻣해진다든지, 허리를 굽실거린다든지, 필요 이상의 액션을 쓴다.
　아내는 첫 미팅에서도, 그 다음 데이트에서도, 결혼 말이 오갔을 때에도, 여자라고 튕기거나 나약한 척하지 않았다. 아내나 아내의 집안은 기를 써서 쟁취한 환경이나 스펙이 아니었다. 자연스럽게 주어진 환경이었으며 생활이었기에 그럴 필요가 없었다. 표 대위는 왜 그토록 아내에게 끌렸는지 이제야 분명해진다.

그동안 어떻게 살아왔는지 아내에게 말하지 못했다. 그 긴긴 이야기를, 이해하기 어려운 그 사실을 어떻게 풀어낼 수 있었을까. "이 아침, 디게 착실하다. 오빠처럼" 그렇게 말하는 아내에게 무슨 배짱으로 실망을 줄 수 있을까.

표 대위는 차를 맡기고 정비소를 나온다. 마음이 무겁다. 거리도 무겁게 잠을 잔다. 표 대위는 근처에 있는 대형마트로 간다.

자동차 부품 진열대에는 여러 소모품과 와이퍼가 놓여 있거나 걸려 있다.

자동차나 항공기뿐 아니라 동력을 이용하는 기계에는 여러 부품이 있어야 한다. 그것들을 이리저리 조합해야 기계는 작동한다. 기계도 팀워크다. 그중 하나라도 이상이 생기면 기계는 멈춰야 하고 정비를 받아야 한다.

녀석은 무인도다. 그 무인도는 아직도 정신을 차리지 못한다. 타이밍벨트로 브레이크 작동을 하겠다는 듯, 전조등으로 액셀러레이터 역할을 하겠다는 듯 막무가내다. 무인도에서 살아남으려면 하다 못해 굴러다니는 조개껍질과도 협력을 해야 하고, 파도에 떠밀려온 와이퍼도 소중하게 다뤄야 한다. 녀석은 아직 멀었다.

표 대위는 진열대에서 와이퍼를 집는다. 전투기의 캐노피엔 민항기와는 달리 와이퍼가 없다. 빠른 속도와 유선형의 구조가 저절로 빗물을 지워낸다. 녀석은 쓴 적도 없이 닳아버린 와이퍼다. 가련한 녀석.

표 대위는 와이퍼를 들고 계산대로 간다. 옆 계산대에서 약복에

게리슨모를 쓴 병사가 여자 친구와 함께 줄을 선다. 여자가 병사의 팔을 낀다. 병사는 여자를 내려다보며 씨익 웃는다. 이반에게선 찾아볼 수 없는 긍정의 신호다.
 녀석은 외박이나 면회를 할까. 녀석을 찾아올 가족이나 연인은 있을까. 소소하다면 소소한 일상도 알고 보면 긍정이자 희망이다. 그러한 일상마저 없다면 힘들어지고 견뎌야 할 일이 많아진다. 견딤이란 알 수 있을 때까지 진행된다는 것을 녀석은 알까. 알든 모르든 견딜 바엔 피터지게 견뎌라.
 표 대위는 대형마트를 나와 정비소로 간다. 정비소 가까이에 치킨 집이 보인다. 표 대위는 치킨 집에 들러 프라이드 한 마리를 시킨다. 기름 냄새가 요란하다. 표 대위는 밖으로 나온다.
 시라지만 지방 도시는 휴일이나 평일이나 별반 다르지 않다. 차도엔 몇 대의 차가 주행 중이고 보행자 역시 띄엄띄엄 다닌다. 너무도 한적한 도시.
 신호기 옆 이정표에는 IC로 나가는 안내 표식만 있을 뿐 관광지 표식은 없다. 부대 근처에 작은 호수가 있긴 하나 관광지는 아니다. 호수는 산 위에 있는데다 공군이 흡수한 부지와 겹치는 부분이 있어 몇몇 정보를 공유한 등산객들만이 찾는다. 표 대위는 비행을 하며 보았던 그 호수를 언젠가는 가보리라 생각한 적이 있다.
 치킨 집 주인이 문을 열더니 다 됐다고 말한다. 표 대위는 치킨 백을 찾아 들고 정비소로 간다. 정비소에서 비용을 지불하고 타이어 상태를 확인한다. 앞 타이어는 새것인 양 짱짱하다.

표 대위는 차를 몰아 부대로 향한다. 남문 게이트를 지나 관내로 들어가자 면회객들과 병사들이 나갈 때보다 많다. 그들은 면회소 옆 작은 공원에 자리를 펴거나 싸 온 음식을 먹기도 한다.

표 대위는 면회소를 지나다 말고 잠시 선다. 면회소 옆 공원에서 이반이 얼쩡거린다. 이반은 추리닝 차림으로 면회객들과 약간 떨어진 곳에서, 서 있는 건지 돌아다니는 건지 모르게 있다.

면회객도 없이 왜 저 꼴로 있을까. 표 대위는 갑자기 뜨거운 게 쿡 치민다.

이반은 명자나무가 있는 곳에서 병꽃나무가 있는 곳으로 가는가 싶더니 다시 명자나무 쪽으로 간다. 잠시 명자나무 가지를 만지는 듯하더니 서향나무가 있는 데로 간다. 서향나무를 한 바퀴 돌더니 공원 끝에 있는 매실나무 쪽으로 간다.

표 대위는 치미는 열을 꾹꾹 누른다. 대체 녀석은 왜 저러나. 언제까지 여기저기 기웃대며 면회객들 사이를 배회하려나.

이반이 어깨를 움츠린 채 공원을 나온다. 표 대위는 그런 이반이 자꾸 마음에 걸린다.

**

표 대위는 차에서 내려 이반에게로 간다. 이반은 표 대위가 오는 쪽으로 걷다 그 자리에 선다. 윽, 저 거들먹거리는 선생, 오늘은 또 무슨 시비를 걸려고 납시셨나?

표 대위는 이반 앞으로 와 가시 돋친 음성으로 말한다.

"차림을 보니 면회객이 온 것 같진 않은데 왜 거기서 얼쩡대지?"

이반은 입을 꾹 다문 채 있기만 한다. 남이야 라면에다 선지를 발라먹든 야광 밴드로 헤어밴드를 하던 뭔 상관? 휴일에 그렇게도 할 일이 없나? 없으면 참견하지 말고 그냥 가서. 아득바득 악연을 만들 것까진 없잖아.

이반은 딱히 면회소에 오려던 건 아니었다. 어쩌다 보니 왔고, 와 보니 사람들이 있었고, 군인이 아닌 민간인들의 음성이 들렸고, 그들의 차림새와 이야기에 잠시 홀렸을 따름이다.

주말의 숙소는 지루했다. 밀린 빨래를 세탁기에 돌려 넣거나, 낮잠을 자거나, 몇몇이 군대스리그를 하거나, 편지를 쓰거나, 사이버 지식정보방을 가는 따위만 이어졌다.

이반은 침대에 누워 큐브를 하다 진저리를 쳤다. 다들 빠져나간 생활관 숙소. 덩그마니 죽치고 앉아 손놀림이나 하는 꼬락서니가 진드기요 쥐며느리요 노래기요 노린재요 온갖 잡스러운 벌레인 듯했다.

이반은 무작정 생활관을 나왔다. 날씨는 지저분했다. 추운 것도 아니요 따뜻한 것도 아닌, 따뜻한 기에 제법 쌀쌀한 기가 섞인 어중간한 날씨였다.

이반은 도로를 따라 단본부가 있는 쪽으로 걸었다. 도로 옆 1연병장을 지나 은행나무가 빳빳하게 줄지어 선 대로로 꺾어들었다.

은행나무는 대로 가에 같은 간격으로 쭉 뻗어 있었다. 아직 잎은 나지 않았지만 머지않아 무성해질 것이었다. 푸르게 퍼진 잎은 노랗

게 변할 것이고, 때가 되면 낙엽이 될 것이고, 병사들은 낙엽을 쓸 것이었다. 표 대위 말대로, 은스 말대로, 팀워크로 단합을 과시할 일이 생길 터였다.

대로 중간쯤에 이르자 잔디가 깔린 곳이 나왔다. 그곳엔 비행을 졸업한, 노후 된 항공기들이 전시되어 있었다. 아무리 봐도 날아본 적이 없을 것 같은 항공기들이었다.

이반은 발길을 돌렸다. 누가 봐 주는 사람도 없는데 밤이고 낮이고 저 자리를 지키고 있을 늙어버린 항공기들. 이반은 문득 자신의 미래가 쓸모없어진 저런 항공기처럼 되지 않을까 두려움이 일었다. 항공기야 임무를 마치고 휴식 중이라지만, 지금의 자신은 아무 것도 하지 않은 채 시간만 갉아먹고 있었다. 계속 이런 식으로 간다면 어느 방구석에서 죽음을 기다리거나 낯선 길모퉁이를 떠돌다 객사할 지도 몰랐다. 사람의 목소리, 사람들한테서 나오는 냄새, 손짓, 걸음걸이, 이야기, 침 튀는 것까지, 언제 보고 말았는지 까마득했다.

이반은 오던 길을 되짚어 걸었다. 밖에서라면 영화관엘 가거나 게임을 하거나 여자 친구를 만나러 가는 휴일. 부대에서 보자면 이벤트에 속하는 날. 오늘 그 이벤트를 차지할 수 있는 병사는 면회객이 온 병사일 뿐.

이반은 곧장 도로를 따라 남문 앞까지 갔다. 남문 옆 면회소엔 벌써 면회객들과 병사들이 만나고 있었다.

이반은 면회소 건물 앞을 기웃대다 안으로 들어갔다. 처음 와보는 면회소.

면회소 안 입구에는 당직병이 앉아 있고, 내부엔 탁자와 테이블 몇 개가 놓여 있었다. 테이블엔 한 팀의 면회객이 가져온 음식을 펼치고 있었고, 티브이는 무음으로 화면만 내보내고 있었다. 다른 한 팀은 여기서 먹을까 공원에서 먹을까 말을 나누고 있었고, 친구로 보이는 면회객 남자 둘은 벽에 붙은 전단지를 보며 탕수육을 시킬까 피자를 시킬까 물어보는 중이었다.

이반은 면회소를 나왔다.

은스와 엄마는 오늘을 어떻게 보내고 있을까. 여기에 있다고 알릴 걸 그랬나. 이제 와서 무슨. 은스, 삭제. 엄마, 삭제. 뽀롯날지도 모를 모든 것, 삭제, 삭제.

이반은 면회소와 붙어 있는 공원으로 나갔다. 날씨가 꾸물꾸물한 데도 자리를 펴고 앉아 음식을 나누는 사람들. 이야기로 집을 짓고 영화를 만들고 그림을 그리는 사람들. 표정으로 계절을 읊고 노래를 하는 사람들. 눈으로 믿음을 던지고 애정을 교환하는 사람들. 그들과는 한참이나 멀어져 있는 일병 하나. 오래 있을 자리가 아니었다.

그랬음에도 이반은 누군가를 찾는 척 명자나무가 있는 쪽으로 갔다. 사람들의 음성이 들리다 말다 했다. 사람들이 더러 있는 병꽃나무 옆으로 갔다. 사람들이 흘끔 돌아봤다. 목덜미가 뜨끔뜨끔했다. 병꽃나무와 뚝 떨어진 곳에 있는 서향나무 쪽으로 갔다. 사람들의 목소리가 들리지 않았다. 서향나무를 한 바퀴 돌았다. 사람들의 목소리가 아주 작게 났다.

지금 무슨 짓을 하는 거지? 생각은 그랬지만 몸은 이미 공원 제일 구석진 데로 가고 있었다. 그곳엔 매실나무 한 그루가 있었고, 그 아래엔 돗자리가 펼쳐져 있었고, 돗자리엔 먹다 만 과자며 김밥이 반쯤 말라가고 있었고, 그 옆에는 블랭킷을 뒤집어 쓴 몸뚱이들이 꼼지락거리고 있었고, 꼼지락대는 몸에서 킥킥대는 소리가 났다.

이반은 불끈 속이 끓었다. 저것들을 확 밟아버려?

블랭킷 속의 연인들은 오 분도 못 돼 화장실로 갔다던 그 연인들과 같은 통속일 터였다.

복학했던 선배는 그때의 일을 침이 튀어라 말아라 말했었다.

"위병소에서 당직을 서는데 어떤 것들이 온 지 오 분도 안 돼 화장실엘 가더라고. 면회객들도 빤히 보는데 둘이 같은 화장실엘 들어가더라니까. 나 참, 그러더니 삼십 분이나 안 나오는 거 있지. 승질 같아선 확 쳐들어가 패대기라도 치고 싶었는데 은근 부럽더라니까."

이반은 블랭킷을 노려보다 공원 뒤쪽 담을 따라 걸었다. 은스가 왔다면 은스도 저런 블랭킷을 준비했을까. 화장실에 가자고 꽁알꽁알 간지러운 목소리로 말했을까. 은스는 오지 않아. 올 수 없어. 온다고 해도…… 오지 마라.

공원 한편에서 사람들의 대화가 흘러나왔다.

"큰아버지가 이번에 계열사 사장이 됐어. 너 주라고 용돈 넣어 주시더라."

"우와~ 울 큰아빠 최고."

병사가 두 팔로 게리슨모 위에다 하트를 만들며 웃었다.

이반은 말소리가 나는 쪽을 돌아봤다. 아빠로도 모자라 큰아빠까지? 쳇, 생긴 건 영락없는 킹콩인데 꿀 빨았네.
 다른 편에서 또 다른 이야기가 나왔다.
 "우리 조카 군복 입은 거 멋져부러. 다음에 휴가 나오면 이모부가 큰 거 쏘겠다고 했어. 젤 큰 걸로 준비해봐."
 병사의 엄마는 구워온 고기를 보온 통에서 꺼내 병사의 입에 넣어주었다.
 "식기 전에 어서 먹어라. 식을까봐 보온 통에다 핫 팩까지 둘둘 감아왔잖니."
 살가운 목소리, 따뜻한 음식 냄새. 저렇게 맛있는 냄새는 엄마가 아니다. 교양도 품위도 저버린, 직설적인 냄새와 말투야말로 엄마다.
 이반은 초등학교를 다니기 전 엄마에게 물었다.
 "엄마, 난 왜 아빠가 없어?"
 엄마는 기다렸다는 듯 하이라이트를 하이라이트로 말했다.
 "넌 미혼모의 새끼야. 그러니까 난 미혼모로 널 낳았고 넌 엄마만 있고 아빠 같은 건 없다는 뜻이야. 두 번 다시 아빠라는 말, 입에 올리지도 말고 생각도 하지 마."
 대학 입학 합격 통지를 받던 날 엄마가 제일 먼저 한 말은 이랬다.
 "너도 이제 성인이 됐으니까 하는 말인데 난 일찌감치 할머니 되고 싶은 맘 없다. 그러니까 콘돔을 사용하라는 말이야. 무슨 뜻이지 알겠냐?"
 엄마는 즉각즉각 시원시원. 공부하느라 고생했다거나 입학을 축하한다는 말은 엄마에겐 고난도 입치레. 다른 엄마들처럼 외식으로 한턱을 쏘거나 선물을 사주는 건 낯간지러운 허례허식.
이반은 공원을 나오다 말고 그 자리에 섰다. 어디선가 세상의 소문이 살곰살곰 흘러나왔다.
"너랑 단짝이던 J 말이다, 걔 소식 들었니?"
오렌지를 집어먹던 병사가 호기심에 찬 눈빛을 반짝였다.
"왜, J가 어때서? 걔, 지금 해군에 있잖아. 몇 달씩 배 타고 있어서 소식 못 들어. 무슨 얘기라도 들은 거 있어?"
목소리가 한층 낮아졌다.
"걔 엄마가…… 날 붙잡고 하소연 하는데 참 답이 없더라고. J가 휴가 나왔다 여자를 건드렸나봐. 근데 그 애가 임신을 했대요. 오다가다 만난 사이는 아니고 헤어진 여자 친구였대. 휴가 때 잠시 만났는데 일이 그렇게 된 모양이더라. 여자애가 J 엄마를 찾아와 어떻게 했으면 좋겠냐면서 울더란다. J는 제대하면 복학도 해야 하는데 어쩌면 좋냐. 떼라고 하고 싶었지만 차마 그 말은 할 수 없었대."
소문이라는 것에는 많은 꼬리가 달려 있다. 그 꼬리는 한 번 움직일 때마다 바람을 일으킨다. 바람은 또 다른 바람을 타고 알지도 못하는 사람에게까지 전달된다. 본 적도 없는 J나 J의 여자 친구나 그에 따른 가족들의 난처함이 제한된 이 지역까지 전파 돼 전염병처럼 퍼진다. 어디로 숨는다고, 아는 사람이 없는 곳으로 피신한다고 사라지는 게 아니다. 소문은 실체가 없기에 더더욱 부풀려져 한여름 더위만큼이나 한겨울 추위만큼이나 세를 불린다.
은스의 일도 누군가의 입을 통해 전설처럼 떠돌고 있을지도 모른다. 엄마에게 날아간 은스, 학교로 날아간 은스, 어쩌면 이 부대까지 날아올지도 모를 은스.

은스가 불어대는 나팔은 기상나팔과는 차원이 다르다. 디테일하게, 히스테리컬하게, 등골이 써늘하게, 들숨은 없고 날숨만으로 불어댄다. 뜨거운 물에다 수제비를 뜨듯 살점을 뚝뚝 떼어 던진다. 인정사정이란 눈곱만큼도 없는, 딱 엄마와도 같은 스타일이다.

엄마는 할머니가 되고 싶지 않다는 말끝에 이런 말도 덧붙였다.

"니가 미혼모의 새끼라는 건 알지? 콘돔 얘기를 꺼낸 건 너랑 똑같은 인간 하나 만들지 말라는 뜻이다."

반고리관이 들썩, 달팽이관이 부르르, 동이근이 움찔움찔. 엄마는 분명 망해먹은 어느 요리학원에서 수제비 떼는 법을 배웠던 모양이다. 수제비 뜨는 솜씨가 어쩌면 그렇게 엉망진창인지 손이 아니라 발가락으로 뜨는 꼴이었다.

"이반, 이리 와 이것 좀 먹을래?"

코골이였다. 코골이는 그 어느 때보다 으쓱대는 표정이었다. 코골이가 손짓까지 하며 부르자 그의 부모마저 어서 오라고 손을 까불었다.

이반은 마지못해 코골이에게로 갔다.

코골이는 부모와 여동생을 여유만만하게 돌아봤다.

"같은 방을 쓰는 동료야. 이반, 이분은 우리 엄마 아빠야. 그리고 얘는 내 동생."

세 사람의 시선이 일제히 이반에게로 꽂혔다.

코골이의 어머니가 꽃이를 집어 이반에게 내밀었다.

"우리 애가 전을 좋아해서 이것저것 만들어왔는데 먹어봐요."

이반은 양손으로 꽃이를 받아들었다. 코골이의 어머니는 이반이 꽃이를 입에 넣기도 전에 월남쌈으로 돌돌 말아 온 길쭉한 말이를 이반에게 건넸다.

"우리 애랑 같은 방을 쓴다니 잘 봐줘요. 우리 애, 코 심하게 골죠? 코를 하도 요란하게 골아 애랑은 아무도 못 자요. 입대 전에 수술을 시켜줄 걸 그랬어요."

코골이의 아버지는 그 나이 때에는 일상적이었을 질문을 일상적으로 던졌다.

"집은 어디지? 학교는 어딜 다니다 왔나? 전공은? 부모님은 계시고?"

코골이의 여동생은 코골이의 아버지를 콕 찌르며 속삭였다.

"아이, 아빠는…… 신상 털러 왔어요?"

코골이의 여동생은 은스보다 예뻤다. 눈은 총명하고 입술은 도톰하니 꽤 매력적이었다. 코골이에게도 저런 여동생이 있었나. 코골이 자식 제법이네.

이반은 머쓱해진 분위를 털어내듯 자리에서 일어났다.

"잘 먹었습니다. 전 이만 가보겠습니다. 좋은 시간 보내십시오."

이반이 일어나자 코골이의 부모는 더 있다 가라고 말하고 코골이는 잡지 않았다. 이반이 멀찌감치 가기도 전에 코골이의 말이 이반의 뒤통수로 날아들었다.

"가게 내버려 둬. 쟤, 엄마 아빠가 오라고 하니까 온 거야. 아빤 왜 그런 걸 물어?"

코골이는 여동생을 손으로 가리키며 말을 이었다.

"행여 애하고 사귀길 바라서 물어본 거라면 꿈도 꾸지 마. 내가 반대야. 무슨 생각을 하는지 도무지 모를 애야. 얼마나 말이 없음 뻔드라는 별명이 붙었겠어. 말도 없고 큐브만 하는 애야. 나, 재랑 친하지 않아."

이반은 쳇, 콧방귀를 뀌었다. 너만 그런 줄 아냐? 니가 같이 먹자고 불렀을 때부터 알아 모셨다. 넌 그저 자랑질이 하고 싶었던 거지. 난 이런 가족이 있다고, 면회도 오고 관심도 받고 있다고, 넌 그런 것도 없지 않느냐고 떠들고 싶었던 거지. 하지만 넌 오늘밤도 내게 미움과 원한을 받을 것이다. 온몸엔 미움의 바늘이 세포 수만큼 꽂힐 거고, 원한이 서리서리 빙산을 만들 거고, 넌 온몸에 바늘을 꽂은 채 빙산에 갇혀 살려달라고 애원할 것이다.

이반은 공원을 나왔다. 속이 쿵쾅대며 들까불었다. 이런 걸 원했던 게 아니다. 이런 걸 보고 싶었던 게 아니다. 그런데 왜.

공원 앞에 차 한 대가 비상등을 켠 채 서 있었다.

표 대위가 이반에게로 다가왔다. 저 아저씨가 여긴 또 왜. 표 대위는 면회객이 온 것 같지 않은데 왜 거기서 얼쩡대느냐고 했다.

이반은 묵묵히 있다 말한다.

"저는 또 혼잡니다."

표 대위는 어이가 없다.

"그래서? 혼자라는 게 그렇게 자랑거리야? 지금 니가 한 말은 대답이 아니라 대드는 거야. 그렇다는 생각 안 들어?"

이반은 아니라고 대답한다.

표 대위는 이반과 비상등을 켜둔 차를 번갈아본다.

"여기에 오래 있을 순 없고, 일단 차에 타라."

이반은 할 수 없이 표 대위의 뒤를 따라간다. 저 피플은 난시에다 난독증이 겹친 난처한 인물이다. 아무 때나 사람을 잡는가 하면 자기 마음대로 차에 타라 마라 명령한다. 아무리 상명하복의 사회라지만 이건 너무하지 않은가.

이반이 차 옆에 서 있기만 하자 표 대위는 조수석 차창을 내리며 언성을 높인다.

"타라니까 뭐해!"

이반은 머뭇머뭇 조수석에 올라탄다.

표 대위는 차를 몰다 일단 정지선 앞에 선다.

"찾아온 면회객도 없는데 면회소 근처나 기웃대고 왜지?"

또 같은 말. 다음에 나올 말은 듣지 않아도 뻔하다. 혼자는 어쩌구 저쩌구, 여긴 놀이터가 아니다 어쩌구저쩌구 도돌이표. 혼자를 엄청난 귀신 취급을 하면서, 본인은 엄청난 퇴마사인 양 별의별 꼴값을 떨 것이다. 으음, 미치게 재수 없는 날.

이반은 무릎에다 주먹 쥔 손을 가지런히 놓는다.

"운동 삼아 걷다가 가게 됐습니다."

표 대위의 눈썹이 꿈틀 한다.

"그게 다야?"

어떤 대답을 바라 심문인지 취조인지를 하는지 모르지만 피플이

하고 싶은 말이나 하시라.

이반은 한동안 묵묵히 있다 입을 뗀다.

"다라고 해도 믿지 않으실 겁니다. 전 늘 혼자였으니까요. 그런데 싸지방에도 숙소에도 독서실에도 혼자인 병사는 많습니다. 혼자가 그렇게 문제가 된다고는 생각하지 않습니다."

이반은 말을 하고도 켕기는 기분을 어쩌지 못한다. 여긴 군대다. 군에서의 위계질서는 대단히 중요하고, 상관에게 반론을 제기하려면 치밀한 근거 없이는 금물이다.

표 대위는 관사로 차를 몰다 외래자 숙소 쪽으로 핸들을 꺾는다.

"니가 혼자인 것과 다른 병사들이 혼자인 건 달라. 다른 병사들은 혼자일 때도 혼자가 아냐. 넌 다른 병사들과 같이 있을 때도 혼자야. 빙빙 겉돈다는 뜻이야. 부대가, 아니 나라가, 겉도는 병사나 먹여주고 재워주는 거라고 생각해?"

저 근거 없는 자신감이라니. 그러니까 저 아저씨의 말은 혼자 빙빙 겉도는 병사는 관심병사에 속하고, 팀워크에 지장을 준다는 말이다. 그러나 대위가 모르는 게 있다. 마음이 운동을 하지 않는데 몸만 같이 부대낀다고 팀워크가 될까. 그런 사실도 모르면서 마주쳤다 하면 혼자냐고 태클을 건다.

표 대위는 외래자 숙소 앞 주차장에 차를 세운다. 주차장엔 방문객이 다 빠져나갔는지 한 대의 차도 보이지 않는다. 텅 빈 주차장과 짙은 회색빛 숙소 건물이 날씨만큼이나 썰렁하다.

표 대위는 한동안 외래자 숙소 건물에 눈을 박은 채 있기만 한다.

"난 니가 맘에 안 들어. 혼자만의 세계에 빠져 나올 궁리를 안 해. 전공이 뭐야?"

오늘은 전공 타령이나 듣는 날인가. 혼자만의 세계와 전공과는 무슨 관계가 있어 묻는 것인가.

이반은 불문과라고 대답한다. 표 대위는 불문학을 전공으로 택하게 된 계기가 무엇인지 묻는다. 이반은 대답할 말이 막연해진다. 수능점수에 맞춰 택한 것이지만 어쩐지 그게 전부가 아니라는 생각이 든다.

이반은 생각지도 않은 말이 튀어나온다.

"청국장이 싫었습니다."

표 대위는 미간을 찌푸리며 이반을 돌아본다.

"청국장? 대답이 한참이나 건너뛴 거 같다는 생각 안 들어?"

이반은 두 손을 깍지 끼다 풀다 해가며 말한다.

"저희 어머니는 청국장 백반 식당을 합니다. 어려서부터 지금까지, 앞으로도 전 청국장 냄새만 맡을 겁니다. 청국장과는 다른 세계가…… 다른 곳으로 가보고 싶었습니다."

표 대위는 조종사를 택하게 된 계기가 떠오른다. 습하고 쓸쓸한 그곳, 사람이 사람으로 살지 못하는 그곳, 끔찍하게도 가난했던 그곳. 떠난다는 자체만으로도 숨통이 트였다. 그에 더해 성공이 하고 싶었다. 모두가 인정하는 성공. 아무나 할 수 없는 것으로 성공하는 성공.

표 대위는 운전석 쪽 차창을 내린 후 깊게 숨을 토해낸다.

"그래서 불문과를 택했고 유학이라도 갈 생각이었어?"
이반은 양손을 주먹 쥐다 펴다 해가며 대답한다.
"꼭 그렇게 생각해서 불문과를 택한 건 아닙니다. 그냥…… 막연한 동경 같은 것이었습니다."
프랑스는 풍경도 언어의 음색도 사고도 청국장과는 다를 듯했다. 아니, 달라야 했다. 청국장만큼이나 탁하고 진한 엄마의 말투도, 미혼모의 자식이라는 흑역사도, 그곳에선 감추려고 전전긍긍할 필요가 없을 터였다.
"막연한 동경인 줄 알았는데 지금 말을 하다 보니 아닌 듯합니다. 열심히 공부해서 석박사는 프랑스에서 따고 싶습니다."
표 대위는 신음과도 같은 한숨을 삼킨다.
"프랑스에서 학위 따고 거기서 자리 잡을 계획이란 말이지?"
은스가 툭하면 던지던 말. 이반은 양손을 깍지 끼며 대답한다.
"계획이라기보다…… 그렇게 했으면 좋겠다는 바람 같은 것입니다."
표 대위는 한참을 말이 없다 한마디 던진다.
"니 생각은 알겠다. 헌데 니가 혼자 빙빙 도는 것과 불문과를 택하게 된 이유는 별개의 문제야. 더 물어보진 않겠지만 혼자 있지 마라, 힘들다."
표 대위의 전화기가 운다.
"오빠, 어디? 내 치킨, 지금 사료 주면서 키우고 있는 건 아니지?"
표 대위는 거의 다 왔다고 말하며 전화를 끊는다.
이반이 조심스레 차문을 연다.

"사모님께서 기다리시는 것 같은데 말씀 잘 들었습니다. 그럼 안녕히 가십시오."

표 대위는 고개를 끄덕이며 주행 기어로 놓는다.

날씨가 음산하다. 해가 살짝 비추나 싶으면 금세 사라진다. 한겨울보다 더 추운 봄 날씨.

이반이 추리닝 차림으로 주차장 아래로 내려간다. 녀석의 뒷모습이 영락없는 메추리다. 생도 일 학년을 일컬어 메추리라 불렀던 그 시절, 표 대위는 추리닝 차림으로 산동네를 내려가는 메추리와 이반이 겹쳐 보인다.

베이비박스가,
구더기가

틈 사이로 엿보기, 관음증.
관음증은 타자를 매개로 혼자 노는 놀이.
혼자 노는 놀이는 무한 상상, 무한 공상, 무한 망상의 다락.
다락은 여차하면 캑캑거리기에 좋은 숨은 공간.
숨은 공간엔 많은 이야기가 흥미진진 돌아다닌다. 두런두런, 쌔근쌔근, 콩당콩당, 오물오물, 이야기가 이야기를 만들어 퍼뜨린다. 때론 흥겹게, 때론 곤혹스럽게, 때론 황당하게, 때론 그럴싸하게, 지어내고 연출하며 다인다역을 보기 좋게 해낸다.
부대도 사람이 사는 곳. 두 사람 이상이 모이면 진실에 가까운 소문, 혹은 뜬소문이 긁적긁적 팔락팔락 쨍그랑 뚝딱, 깜짝 찌라시만큼이나 관심을 유발시킨다. 판도라의 상자까지는 아니더라도 한 번 열었다 하면 관음증은 유도 아니게 중독된다. 중독의 발단은 물 위에다 맹세 사인을 하는 것과 같다. 처음엔 네게만 말하는 것으로 시작하지만 어느 듯 속도가 붙는다. 속도는 가속도로 이어지고 가속도는 스릴과 서스펜스를 동반한다. 스릴과 서스펜스처럼 공유성이 좋은 것도 드물다. 공유성이란 어찌나 사이를 찐득하게 해주는지, 무럭무럭 튼튼 우량아가 되는 건 시간문제다. 이것이 소위 중독의 존재감이라고 한다나.

"모 부대에 꿀통이 있대. 뻑하면 상담관한테 찾아 가 지가 신경분열증 있담서, 환청도 들리고 별의별 것이 다 보인다고 했대. 상담관이 개머리판으로 두들겨 내쫓고 싶었지만 총이 없어서 고스란히 참고 있대."

"흠메~ 그런 놈이 군대엔 어떻게 들어왔대? 멀쩡한 놈이 의가사 제대하고 싶어 수작부리는 거, 상담관 아니라도 알겠다."

"모 부대에 아는 동기가 한 말인데, 어떤 부사관이 평소 엄청 갈궈댄 병사가 있었대. 병사가 전역하는 날, 전역 신고 한 다음 그 부사관한테 가서 말했대. 사회에 나가면 두고 보자고, 가족들 밤길 조심해야 할 거라고."

"야, 니들 이거 아냐? 헌병이 진짜 본 얘긴데, 정문에서 남문으로 이어진 언덕길 있잖아. 밤에 거기 순찰 돌다 보면 꼭 귀신이 나온대. 철모 쓴 훈련병이 목에서 피를 질질 흘리며 그 자리를 왔다 갔다 한대. 철모에 박힌 번호가 몇 번이라고 했더라…… 암튼 귀신들한테도 구역이 있는지 꼭 그 자리에서만 그런대. 으~ 무서버."

"그보다 더 무서운 얘기가 있어. 이건 리얼 중의 리얼 끝판왕이야. 우리 형 말인데, 미국으로 유학 간 이유를 알게 됐어. 사귀던 여친과 헤어지려고 했는데 여친이 죽어도 못 헤어지겠다고 했대. 형은 여친

땜에 미국까지 간 건데 여친이 어떻게 알아냈는지 형이 다니는 학교까지 찾아왔더래. 헤어지면 자살하겠다고. 와~ 진짜 무섭지?"

소문, 뜬소문이 사람들을 깜짝 쇼로 이끈다면, 규격화된 사실은 소문, 뜬소문을 몇 초 만에 초토화시킨다. 자, 보라. 찔러도 피 한 방울 나오지 않을 실용 만점의 대화는, 그런 이유로 오랜 역사를 자랑한다.

"사관님께 보고 드리겠습니다. 필! 승! 일병 U, 휴가 중 이상 없었습니다. 휴가 복귀 후 지시 받겠습니다."

"그래, 어디 아픈 데는 없냐? 특이사항은 없냐?"

"예, 없습니다."

"그래, 생활관으로 복귀하도록."

"필! 승! 보고 끝!"

이박 삼일 휴가를 마친 U, 가지고 온 쇼핑백을 연다. 참치 캔, 초코바, 쿠키, 빵, 떡, 콜라, 핸드크림, 스킨로션, 샴푸, 컬러풀한 편지지와 볼펜, 등등.

U는 물건들을 주섬주섬 꺼내 침대에 늘어놓는다.

"같이 먹으라고 엄마가 싸주셨어. 일루 와."

병사들이 우~ 하면서 U 주변으로 몰려든다. U는 귀대 직전까지 위가 넘치고, 뇌가 취하고, 혀에 쥐가 나고, 식도에 경련이 일고, 창자에 마비가 오도록 먹은 터라 동료들 멀찍이 떨어져 앉는다.

U는 먹기에 바쁜 병사들에게 애프터서비스까지 제공한다.

"이번에 나갔을 때 2NE1 라이브 쇼 보고 왔는데 장난 아니더라. 예전에 자라섬 재즈페스티벌도 기똥찼는데 이번 공연은 뭐랄까…….”

술떡을 우물거리던 병사가 입에서 떡 조각을 튀기며 말한다.

"너 자랑질할 거면 나 이 떡 안 먹는다아."

U는 멋쩍어하는가 싶더니 이반에게로 시선을 돌린다.

"넌 왜 안 먹냐?"

이반은 큐브를 돌리다 말고 펼쳐놓은 침대로 다가간다.

떡을 먹던 병사가 이반을 돌아보며 쏘아붙인다.

"넌 양반과냐? 꼭 오라고 해야 오고. 하여간 다들 잘났어요. 너야말로 밤길 조심해라."

이반은 아무 대꾸 없이 도넛 하나를 집어 입에 넣는다.

과자를 집던 병사가 이반을 툭 친다.

"너도 휴가 좀 다녀와라. 한 번도 안 나갔지? 나가면 누가 잡아먹기라도 하냐?"

이반은 도넛을 우물거리기만 할 뿐 아무 말도 하지 않는다.

과자를 우적거리던 병사가 또 한마디 한다.

"넌 휴가도 외박도 안 나갔으니 월급 착실하게 모았겠다. 전역 땐 차라도 한 대 뽑겠어."

이반은 콜라로 도넛을 넘긴 후 웅얼댄다.

"나갈 거야."

병사들이 한꺼번에 와하~ 소리 지른다.

"딩가딩가~ 경사 났네. 언제 신청할 건데? 난 니가 전역 때 뽑을 신차 좀 얻어 탈까 했더니 배신 때리네."

이반은 슬그머니 침대로 와 큐브를 돌린다. 무슨 생각에 나갈 거라고 했는지 자신이 없다. 나가봐야 어디를 갈 건데? 누가 보기라도 하면 어떡할 건데?

병사들의 떠드는 소리가 먹는 소리에 섞여 살 부벼대는 소리인 양 난다. 심플한 소리, 소문도 뜬소문도 아닌 솔직 담백한 현장의 소리. 은스는 현장이다. 살이 있고, 먹는 소리를 내고, 눈을 깜빡이고, 손을 들어 머리칼을 만지는, 피할 수 없는 현실이다.

가을이 파장을 서두르던 어느 날, 은스는 이반의 어깨에 머리를 기대며 말했다.

"난 다락방이 좋더라. 우리, 프랑스에서 집 구할 땐 다락방이 있는 집으로 할까? 다락방에 배를 깔고 엎드려 격자창으로 밖을 내다보는 거야. 작은 골목과 노천카페에 앉은 사람들을 보고, 커다란 개를 끌고 가는 사람도 보고, 밤이면 잔잔히 깔리는 음을 들으며 별도 보고. 그때 넌 프랑스어로 시를 읽어줘. 오래 된 소설을 읽어줘도 좋고. 아~ 넘넘 로맨틱하다."

그 말을 할 때 은스의 음성은 촉촉했던가. 나를 마취시키는 찡아라는 생각도 들었던가. 저런 찡아와 함께 다락방에 누워 다리를 얽으면 좋겠다는 생각도 했던가. 그런 생각 끝에 어떤 시를, 어떤 소설을 읽어줄까 머릿속을 뒤졌던가.

은스가, 다락방에서 오래 된 물건을 들추어 볼 때처럼만 있었더라면. 헤어지기도 전에 보고 싶었던 때로만 있었더라면. 스토커인지 아닌지 의심이 들지 않을 때로만 있었더라면. 길들여지기 쉬운 것,

사랑이라는 공공의 착각.
 병사들의 소리는 잦아들고 취침 시간으로 들어간다. 코골이는 갈등 없는 소리로 우렁차게 건강함을 과시한다. 잘 봐달라던 코골이 엄마의 말은 괜한 걱정이다. 저토록 이기적인 소리를 내는데 누가 적이 될 수 있을까.
 은스의 말도 이기적이며 적이 없는 소리였다.
 "이반이반, 나는 너야. 고로 너도 나야. 그래서 우리는 같은 성을 써야 해. 나이반, 나은스. 아니면 너이반, 너은스. 어떤 게 발음상 의미상 좋을까?"
 은스는 너와 나를 치직치직 용접하는 용접공. 유연성 좋고 근육 으뜸인 트레이너. 연애로 장애 많으신 분들, 은스 트레이너에게 상담 받으시길.
 은스는 반쯤 먹은 수제비를 이반에게 주고, 이반이 먹던 수제비를 자신에게로 옮기며 말했다.
 "나이반, 나은스는 이렇게 서로 또 같이 먹는 거야."
 내숭 없는 것에도 정도가 있지, 세상의 모든 질서와 난이도를 깔아뭉개는 작태. 이반은 찡그려지는 얼굴을 감추려 어쩔 줄 몰랐다.
 은스는 세상을 초월한 자처럼, 열흘쯤 굶다 먹는 자처럼, 김칫국물이 벌겋게 번진 수제비를 잘도 먹었다.
 은스는 벌컥벌컥 국물을 마신 후 말했다.
 "이것 봐. 너이반, 너은스는 이렇게 서로 또 같이 먹는 거야."
 멀미가, 멀미라고 생각하는 어떤 게 왈칵왈칵 솟는데 때아니게 행복하게 잠들고 싶다는 생각이 났다. 이것은 열역학 제1법칙에 속할까 제2법칙에 속할까. 그것도 저것도 아닌 인생의 부록.

인생의 부록에는 행복한 이갈기도 있다. 코골이가 행복하게 이갈이를 시작한다. 뽀드득~ 빠드득~ 빠직~

이가 나갈 겨를도 없이 너와 나의 식사는 이것으로 끝이라고 결단, 그렇지, 결단을 내렸다. 마지막 만찬치곤 소박하지만 소박한 게 어디 문제가 되나. 그 어떤 것보다 화려하고 거창하고 무지막지한 미래, 일찌감치 늙어버린 미래가 메인 메뉴였는데.

그때부터 나, 이반은 얼음이 됩니다. 은스에겐 알리지도 않은 채 뒷걸음질, 후진, 입대로 파킹.

코골이가 담요를 걷어차며 발길질한다. 저 거룩한 액션의 최종 결과는 무릎 관절이 나가는 것.

무릎 관절이 나가기도 전에 은스라는 액션 배우에게 걷어차였다. 은스는 형식을 파괴했던 프랜시스 베이컨의 그림과도 같은 종류였다. 뒤틀리고 기괴한 상으로 사람을 움찔 놀라게 했던 바로 그 충격.

충격에도 욕망은 있다. BX에서 만났던 은스, 활주로에서 만났던 은스, 면회소와 식당과 샤워실과 사지방에서 만났던 은스, 촘촘하고도 잔인한 충격의 욕망. 욕망의 욕망에 똥침을. 똥침에 더해 결별을. 결별에 더해 증오를.

증오에도 관능은 있다. 활주로의 윈드색, 볼 때마다 아찔하다. 빨강 한 칸 하양 한 칸의 줄무늬는 은스가 입었던 여름 티셔츠. 바람을 잔뜩 먹고 애벌레처럼 통통하게 부푼 윈드색은 은스의 몸. 온몸을 던져 팍 터트리고 싶은 애절한 욕구.

나은스를 죽이며 너은스를 살리며, 너은스를 만지며 나은스를 뿌리치며, 악마의 발톱으로 증오를 만든다. 그러나 아직은 설익은 증오. 아궁이가 쩍쩍 갈라지게 군불을 때도 익을까 말까한 증오. 얼음 조각의 그 날카로운 선으로 이마 한가운데에 열십자를 그어도 성장할까 말까할 증오.

밤을 벗 삼았을 별들에게 물어보자. 나은스 너은스는 지금 무엇을 하고 있다던? 혹시 태아 교육법에 관한 책을 읽고 있는 건 아닌지. 신생아에게 신길 신발을 고르느라 눈이 벌게지도록 인터넷을 뒤지고 있는 건 아닌지. 그보다, 나이반 너이반을 찾아 실종 신고를 낸 건 아닌지. 아니면 사설탐정을? 그 비용을 충당하기 위해 투잡, 쓰리잡을?

말하지 마. 여긴 은스의 구역이 아니야. 팜 파탈도 사막여우도 찡아도 접근할 수 없는 철통 경비 구역이야. 이 구역에선 뽄드 이반만이 등록되어 있어. 안전하게, 지극히 안전하게. 안전을 방해하지 마. 그건 위법이야.

우리는 안전을 위협하는 것을 간과하지 않지. 미혼모에 관한 이야기도 그중 하나. 베이비박스는 아기를 위험에 방치하지 않는다. 지극히 소극적인 방법이지만 위법으로부터 보호한다. 일종의 합법 장치.

은스가, 베이비박스로 위협을 가한다 해도 꿈쩍하지 않겠다. 겨우 대학 생활을 시작한 남자에게 아빠가 되라니 말이 되나.

말이 되거나 말거나 은스는 이렇게 말했다.

"졸업 전에 유학 수속 밟으면 안 돼? 프랑스에서 출산하고 싶어서 그래. 난 지금이라도 가고 싶지만 너 때문에 안 되잖아. 유학, 알아보고 있는 거지? 난 뭐든 너랑 같이 할 거야. 너 없인 아무 것도 안 할 거야."

유체이탈, 공중분해가 유감없이 작동되는 순간. 은스의 말을 리바운드 시킬 그 무엇은 떠오르지 않았다. 은스의 뇌는 파충류의 뇌, 파파라치의 뇌였다. 은스의 눈은 한순간도 레이더 스코프에서 눈을 떼지 않는 항공통제사의 눈이었다. 부드럽지만 신랄하게, 현실감을 가지라는 말 정도는 했어야 했다.

이반은 한숨을 쉬며 돌아눕는다. 은스에게 위법은 이반이지 은스가 아니다. 이반에게 은스는 과대망상증이자, 오프사이드 반칙이자, 소화불량이 일으킨 지뢰밭이다.

으~ 이발이라도 해야겠다. 게임방이라도 가야겠다. 호수, 그 호수라도 가봐야겠다. 그 호수는 잘 있나. 여태도 울고 있나. 호수를 보자면 외박을 신청해야 한다. 매일, 매순간, 회초리로 맨 종아리를 맞는 듯한 기분으로는 살 수가 없다.

야간 비행을 마친 전투기가 랜딩 소리로 기지를 흔든다. 활주로를 터 삼던 밤바람은 전투기의 열기와 속력에 놀랐을 테고, 활주로 주변을 얼쩡대던 야행성 동물은 전투기를 자신과 닮은 야행성 동물의 하나쯤으로 여길지도 모른다.

착각이 필요한 시기.

사막여우는 야행성 동물로 환골탈태하여 말하지.

"야행성 동물의 운명은 독립성에 있어. 혼자 밤을 이겨내고, 혼자

먹이를 찾아야 하고, 혼자 고독을 이겨내야 하는 것. 우리가 아무리 친하게 지내도 사고 치기 없기. 사고 치면 스스로 해결하기. 팀워크는 자기 자신과만 하기."

사막여우는 자존심 강한, 요즘 여자들이 하는 말을 하지.

"알바는 잠시만 하는 거야. 곧 재수할 거고, 재수해서 너보다 좋은 대학교 들어갈 거고, 대학 가서 국비장학금 받아 유학 갈 거고, 유학 끝나면 전문직 맡을 거고, 애는 책임질 수 있다고 판단할 때나 가질 거고……."

착각이 아프다. 밤은 여섯 명의 사내를 안고 거친 숨만 몰아쉬는데, 착각을 일삼는 자는 무디지도 못한 생각의 촉에 찔리기만 한다.

어머니의 촉도 무딘 편은 아니다.

"유전자라는 게 알고 보면 대물림이란 뜻이지 뭐냐. 설마 대물림할 생각은 아니겠지? 해봐야 고생바가지다. 엄마를 보면 모르냐? 너 요즘 뻑하면 새벽에 들어오던데 날뛰지 마라. 인생 요절난다."

어머니는 청국장 상에 깔 밑반찬을 종지에 담으며 잔소리를 늘어놓았다.

"미혼모는 있어도 미혼부는 없는 거 같지? 드러내놓고 나 미혼부요~ 그렇게 말하지 않아서 그렇지 쌨다. 만약 사고 치면 넌 내 손에 죽는다."

사랑이라고 믿었던 감정의 요동은 오물이 되어 오물 속을 뒹군다. 사랑도 미움도 갈망도 절망도 온전한 게 없다. 그래서 화가 프랜시스 베이컨은 모든 사물과 감정을 오물이 흘러내리는 듯이 그렸고,

달리는 그 오물을 초현실로 바꾸어 놓았는지도 모른다.
오물이든 초현실이든 왜곡되긴 마찬가지. 사람 사는 모습이 이미 지들의 겹침과 풀어짐의 연속인 바에야, 베이컨이나 달리가 어떻게 표현하던 무슨 상관. 슬픔이나 고통, 행복이나 즐거움은 미각과 같은 것, 개개인마다 다른데 무슨 할 말이.
애를 낳든 말든, 지하철 변기에다 버리든 말든, 미혼모나 미혼부가 되든 말든, 국방부 시계는 멈추지 않는다. 이대로 멈추길. 이대로 밤이 이어지길. 이대로 이 시간이 숨을 거두길.
이 시간은 숨을 거두기는커녕 잠꼬대까지 한다. 코골이의 잠꼬대가 간헐적으로 이어진다.
"으…… 음…… 나둬. 놔두란 말이야! 으…… 으…… 너야말로 꼴랑 편의점 쪼꼬렛 하나 줬으면서…… 으…… 음…… 나두 재벌 집 딸이…… 으…… 으…… 무학력자라도 미모에 재벌……."
기념일만 되면 헤어지는 커플들. 코골이야, 넌 헤어지지 못했니? 자면서도 부르르 떨 거면 헤어져라.
은스는 밸런타인데이에 꽃분홍에 가까운 반코트를 입고 나왔다. 사탕바구니나 초콜릿 봉지도 없는 빈손.
무슨 이벤트라도 하려나. 이반은 내심 기대 반 실망 반이었다.
은스는 이반의 표정을 무시하며 성깔 돋은 목소리를 유감없이 토해냈다.
"아이참, 왜 발데이 같은 게 있어가지고 사람 성가시게 구냐. 것도 겨울도 봄도 아닌 이런 썰렁한 계절에. 분위기 참 안 난다."

이반은 남자들이, 그것도 속으로나 할 법한 말을 하는 은스가 조금은 신기해보였다.
"원래 이월 달은 죽은 달이라고 하잖아. 장사가 안 되는 달. 초콜릿 팔아 적자 메우자는 상업술인 거 몰랐냐?"
"죽은 달을 일석이조로 분위기도 살리고 경제도 살리려 고군분투하는 분들께는 참으로 죄송한 말씀을 하시는구나."
빈손으로 나타나서 하는 말이라니. 저러고도 화이트데이를 기다리는 건 아니겠지?
은스는 자리에서 발딱 일어났다.
"쌩짜로 만든 젊은이들의 명절, 짜증난다. 우리 다른 데로 가자."
은스는 복닥거리는 커피숍을 나가더니 지하철 입구로 갔다.
이반은 은스의 어깨에 팔을 둘렀다.
"어디 갈 건데 지하철? 일단 뭐부터 먹자. 배 안 고파?"
은스는 이반을 돌아보지도 않은 채 콧김을 팍팍 쏟아냈다.
"만나면 하는 말이라곤 배 안 고파? 남자들은 할 말 없을 때면 꼭 그런 말 하더라."
쌩~ 찬 기운. 여자들이 저렇게 나올 땐 어떻게 해야 하나. 죄 지은 것도 없는데 죄 지은 것처럼 만드는 저런 기술은 뭐지?
은스는 지하철을 타고 청량리역에서 내렸다.
이반은 은스의 기분 내지 속셈이 무엇인지 도무지 감을 잡을 수 없었다. 해서, 일단은 조심성 있게, 살살 눈치를 살피며, 억양도 부드럽게,

"청량리역엔 왜?"

은스는 흥! 소리는 내지 않았지만 다분히 흥! 이 들어간 말투였다.

"빚 받으러 간다."

청량리 역사 안으로 들어가자 은스는 손이 시리다며 이반의 바지 주머니에 손을 찔러 넣었다. 허벅지로 전해오는 빳빳한 느낌. 이반은 주머니의 것을 꺼내봤다. 분홍색 봉투 하나.

"이게 뭐야?"

이반은 봉투를 열어봤다. 한국은행에서 막 분단장을 마치고 나온 오만 원짜리 두 장, 춘천행 왕복 기차표.

은스는 앞장서 경춘선 개찰구로 갔다.

"화데이엔 따따블로 갚으라는 뜻이야."

하, 실용적인 은스. 배려 깊고 깜찍하고 야무진 사막여우 은스.

코골이는 이제 되새김질을 하지 않는다. 잠꼬대는 헛소리라는 걸 잠꼬대를 하면서 터득한 모양이다.

이반은 똑바로 누웠던 몸을 돌려 코골이를 등진다. 은스가 저 코골이처럼 잠꼬대라도 좋으니 현실을 터득할 수 있길. 헛소리라도 좋으니 이 어처구니없는 현실은 거짓이었다고 말해주길.

이반은 코골이의 푸푸대는 소리를 들으며 서서히 잠에 빠진다. 잠이 물처럼 흐르는지 물이 잠처럼 흐르는지 모르게 물이 흐른다. 작은 강물 위에서 갓 돌을 지난 아기가 커다란 큐브를 타고 강물을 젓는다. 아기는 그 작은 손바닥을 노로 젓지만 큐브 배는 앞으로 나가지 않는다.

아기가 손바닥을 펴본다. 고물고물한 다섯 개의 손가락. 그 사이로 물이 뚝뚝 떨어진다. 아기는 다섯 개의 손가락을 꼭 붙인 후 다시 물을 젓는다. 큐브 배는 소용돌이에 갇히기라도 한 양 제자리만 맴돈다.

아기가 하늘을 올려다본다. 비가 잔뜩 들어 있는 하늘. 아기는 하늘을 향해 두 손을 모은다. 하늘아, 바람을 다오. 배를 움직일 수 있는 바람을 다오.

갑자기 수면이 흔들린다. 큐브 배는 바람을 타고 위태위태 어디론가 간다. 아기는 큐브 배의 모서리를 잡고 기도한다. 바람아, 내가 태어난 곳으로 가게 해다오. 나를 태어나게 한 사람을 만나게 해다오.

큐브 배는 몇 굽이인지 모를 산을 돌더니 어느 산자락 앞 강기슭에 닿는다. 아기는 큐브 배에서 내려 주위를 두리번거린다. 여긴 어디지? 내가 태어난 곳이 이렇게 아무도 없는 덴가?

아기는 울먹해진 채 그 자리에 서 있기만 한다. 아기 앞에는 젖가슴처럼 생긴 작은 산이 있고, 산에는 심은 지 얼마 안 돼 보이는 나무가 바람을 맞는다. 아기 뒤로 큐브 배가 강기슭에 닿아 물결에 흔들린다. 큐브 배는 금세라도 떠밀려 갈 듯 아슬아슬하다.

아기가 얼른 큐브 배로 간다. 아기는 엄마 뱃속에서 나올 때 썼던 힘으로 큐브 배를 낑낑 강기슭으로 민다. 큐브 배가 어렵사리 강기슭에 걸친다. 아기는 한 발 뒤로 물러서서 자랑스레 큐브 배를 바라본다. 이 정도면 물에 떠내려가진 않겠지.

이윽고 아기는 산길을 따라 아장아장 걷는다. 산모퉁이를 돌자 홍

매화 가지 끝에 노란 리본이 매달려 있다. 노란 리본엔 '이 산을 넘어가면 공군 부대가 나옴'이라고 적혀 있다. 아기는 노란 리본을 떼어 목에 묶는다.

석양이 강물에 붉게 번진다. 큐브 배는 석양빛을 정면으로 받으며 찰랑거린다. 큐브 배가 찰랑거릴 때마다 큐브 배에 써진 까만색 페인트 글자가 선명하게 드러난다.

베이비박스.

**

표 대위는 잠에서 깨자 한동안 그대로 있는다.

꿈에서 본 소년은 한껏 늙어빠져 있었다. 소년의 볼따구니엔 종기 같은 것이 우툴두툴 나 있었고, 종기는 아주 오래 된 듯 검고 딱딱했다.

소년은 뒤꼍 어두컴컴한 구석에 쪼그리고 앉아 사금파리로 땅을 팠다. 땅속에서 구더기가 구물구물 올라왔다. 소년은 멈칫하다 옆에 있던 연탄집게를 잡았다. 소년은 연탄집게를 곧추들고 조금 더 땅을 팠다. 구더기가 뭉텅뭉텅 기어 나왔다. 소년은 괜히 팠구나 발을 동동거렸다.

소년이 연탄재를 냅다 구더기에 던졌다. 구더기가 연탄재를 비집고 연탄집게로 기어올랐다. 소년은 연탄집게를 연탄재에 마구 비볐다. 구더기가 꿈틀대며 다시 땅속으로 들어갔다.

소년은 숨을 몰아쉬며 연탄집게로 땅을 팠다. 땅속에는 커다란 시궁쥐가 있었고 구더기가 시궁쥐의 젖을 빨고 있었다.
소년은 연탄집게로 시궁쥐와 구더기를 꽉꽉 찔렀다. 구더기가 꼬물꼬물 연탄집게를 타고 올랐다. 소년은 연탄집게를 내던졌다.
느닷없이 소년은 볼따구니가 가려웠다. 소년은 손톱을 세워 볼따구니를 긁었다. 살점 같은 것이 뚝뚝 떨어졌다. 구더기였다.
소년은 엉엉 울어가며 볼따구니를 긁었다. 긁어도 긁어도 구더기는 꾸물꾸물 나왔고 손톱엔 피가 묻어나왔다.
소년은 사금파리를 집어 볼따구니를 긁었다. 오래 된 종기가 터지면서 진물이 흘러내렸다. 소년은 진물과 눈물이 범벅이 된 얼굴을 연탄재로 문댔다.
한낮의 해가 뒤꼍 어두컴컴한 곳으로 반짝 들이쳤다. 소년의 얼굴은 늙은이 같기도 했고 비행복을 입은 어린 소년 같기도 했다.
표 대위는 자리에 누워 꼼짝도 하지 못한다. 생전 꿈이라는 걸 모르는데 꿈을 꾸다니, 더구나 말도 안 되는 그런 꿈을 꾸다니 무슨 일인가.
표 대위는 비행 스케줄부터 떠오른다. 오늘은 토요일, 비행은 없다. 조종사 중 누군가가 꿈자리가 나빠 비행을 취소해달라고 할 때면 표 대위는 좀 어이없어 했다. 비행은 지극히 과학적인 데이터에 의한 것이지 꿈 따위로 영향을 받을 수 없다고 여겼다. 하지만 지금은 그들의 심정을 알 것 같았다. 만약 비행하는 날에 맞게 꿈을 골라서 꿀 수 있다면 조종사들은 꿈자리로 뒤숭숭해하지 않아도 될 터였다.
표 대위는 자리에서 일어난다. 아내는 곤히 자는 중이다. 표 대위는 주방으로 가 커피를 내린다. 아직은 껌껌한 새벽. 거실의 소파나 티브이, 베란다의 화분이나 주방의 기구들이 짙은 그림자로 잠을 잔다.
 표 대위는 식탁에 앉아 커피를 마신다. 꿈이 무의식에서 비롯된 것이라면 조금 전에 꾼 꿈은 무엇이었나. 볼따구니의 종기나 구더기는 뭐고, 뒤꼍 어두컴컴한 곳이나 연탄집게와 연탄재는 뭔가. 두 번 다시 떠올리고 싶지 않은 그것들이 왜 튀어나왔나. 방에는 세상 편히 자는 아내가 있고, 새벽의 커피는 이렇게 향기로운데 무엇이 아쉬워 그런 꿈을 꾸었나.
 지나간 일에 대한 아쉬움은 있기 마련이다. 하지만 아쉬움이란 가정법으로 그친다. 가정법은 합의점도 결과도 도출해내지 못한다. 이러이러했더라면 저러저러했을 텐데, 저리저리했다면 이리이리됐을 텐데로 미완의 마침표를 찍는다. 결국 아쉬움으로 끝나는 게 아쉬움이다.
 표 대위는 곧잘 하던 이미지트레이닝이 떠오른다. 인생이 서럽다고 여기는 사람은 서러워질 것이고, 살만하다고 하는 사람은 살만해질 것이다…… 살고 있는 한, 살만해질 것으로 살겠다.
 껌껌한가 싶던 실내가 어느 새 부옇다. 표 대위는 추리닝으로 갈아입고 집을 나온다. 봄이라지만 바람도 불고 아직은 겨울의 자락이 남아 있다.
 표 대위는 관내를 뛰기 시작한다. 지금까지 한눈팔지 않고 살아왔던 대로 이렇게 앞만 보고 뛸 것이다. 조금이라도 낭비할 시간을 준다면 오늘 꾼 꿈처럼 살게 될 일밖에 없다. 사는 건 허물어지기 위해서가 아니라 일어서기 위해서다. 하늘을 날고, 임무를 다하고, 가정을 지키는 일. 뜬구름이나 잡으려는 건 제대로 된 인생이 아니다.
　표 대위는 새벽에 꾼 꿈을 짓밟듯 힘차게 뛴다. 땀이 흐르고 목이 탄다. 몸이 정신을 차리고 가뿐해진다.
　표 대위는 부대 정문 앞까지 뛰자 다시 돌아 뛴다. 이 길을 이렇게 뛰고 싶었다. 이 길을 이렇게 뛸 것이다.
　표 대위는 부대 내의 길을 여기저기 뛴 다음 집으로 들어간다. 집 안은 조용하다. 방문을 열어본다. 아내는 아직도 자는 중이다.
　표 대위는 찬 물을 들이켠 후 욕실로 들어간다. 샤워를 마치고 나오자 아내가 잠옷 차림으로 방에서 나온다.
　"아으~ 잘 잤다. 오빠 어디 가요? 벌써 씻었게. 오늘 토요일이잖아."
　표 대위는 면바지와 티셔츠를 입는다.
　"운동하고 왔어. 결혼식이 몇 시라고 했지?"
　아내는 기지개를 켠 그 자세로 스트레칭을 한다.
　"왜, 델다 주게? 안 그래도 돼요. 예식장은 부산이고 서울에서 방송국 직원들과 합류해 같이 움직이기로 했어요. 일행들이 부산까지 간 김에 놀다 오자네. 바다도 보고 회도 먹자면서. 나만 빠지기가 그래서 그러자고 했어요."
　표 대위는 토스터에 식빵 두 장을 넣는다.
　"나, 신경 쓰지 마. 기차역까지 바래다줄게. 나간 김에 이발도 하고 이것저것 볼일도 있어."
　아내는 표 대위의 뒤로 가 허리를 두 팔로 감는다.

"고마워요 오빠. 토스트는 내 것도 두 장. 계란프라이는 한 개만."
잠옷 차림으로 늘어지게 하품을 하고 기지개를 켜는 아내. 언제 어느 때 보고 들어도 좋은 잠옷 차림과 하품, 오빠라는 호칭. 흉몽 따위는 이렇게 소중한 것을 허물 능력이 없다.

표 대위는 바삭하게 구운 식빵을 접시에 놓고 프라이팬에 계란을 깬다.

"간 김에 실컷 놀다 와. 난 하늘에서 바다 많이 보잖아."

아내가 양치를 끝내고 식탁으로 온다.

"오빤 하늘에서 보는 바다랑 가까이에서 직접 보는 바다랑 어느 게 더 좋아요?"

표 대위는 씩 웃어가며 식빵을 베어 문다.

"하늘에서 보는 바다는 하늘에서 보는 대로 좋고, 직접 보는 바다는 그것대로 좋아."

아내가 유리잔에 사과 주스를 따른다.

"에고고고~ 재미없게도 말하네. 참, 밖에 바람 많이 불죠? 무슨 옷을 입고 가야 하지? 봄이다 싶어 얇게 입으면 춥고, 두껍게 입으면 나만 겨울 같고. 식 끝나면 바다 가재는데 정장 차림도 웃기고, 어떡 허지?"

표 대위는 포크로 계란프라이를 뜬다.

"그러게. 바람은 좀 불어. 봄이니까. 섀미 정장은 어때?"

표 대위는 벌컥벌컥 사과 주스를 마신 후 덧붙인다.

"속에다 얇은 내복을 입던지 겉옷을 준비해가던지. 바닷가엔 바람이 셀 거야."

표 대위와 아내는 아침을 먹은 후 집을 나온다.

아내는 차에 올라타며 어리광이 잔뜩 든 목소리로 툴툴댄다.

"난 봄이 싫어. 이것 봐, 바람이 많잖아. 난 봄이 싫은 이유 열 가지를 대라면 댈 수 있어요."

표 대위는 픽픽 웃어가며 아내의 말투를 흉내 낸다.

"난 봄이 좋아. 이것 봐, 바람이 많잖아. 난 봄이 좋은 이유 열 가지를 대라면 댈 수 있어요."

아내는 스커트가 구겨지지 않게 엉덩이를 들었다 놓으며 앉는다.

"그럼 우리 역까지 가는 동안 봄이 싫은 이유 열 가지와 봄이 좋은 이유 열 가지 대기 할래요? 못 대는 사람이 일주일 주방 책임지기."

아내는 평소에 해보고 싶었지만 하지 못했던 애교를 부리듯, 목소리를 어린아이처럼 꾸며가며 조잘거린다.

"자, 이제 시작이어요. 흠흠, 하나여요. 기껏 머리 손질하고 나오면 바람이 망쳐버려요. 둘이어요. 꽃가루 땜에 재채기에 알레르기에 신경질 나요. 셋이어요. 황사가 많아서 기분이 나빠요. 넷이어요. 바람 땜에 피부가 건조해져요. 다섯이어요. 옷 입기가 애매해요. 여섯이어요. 바로 다음이 여름이라는 게 미워요. 여름은 정말 견디기 힘들거든요. 봄 다음에 가을이면 나도 봄을 이뻐할 수 있는데."

표 대위는 남문 쪽으로 차를 몬다.

"별걸 다 갖다 붙이네. 일곱은 뭐야? 이제 다 떨어졌지? 주방은 각시님이 맡아야 할 운명의 조짐이 보인다."

아내는 일곱이어요, 일곱이어요…… 하더니,
"그럼 오빠가 봄을 좋아하는 이유 열 가지 대봐요. 난 여섯인데 오빤 하나 아님 둘일 걸? 난 자신 있으니까 주방 책임자는 일주일 아니라 한 달로 연기하기."

표 대위는 남문 앞에 이르자 잠시 차를 멈춘다. 병사 하나가 초소에다 출입증을 제시하고 있다. 게리슨모에 약복을 입은 이반.

표 대위는 남문을 나가 주차장 진입로에 차를 세운다. 이반이 표 대위의 차 옆을 지나간다. 표 대위는 살짝 클랙슨을 울린 후 차창을 내린다.

이반이 표 대위를 돌아본다. 아휴, 또 뭐야. 외박 날까지.

표 대위는 휴가를 가냐고 묻는다. 이반은 그렇다고 대답한다. 표 대위는 눈으로 뒷자리를 가리킨다.

"어디까지 가는지 모르지만 차 타는 데까지 데려다 줄게."

이반은 표 대위의 아내를 건너다보며 괜찮다고 대답한다. 표 대위는 말없이 이반을 보기만 한다. 이반은 주저거리며 뒷좌석에 올라탄다.

표 대위는 대로변으로 나가며 말한다.

"집이 어디야? 우린 기차역까지 가는 중이야. 역까지 갈 거면 잘 된 거고."

이반은 몸이 뻣뻣해오는 걸 느낀다.

"경기돕니다. 전 역까지 가지 않아도 됩니다. 중간 아무 데서나 세워주시면 내리겠습니다."

표 대위는 알 수 없는 열기가 스멀거린다. 녀석은 이번에도 오리

무중이다. 차를 탄 게 불편해서 중간에 내리겠다는 건지, 역이 아닌 다른 곳에 갈 일이 있다는 건지 종잡을 수가 없다.

아내가 고개를 뒤로 꺾어 이반을 돌아본다.

"어차피 가는 길이니까 괜찮아요. 집이 경기도면 여기서 아주 먼 데는 아니네요."

아내의 말을 끝으로 차 안은 침묵에 빠진다. 밖엔 바람이 사납다. 조금씩 싹을 틔운 가로수가 휘청대고 신호기와 이정표가 금세라도 떨어질 듯 흔들린다.

표 대위는 룸미러로 눈을 돌린다. 뒷자리에 앉은 녀석은 말없이 바깥만 내다본다. 밖이라고는 하나 무엇을 보는 것도 아니요 보지 않는 것도 아니다. 녀석의 시선엔 아무 것도 들어 있지 않다. 되는 대로, 뜻도 없이 계획도 없이 막연하다. 녀석은 아내 말대로 밉다. 봄과 연이어 있는 여름만큼이나 지레 짜증을 준다. 저런 꼴을 한두 번 본 것도 아닌데 어쩌자고 녀석을 태웠을까.

표 대위는 기차역에 이르자 차를 세운다.

아내가 차에서 내리며 말한다.

"부산에서 출발할 때 문자 칠게요."

이반도 차문을 열며 말한다.

"잘 타고 왔습니다."

표 대위는 차에서 내리려는 이반에게 퉁명스레 말한다.

"내릴 거 없어. 목적지가 기차역은 아니잖아."

헐~ 이건 뭐 자리 깔았네. 이반은 한쪽 발을 땅에 디딘 채 가만히 있는다.

표 대위는 작정이라도 한듯 이반을 밀어붙인다.

"출발할 거니까 문 닫아."

표 대위는 이반만 아니었다면 아내가 기차를 타는 것까지 볼 생각이었다. 그런데 녀석을 태웠고, 녀석이 내리려 했고, 내리려던 녀석을 붙잡아버렸다. 아내보다 중요한 녀석도 아니고 중요한 일도 아니었건만 일이 이렇게 돼버렸다.

표 대위는 핸들을 꺾어 우회전을 한다. 녀석을 잡은 게 아니라 녀석에게 잡혀버린 격이다. 그럴 만큼 녀석에게 관심이 있었던가. 태우지 않아도 될 녀석을 태운 게 잘못이다. 내리겠다는 녀석을 굳이 태우고 가는 지금의 이 상황은 대체 뭐란 말인가.

표 대위는 시내로 차를 몬다. 녀석의 목적지가 기차역이 아니라고 몰아세웠지만 녀석과 가는 길의 목적지 역시 없다. 어디로 가서 무엇을 하겠다는 생각도 없이 어쩌자고 덜컥 녀석을 잡았던가. 무엇이 됐든 충동적으로 하지 않는데 왜 이 꼴이 됐을까.

정지 신호가 떨어진다. 표 대위는 사이드브레이크를 중립에 놓는다. 정지도 아니고 주행도 아닌 중립. 언제든 정지할 뜻이 있으며 언제든 출발할 뜻이 있다는 신호. 어중간하거나 애매한 것과는 다른 선택의 폭.

생각지도 않게 녀석을 태우고, 녀석과 시간을 보내기로 한 것은 중립적 선택일 수도 있다. 마음이 맞지 않으면 중간에 헤어질 수도 있고, 그럭저럭 맞으면 함께 할 수도 있다는 선택.

출발 신호가 떨어진다. 표 대위는 제일 번화한 데로 방향을 잡는다.
"다시 차에 타라고 했을 때 왜 아무 말도 하지 않았지? 첨부터 집에 갈 생각이 없었던 거 아냐? 집에 갈 것도 아닌데 휴가는 왜?"
어우, 따지기. 죽어라 따지고 죽을 때까지 따지기. 집으로 휴가를 가든 폐수처리장으로 외박을 가든 무슨 상관?
이반은 에라 모르겠다 입에서 나오는 대로 말한다.
"이발을 하려고 나왔습니다."
표 대위는 코웃음을 친다. 녀석은 또 삐딱하게 나온다. 돼먹지 않게 아무 말을 아무 때나 아무에게나 지껄인다.
"이발을 하려고 휴가를 내다…… 기발한 이유군. 잘 됐다. 나도 이발하러 가려던 참인데 같이 가자."
표 대위는 이 도시의 명동이라 칭하는 곳으로 차를 돌린다.
녀석은 결코 마음에 드는 상대가 아니다. 아닌데도 같이 하려는 까닭은 무엇인가. 심리의 반전이라는 게 작용했나. 그럴 정도로 얽힌 뭔가가 있나.
표 대위는 종종 다니던 미용실 앞에 주차한 후 차에서 내린다.
"집에 가기 전에 깔끔하게 보이려고 이발을 하는 건 아닐 테고……."
이반은 멀거니 표 대위를 보기만 한다. 따지는 과를 나왔나 입만 열었다 하면 따지기. 그렇게 따져봐야 제대로 된 답은 얻지 못할 걸?
이발을 생각한 건 은스 때문이다. 은스 이전에 저 아저씨 때문이다. 은스나 저 아저씨 이전에 코딱지처럼 들러붙은 생각들 때문이다. 그것들, 빡빡 긁어도 속이 시원해지지 않는 그것들. 이발을 한다고 그것들을 뗄 수 있다면 세상은 빡빡머리 판이 되리라.
표 대위가 앞장서 미용실로 들어간다. 기차역에서 되돌아가도 거절 한 마디 못하는 녀석. 내키지도 않는 놈이 같이 이발을 하자고 해도 군말 없이 따라오는 녀석. 녀석은 임팩트가 좋은 건가 무능한 건가.
표 대위와 이반은 거울 앞에 나란히 앉아 케이프를 두른다. 거울 속의 남자 둘은 잔뜩 골이 난 듯 부어 있다. 표 대위와 이반은 거울을 통해 상대를 흘깃대며, 이럴 일이 아니었다는 생각이 든다.
이발을 마치자 표 대위는 밖으로 나와 말한다.
"이제 어디로 갈 생각이야? 혼자 맛집 순회를 하려는 건 아닌 듯하고, 집도 아닌 듯하고."
이반은 공연히 주위를 둘러보기만 한다. 표 대위는 그런 이반을 짓궂게 지켜본다. 생도 시절, 첫 휴가 때를 녀석이 옮겨 놓은 꼴이다.
집에 갔지만 어머니는 잠에 취해 있었고, 방안은 사시사철 겨울 그대로였다. 집을 나오며 두 번 다시 오지 않으리라 다짐했던 그 때, 남은 시간을 처리하기 위해 무엇을 했던가. 혼자 영화를 보러 갔던가 서점엘 갔던가. 누군가가 이리 오라고, 같이 밥을 먹자고, 처음 보는 사람이라도 좋으니 말을 붙여주길 바랐던가.
혼자 길거리를 쏘다니는 짓도 할 게 못 되었다. 사관생도의 정복은 지나가는 사람들의 시선을 끌기에 충분했다. 흘끔대는 시선으로부터, 남아도는 시간으로부터 어떻게든 피해야 했다. 우선 양품점으로 가 아래윗벌을 사 갈아입었다. 사복을 입고 길거리로 나가자 거짓말처럼 흘끔대는 시선은 없었다. 몸은 자유로워졌지만 할 일은 없었다. 할 일이 없으니 밥이나 먹자.

표 대위는 주변을 훑갯대기만 하는 이반을 두고 앞서 걷는다.

"밥이나 먹자. 할 일 없을 땐 먹어주는 일이 있다는 사실도 반갑더라. 뭐 먹을래?"

이반은 별안간 떠오른 생각인 양 말한다.

"청국장 먹겠습니다."

어려서부터 코가 문드러지게 맡은 냄새다. 지겨운 냄새, 떠나고 싶은 냄새였는데 머릿속에선 끈질기게 청국장이 맴돌았다.

표 대위는 의아한 눈으로 이반을 돌아본다.

"청국장? 싫어하는 줄 알았는데 청국장이라…… 그럼 청국장."

이반과 표 대위는 근처에 있는 청국장 집으로 들어간다.

산이 가까운 도시여선지 청국장 집엔 마른 산나물과 온갖 종류의 뿌리식물을 넣은 술병이 식탁 주변에 즐비하다. 산나물은 투명 비닐 봉지에 넣은 채 굵은 매직펜으로 이름과 가격이 적혀 있고, 술병에는 도라지니, 더덕이니, 좁쌀 동동주 같은 이름이 쓰여 있다. 입구며 실내 구석엔 여러 종류의 장아찌를 담은 병과 곡식을 넣은 자루가 가격과 이름표를 달고 놓여 있다. 그 옆엔 고춧가루 봉지며 낯선 이름의 가루가 든 봉지가 차곡차곡 쌓여 있다.

표 대위는 자리에 앉자 이반에게 묻는다.

"청국장이 싫은데 먹겠다…… 이유가 궁금하다."

이반은 수저통에서 수저를 꺼내 표 대위 앞에 놓는다.

"저도 모르겠습니다. 싫으니까 먹고 싶다고나 할까요."

표 대위는 순간 말문이 막힌다. 저 말은 이발을 하려고 휴가를 냈다는 말만큼이나 생뚱맞다.

표 대위는 깔린 밑반찬으로 손을 뻗는다.

"애증의 청국장이라는 말이네. 청국장 다 먹으면 어디로 갈 건데? 가고 싶지만 가기 싫은 곳, 가기 싫지만 가고 싶은 곳, 뭐 그런 데 아냐?"

다 먹은 여자 손님이 계산대로 간다. 계산을 하던 여자의 핸드백에서 벨소리가 울린다. 이반은 흠칫 놀라 벨소리가 나는 쪽을 돌아본다. 은스와 같은 벨소리를 쓰는 여자. 은스보다 키가 크고 얼굴도 큰 여자.

이반은 여자에게서 고개를 돌린다.

"호수⋯⋯로 갈 겁니다. 가고 싶지 않지만 가보고 싶습니다."

표 대위는 뚝배기에서 펄펄 끓는 청국장을 한 숟갈 뜬다.

"이 도시에도 호수가 있지. 산정호수보다 작긴 하지만 호수는 호수야."

이반은 청국장을 떠 밥에 비빈다.

"꿈에 호수 같기도 하고 강물 같기도 한 곳을 봤습니다. 입대하기 전에 혼자 갔던 호수랑 비슷했습니다."

이반은 밥을 우물거리며 혼잣말하듯 중얼거린다.

"호수에게 할 말이 있습니다."

호수에게 말해,
시가 말해

봄의 자발적 용쓰기, 바람.
봄바람이 수면을 휘젓는다.
수사자의 갈기로 쓰흐흐 쓰흐흐~
그 바람을 맞으며 어느 카피라이터는 바람막이 광고 문구를 짜낸다.
바람표 바람막이로 바람에 맞서라.
카피라이터의 광고 문구를 문학적으로 바꾸고 싶은 모 작가는 이렇게 말한다.
봄바람은 환각제를 먹은 로커, 휘릭휘릭, 파르락파르락, 헤드뱅잉.
모 작가의 표현을 과학적으로 풀이하고 싶은 봄은 이렇게 말한다.
봄이 오는 이유는 지구의 자전축이 23.5도 기울어진 채 태양을 돌기 때문이야. 자연도 질서를 유지하려 엄청 애를 쓴다고.
봄이 말한 과학적 접근을 아무개 종교인은 신앙으로 바꿔 고백한다.
인간도 꽃을 피워야 하기에 신이 주신 특별한 선물이랍니다.
신앙적 고백을 삶의 고백으로 바꾸고 싶은 표 대위는 이렇게 말한다.

"아내는 봄이 싫다며 봄이 싫은 이유 열 가지를 댈 수 있다고 했어. 여섯 번째까지 말했을 때 니가 탔고, 나는 봄이 좋은 이유 열 가지를 댈 기회가 없었어. 봄이 좋은 열 가지 이유, 사실 없어. 있다면 딱 하나. 봄이면 겨울방학이 끝난다는 거. 겨울엔 도서관 외엔 갈 데가 없었거든. 서정주 시인은 바람의 팔 할이 나를 키웠다고 했지만 나는 도서관이 나를 키웠어."

바람은 어디에 앉을까 호수 이곳저곳을 기웃댄다. 바람이 떠돌 때마다 수면은 철새 떼가 파르륵 날아오르는 것처럼 무리지어 퍼지다 이내 잠잠해진다. 호숫가에 있던 키 작은 버들강아지가 바람에 옴츠린다.

이반은 표 대위와 조금 떨어진 곳에 서서 쉴 새 없이 흩어지다 모이는 물결을 바라본다. 저 아저씨의 말은 지금 부는 바람만큼이나 유난스럽다. 조송사가 머리 좋고 공부 잘해야 될 수 있다는 걸 어느 누가 모를까. 누구나 아는 걸 공부깨나 했다고 자기 입으로 떠버린다.

표 대위는 이반에게가 아니라 자신에게 말하듯 한다.

"바람이 불기 시작하면 봄이 오는 구나 은근 반가웠지. 겨울 내내 집과 도서관만 오가다 학교에 갈 수 있다는 게 좋았어. 학교라기보다 집이 아닌 다른 환경으로 바뀐다는 게 좋았던 거지."

이반은 긍정할 수 없다는 표정으로 표 대위를 돌아본다.

"그런 말씀을 왜 제게 하십니까."

표 대위는 바지 주머니에 두 손을 꾹 찌른다.

"나도 모르겠다. 난 니가 싫고 지금도 싫다. 싫은데 어째서 같이 있고 이런 시답잖은 얘기를 하는지. 혼자 비실비실 돌아다니는 꼴이 그 시절의 나를 닮은 듯이 보여서인지도 모르지. 오늘도 그래. 휴가를 나왔으면 집에 갈 일이지 왜 비실대."

이반은 무렴해진 마음을 어쩌지 못한다.

"낼모레가 상병인데 이제야 휴가를, 사실 처음 신청했습니다. 갈 데도 없고 무엇을 해야 할지도 모르겠고…… 그렇다고 대위님께 해를 끼친 건 아니라고 생각합니다."

바람은 추위와 결탁한 듯이 불어대더니 어느새 잠잠해져 있다. 그 틈을 타 호수 건너편 숲은 수면에 드러눕고 그 옆으로 구름덩이가 흘러간다.

표 대위와 이반은 어깨를 나란히 하고 호숫가를 따라 걷는다.

"해를 끼치고 안 끼치고의 문제가 아냐. 차라리 해를 끼치는 게 나아. 어느 면에선 그게 더 건강하다는 증거니까."

잠잠하던 바람이 느닷없이 깃을 세워 이반과 표 대위의 얼굴을 후려친다. 이반은 바람을 피해 고개를 숙인다. 저 아저씨는 기계가 아니었나? 저런 말도 할 줄 아는 걸 보면 반은 기계 반은 사람인가?

표 대위는 바람을 마주 안으며 호수 저 멀리로 시선을 던진다.

"나는 니가 어떤 환경에서 자랐는지 지금은 어떤 환경에 있는지 몰라. 모르니까 하는 얘기겠지만 나도 너처럼 갈 데가 없었어. 집 외엔 있을 데가 없었어. 흔히 엄마 아빠랑 어디 놀러 가는 그런 거, 얘기다운 얘기를 나누는 그런 거, 한 번도 없었어. 그래서 도서관으로 도망쳤지만 도서관도 시간이 되면 문을 닫고 휴관인 날도 있었어.

방학이나 명절이 죽을 만큼 싫었다."

이반은 걸음을 멈추고 부서지는 수면에 눈을 꽂는다.

"죄송한 말씀이지만 연애담을 듣는 게 훨씬 편할 듯합니다. 자수성가한 사람들의 흔한 레퍼토리로 들립니다."

표 대위는 새삼 이반을 돌아본다. 상급자에게 자신의 생각도 말할 줄 알다니 녀석이 맞나? 하긴, 녀석의 입장에선 충분히 할 수 있는 말이다. 지금도 항공기를 모는 게 아니라 폐휴지를 줍거나 막노동을 한다면 공감해 줄 이야기일지도 모른다. 섣부른 발언이었다.

다시 바람의 공격. 대숲을 흔들듯 와스스~ 와사사~ 호수는 잠들지 못한다. 바람이 이번엔 높이 올라가더니 직격탄을 쏟아 붇듯 수면을 때린다. 바람과 호수와 결투, 호수는 바람에 밀린다.

표 대위는 사나워질 대로 사나워진 바람을 그대로 맞는다.

"니 말이 맞는다고 할 수는 없지만 틀린 것도 아니니 반박하지 않겠다. 아까 호수에게 할 말이 있다고 하지 않았어? 호수에…… 사람이 없군. 난 저쪽을 걸어야겠다."

이반은 자신을 등지고 가는 표 대위를 무연히 바라본다. 혼자 비실댄다고 쪼아댈 때는 언제고 혼자 사색이나 하라는 듯이 가버리는 건 또 뭔가.

호숫가엔 누군가 호수를 보기 위해 놓았음직한 넓적한 돌이 있다. 이반은 돌에 걸터앉아 수면을 향한다. 호수에게 할 말이 있다는 건 사실인가. 무슨 할 말이…… 그래, 못다 한 말이 있다.

호수야 들어라.

너를 찾아갔던 그때, 나는 죽고 싶었다. 풍덩! 죽고 싶었지만 울기만 하다 갔다. 사내새끼가 그럴 수도 있는 거지 울기까지야.

그때 호수야, 너는 등지느러미를 꼿꼿이 세우고 말했지.

너를 안내해봐. 믿을 수 있게.

나는 나를 안내할 수가 없었다. 신도 손쓸 수 없는 일이 벌어졌는데 무슨 수로 나를 안내할 수 있었을까. 매미 울음 때문에 전쟁이 났다고 하면 믿을 수 있겠니? 시력이 마이너스 6.5디옵터인 사람들 때문에 조류인플루엔자가 유행한다면 믿을 수 있겠니? 채식주의자들 때문에 부동산이 부동이라면 믿을 수 있겠니? 은스의 얘기가 바로 그랬다. 실크로 우주선을 만들었다는 것과 같은, 믿을 수 없는, 믿어지지 않는, 가상의 시나리오 같은 얘기였다.

내겐 가상이 아니라 사실적 시나리오가 필요하다. 이를테면 나는 마네킹. 내 성(性)은 플라스틱 성(性). 마네킹에다 플라스틱 성(性)은 아이를 만들 수 없다. 그런데 아이를 가졌다고? 그렇게 말하는 입에다 페널티를!

페널티로는 안 된다. 지금쯤 은스는 뚱뚱해진 배를 뒤뚱거리며 알바를 다니고 있을지도 모른다. 이건 어려운 얘기가 아니다.

더 어렵겠지만, 어렵지 않은 소원이 있다. 내가 전역할 때쯤 은스는 할머니가 되어 있길 바란다. 미혼모 할머니가 아니라 그냥 할머니 말이다. 이 가공할 흑역사에 조종을 칠 수 있는 건 그런 타임머신뿐이다.

호수야, 내가 울던 호수야.

너도 혹시 미혼모는 아니니? 아니면 미혼부이거나. 꿈에서 너와 비슷한 곳을 봤다. 그곳에서 어떤 아기가 큐브로 된 베이비박스를 타고 나를 찾으러 왔다. 호수야, 말해라. 그것은 홀로그램이었다고. 은스 역시 홀로그램이었다고.

  홀로그램도 중력을 받을까. 중력은 삶의 무게보다 무거울까 가벼울까. 삶이 중력의 영향을 받는다면 창자는, 폐는, 대장과 소장과 간은, 간지러움을 탈까 타지 않을까. 손가락이 뱃속을 뚫고 북북 긁어줄 수 없기 때문에 간지러움은 타지 않으리라 생각한다. 중력의 영향권 밖에 있는 것도 있다는 것을, 나는 그런 식으로라도 믿어보겠다.

  바람은 언제 고약을 떨었냐 싶게 잠잠하다. 수면은 바람의 휴전을 받아들였는지 이내 편편해진다. 이반은 글쎄, 눈물이 차오른다. 바람이 저토록 얌전을 빼도 언제 어떻게 불지 알 수 없다.

  스키장엔 바람이 불었고 바람 속에 은스가 있었다. 그때 불던 바람은 분분분홍색이었고, 지금 부는 바람은 흑흑흑색이다. 흑흑, 흑흑…… 흐흐흑.

  이반은 눈을 북북 문지른다. 그때 불었던 바람은 미세먼지였다. 기압의 변화 때문에 둥둥 떠다니던 먼지가 분분분홍색으로 장난을 친 것에 불과했다.

  편편하던 바람이 휘청대듯 인다. 엉덩이가 시리고 바람이 살갗을 긴장시킨다. 이반은 돌에서 일어난다. 호수 건너엔 표 대위가 무슨 생각에 빠진 듯 부동자세다.

  저 피플, 격식과 프레임으로 중무장한 장교. 출생 전에도 사후에도 지금과 다르지 않을 블랙박스. 블랙박스엔 바람이 머물지 못하지. 꽃도 피울 줄 모르지. 깨뜨려도 깨지지 않지. 기록만 보유하며 기록으로 살줄만 알지.

이반은 호수의 물을 한 줌 떠 수면에 뿌린다. 저 아저씨가 어떤 사연을 풀어놓는다 해도 듣지 않겠다. 성공한 사람들은 힘들었다 싶은 과거는 잘도 지껄인다. 그만큼 지금은 성공했다는 뜻이다. 그저 숨거나 호수에 대고 지껄일 수밖에 없는 인간은 물에 하소연이나, 눈물이나, 돌멩이나.

이반은 작은 돌멩이를 집어 호수에 던진다.

호수야 등지느러미를 세워라. 그리고 내 얘기를 들어라.

우리가 한때 햄버거에 열광했던 것처럼 은스와 이반은 서로에게 열광했었다. 적어도 밸런타인데이가 끝나고 화이트데이가 오기 전까지는 그랬다고 말하련다.

은스는 밸런타인데이를 실용 만점의 이벤트로 나를 감격시켰다. 감격으로 끝났다면 얼마나 좋았을까. 내 기억은 "화데이엔 따따블"이라는 따발총을 맞고 비틀대고 있었다. 이런 소심한 새끼를 봤나.

나는 화이트데이 전날까지 부접을 하지 못했다. 요따위 쓰레기 같은 날들은 없어져야 한다고 나름 분개했지만 분개는 그냥 분개였다. 대중의 뜻을 무시할 만큼 내 의지는 강하지 못했다. 남들이 하는 만큼은 해야 했고 그렇지 않으면 대중에게는 물론 은스에게도 따돌림을 당할 듯했다. 참으로 이상한 나라에 산다는 느낌이 들었다.

의협심도 뭣도 아니게 시간만 흘러갔다. 마냥 그 타령으로 있기만

한 건 아니었다. 시도 때도 없이 머릿속은 이벤트, 이벤트를 쥐어짜고 뒤졌다. 이거다 싶으면 이미 누군가가 해버린 이벤트. 이벤트도 아닌 이벤트에 목을 맨다는 게 조금은 부끄러웠다. 덕분에 내 피의 농도와 질량은 너덜너덜해졌다. 너덜너덜해진 피를 달래줄 새도 없이, 가꾸거나 꾸며줄 새도 없이,
 없이,
 기어이 닥치고야 만 화이트데이.
 자포자기, 터덜터덜 은스를 만나러 갔다.
 지하철 3번 출구에 오도카니 서 있는 은스. 표정이 모호했다. 사막여우 같기도 했고 사막여우의 천적 줄무늬하이에나 같기도 했다. 은스의 표정이, 우습게 들릴지도 모르겠지만 내겐 공포에 가까웠다. 내 손엔 꽃도 선물상자도 없었으니 왜 안 그럴까.
 꽃도 선물상자도 없었으면서 나는 대범한 말을 던지고야 말았다.
 "발렌타인, 화이트, 그런 거 말고 또 어떤 데이가 생길지 몰라 그냥 왔어. 데이, 데이, 데이…… 만들어 내는 데이들, 참 귀찮다. 내숭 안 떨기로 했으니까 안 떨고 하는 말이야."
 은스는 금세 새초롬해지더니, 보일 듯 말 듯 입가를 바르르 떨더니,
 "내숭 안 떠는 것과 솔직한 것은 달라. 너무 솔직해도 상처 준다는 거 몰라?" 이러는 거다.
 누가 할 말을 누가 하는지. 나는 속으론 벌벌 떨면서 겉으론 태연한 척했다.
 "사실은 니가 화데이 땐 따따블이라고 했는데 그 따따블이 뭔지,

돈도 없고 시간도 없어서 고민만 하다 왔어. 미안해. 이 말도 너무 솔직했나?"

도무지 감을 잡을 수 없는 게 여자라는 말은 맞다. 은스는 언제 그랬냐는 듯 그 작은 얼굴이 활짝 개었다.

"알고 있어. 세상에서 젤 가난한 게 대학생이라는 거. 돈 대신 뽀뽀라든지, 장미꽃 한 송이라든지 그런 것도 구려. 자본주의 사회에서 무슨 별나라 얘기도 아니고."

은스가 이토록 어여뻐보였던 적이 있었나. 하도 어여뻐 허파까지 빨아먹고 싶어졌다. 은스의 그 다음 말이 대단히, 절실히, 기다려졌다.

은스는 만났다 하면 나와 팔짱을 끼던 것도 하지 않은 채 앞장 서 걸었다.

"우리 곱창 먹으러 갈래? 거기다 소주. 화이트는 무슨 화이트."

나는 버둥버둥 헤맸다. 마지막 말, "화이트는 무슨 화이트"에서 그만 길을 잃고야 말았다. 글자로는 절대 확인할 수 없는, 비꼬는 억양인지 수긍하는 억양인지, 비꼼과 수긍의 중간 지점인지, 오해와 이해가 엇갈렸다. 그러니까 은스는 흥! 을 넣어도 되고 안 넣어도 되게끔 아주 묘한 억양으로 말했다.

그런데 말이지, 자꾸 오해 쪽으로 기울었다. 빈손에다 변명도 해명도 그럴싸하게 하지 못했으니 왜 안 그럴까. 그렇게 귀양살이 가는 걸음으로 은스 뒤만 쫄래쫄래 따라갔다.

은스는 부모님과 곧잘 오던 곱창집이라며, 그 말이 사실인지 아닌지는 모르겠지만 곱창 전문집으로 갔다.

은스를 따라 들어갔지만 기분은 엿 같았다. 어떤 나쁜 일에 연루된 듯한 기분이랄까, 다리 많은 벌레가 몸 어딘가를 기어 다니는데 집어낼 수 없을 때의 기분이랄까. 아무튼 나는 은스의 부산물, 혹은 부설물, 또는 불순물이 된 듯한 느낌이 왕창 들었다.

일단 자리에 앉아 가격표부터 봤다. 가격이라는 것이 대학가의 식당만 전전하던 자에겐 오금이 저릴 정도의 액수였다.

은스는 부모님과 곧잘 오던 곱창집이라는 걸 확인시키려는지 너무도 의젓하게, 너무도 자연스럽게, 너무도 화끈하게 소곱창 2인분을 시켰다.

지글지글, 두꺼운 철판에서 기름을 흘리는 곱창. 불에 닿을수록 커지기는커녕 아까워 죽겠을 만큼 작아지는 고기 살점.

은스와 나는 잘 마시지도 못하는 소주와 곱창 4인분으로 화이트 데이를 무사히 넘겼다.

무사히 넘겼다지만 사실 말하기가 좀 그런 것이, 계산을 하기 전 은스는 내게 돈을 찔러주며 말했다.

"학자들은 원래 가난한 거야. 넌 학자잖아. 이걸로 내."

복근이 찢어지게 웃음이 나오는 대목. 그러나 어쩐지 엄숙해야 할 듯한 분위기. 아, 근데 조금만 웃을게.

실컷 웃지 못해서인지 엄숙 때문인지, 자연스럽지 않게 돈을 주고받아서인지, 또 자연스럽지 않게 계산을 해서 그런지, 화이트데이의 종말은 더러웠다.

은스와 나는 곱창집에서 몇 발짝도 가지 않아 토하기 시작했다.

은스가 먼저 우웩우웩. 은스를 보며 나도 질세라 우웩우웩.

질펀하게 쏟아지는 내장 속 물체들. 삭지 못한 채 위를 유람하다 역류하는 시큼한 건더기들. 제2의 쓰나미는 예정대로 연이어졌다. 한 번 토해도 될 것을 쏟아진 물체와 냄새를 맡으며 더더욱 토하고 야마는 최악의 시추에이션.

호수야, 내 말을 듣고 있니?

은스는 많은 철학자에게, 사상가에게, 연구가에게, 문학인에게, 숙제를 던져준다. 여자란 무엇인가?

세계적으로 이름이 꽉꽉 박힌 그들에게도 여자는 추측 불가능한 존재였나 보다. 여자의 마음은 흔들리는 갈대라는 둥, 여자를 만든 것은 신의 두 번째 실수였다는 둥, 여자는 복수와 사랑에서 보다 야만적이라는 둥, 주관성 발언을 마치 진리처럼 발포한다. 결국은 여자를 모른다는 뜻이다. 여자에 대해 별 수 없었다는 자백이다. 자신이 겪은 여자만이 여자의 기준이며 가치였다는 속 좁은 아우성이다.

나는 여자가 무엇인지는 모르지만 은스가 무엇인지는 좀 안다. 은스는 화생방훈련이다. 눈물콧물, 사지는 벌벌, 머리는 어찔, 정신은 혼미, 그 수준을 넘어 빙의까지 끌고 가는 극지의 탐험, 그게 은스다. 그렇다고 위험한 것일수록 도발적인 매력이 있다는 말은 아니다.

은스는 진심, 하드코어로 작동되는 기계이며 멸망을 모르는 헤게모니다. 그 영장류가 아기까지 가졌다니 그보다 더한 무적의 여왕이 어디 있을까. 아기는 지금도 무럭무럭 자라 큐브 배를 타고 여기 호수로 와 있는데, 어느 누가 그런 퀸의 노력을 막을 수 있을까.

은스가 설계한 디질랜드에는 아기가 자라고, 아기가 커가는 만큼 퀸의 파워는 강력해지고, 강력해지는 만큼 거역이나 반란은 꿈도 꿀 수 없고, 꿈도 꿀 수 없으니 안티 같은 것은 존재할 수도 없다. 은스가 창출한 불문학자와 그의 아내와 아기는 퀸의 식민지 디질랜드에서 훌륭하게 웃으며, 우아하게 잠을 자며, 늠름하게 밥을 먹어야 한다. 디질랜드를 만들고 지배한 퀸의 명령, 홀로그램 따윈 개나 줘버릴 얘기다.

그래서 말인데 호수야, 부탁을 하겠다. 진심을 다해 말해달라고, 진심을 다해 부탁하겠다. 은스는 개펄이었으며, 자고 일어났더니 싱크홀이 된 무른 땅이었으며, 벌레조차 살 수 없는 황무지였다고, 호수 너는 처음부터 알았던 사실이라고 말해다오.

호수 네가 부탁을 들어준다면 나, 이반은 약속하겠다. 앞으로 솔로부대에 지원서를 넣고 솔로부대와 합류하여 비장의 카드를 만들겠다. 여자만 보면 정체도 정지도 없이 패스, 프리패스용 무관심 카드 말이다.

어디서 날아왔는지 청둥오리 네댓 마리와 원앙 한 마리가 호숫가에서 물질을 한다. 원앙은 정이 좋아 쌍으로 다닌다는데 청둥오리를 따라다니는 원앙은 암컷 한 마리로, 청둥오리 암컷을 제 어미인 양 쪼르르 쪼르르 따라다닌다.

이반은 잠시 서서 철새들을 바라본다.

은스가 모든 걸 포기하고 저 원앙처럼 다른 남자를 따라다닌다면 진주 교육사도 다시 들어가겠다. 22킬로그램 전투군장으로 40킬로미터 구보행군도, 피 나고(P) 알배기고(R) 이가 갈리는(I) PRI도 즐겁게 해내겠다. 승천하는 줄 알았던 화생방훈련도, 방독면사격훈련도 명랑하게 잘해내겠다.

이반은 한숨을 푹 쉬며 발 아래로 시선을 던진다. 바람 빠진 축구공 한 개가 마른 수초와 버들강아지 사이에 걸려 있다.

이반은 마른 수초를 꺾어 축구공을 떠민다.

축구장에 있어야 할 공이 이 산속 호수까지 오다니, 너도 눈물이 나 쪽쪽 빼러 왔니. 왔는데 눈물 대신 바람만 빠졌니.

축구공은 조금 움직이나 싶더니 제자리다. 이반은 꺾은 수초를 호수에 던진다.

호수야, 나는 죽어가나 보다. 내 신세가 저 바람 빠진 축구공이다. 저깟 수초에 걸려 옴짝도 못하다니 이게 말이 되니. 이가 날 시기에 이가 났고, 걸음마를 할 때에 걸음마를 했고, 입학할 나이에 입학을 했는데, 말이 안 되는 일에 말이 안 되게 걸려버렸다. 이건 재앙이다. 죽을 때까지 해결할 수 없는 재앙.

호수야, 들어라.

이건 중요한 이야기다. 저질에 가깝지만 절대 번복하지 않을 얘기다.

나의 첫 여자는 시작도 하기 전에 내 인생을 망쳐버렸다.

이렇게 말하고 나니 세포 속속들이 소독을 하는 기분이다. 소독을 하면 새살이 돋을까. 새살이 돋을 수만 있다면 백 번 천 번 만 번 같은 말로, 저 산이 무너지도록, 호수 네 몸이 갈라지도록, 하늘이 내려앉고 땅이 꺼지도록 큰소리로 말하겠다.

이런 따위의 감정을 호수 네게 이입시킨다 한들,
이입이 아니라 이식시킨다 한들,
은스에게서 활강할 방법은 없다. 활강하다 목뼈가 부러지면 은스는 부러진 목뼈를 가지고 놀다 멋지게 골 망에 넣거나 머리에 얹고 리듬체조를 할 선수다. 활강이 아니라 미라가 될 때까지 석고대죄 하기. 석고대죄 하기 전에 눈을 맞추며 교태부리기. 교태부리기 전에 혈서로 참회문 천 장 쓰기.
이것도 저것도 아닌, 겁나게 찬란한 얘기였다 호수야.
난 울 테다. 벅벅 울 테다. 유격훈련을 할 때처럼 최선을 다해 울 테다. 내 울음에 놀라 강물이 뒤집히길. 강물이 뒤집힐 때 큐브 배가 전복되길. 큐브 배가 전복될 때 은스가 장티푸스에 걸리길. 은스가 장티푸스에 걸릴 때 이반은 구석기시대로 돌아가 있길.
은스에게서 소식이 없다는 게 불안하다. 곳곳을 뒤져서라도 어디에 있다는 걸 알아냈을 텐데 무슨 꿍꿍이가 있나. 말년 상병 때쯤 혹은 병장 때쯤 아기띠를 두르고 면회를 오려는 것은 아니겠지.
아니라고 말해라, 호수야. 제발 아니라고, 은스는 이 세상에 없는 사람이었다고, 사귄 적도 없는, 아바타 같은 존재조차 아니었다고 말해라.
하늘엔 여객기가 한 폭의 그림으로 지나간다. 이륙한 지 얼마 되지 않았는지 커다란 동체가 호수 위를 지나 저쪽으로 간다.
이반은 여객기가 가는 쪽을 눈물이 고이도록 본다. 은스는 저 여객기를 타고 먼 곳으로 간다,

갔다,
다시는 돌아오지 않을 작정을 하고 떠난다,
떠났다.
잘 가라 나의 흑역사여. 한 톨의 기억도 남기지 말고 영영 가버려라.

**

수면은 G-락*에 걸려 실신한 듯 파동이 없다. 여객기가 수면에 한가롭게 누워 그림자로 떠간다. 많은 사람을 태우고 기착지를 향해 가지만 호수에 뜬 비행기는 비현실적으로 보인다.

표 대위는 수면을 가로지르는 여객기의 그림자를 보다 이반을 돌아본다. 녀석은 여객기에 탄 사람 수만큼이나 많은 것을 담고 있지만 그림자로 있다. 저런 녀석과 이곳까지 올 생각은 없었다. 녀석이 호수 타령을 했고 문득 떠오른 생각 하나가 이곳으로 발길을 돌리게 했다. 탈로를 잃은 채 변비와도 같이 막혀버린 무엇. 종종 찾아와 가슴을 누르던 무엇.

생도 시절 막막함으로 찾았던 산정호수에서 고등학교 때 갔던 소풍을 보았다.

녀석들의 시끌벅적함과는 달리 산정호수의 물은 깊은 잠에 빠져

------
* G-LOC : G-force induced Loss Of Consciousness의 약자로 중력에 의한 의식 상실을 말한다.

있었다. 청먹색의 물은 고요했고 호수 끝엔 오리 모양의 작은 배 몇 척이 묶여 있었다.

녀석들은 제법 머리가 굵어졌다고 도시락을 싸온 녀석보다 싸오지 않은 녀석이 많았다. 녀석들은 산정호수 입구에 있는 상가에서 먹을 것을 샀고 끼리끼리 모여 킬킬대거나 장난을 쳤다.

표 대위는 도시락 가방을 들고 녀석들이 없는 곳으로 갔다. 집합 장소에서 좀 걸어야 하는 곳으로, 호수는 산비탈과 연이어 있었고 산비탈 아래엔 물이 발목을 적실 정도로 가까웠다. 그 뒤로는 나무가 꽤 있는 숲이 있었다.

표 대위는 물과 숲이 붙다시피 한 데로 가 도시락을 꺼냈다. 도시락은 미지근했다. 뚜껑을 열었다. 식어버린 밥 한 귀퉁이에 감자 한 알이 박혀 있었다. 소풍이라고 감자를 넣었나.

소풍 아니라 결혼을 한다 해도 어머니나 아버지는 한 귀로 듣고 한 귀로 흘릴 터였다. 도시락도 대개는 아버지가 쌌다. 감자는 아버지의 작품이라는 생각이 들었다. 어머닌 감자를 싫어했고 아버진 감자를 좋아했다.

표 대위는 식은 밥과 감자를 뻑뻑하게 넘겼다. 소풍이라고 감자 한 알을 박아준 게 아니라 어딘가에 굴러다니는 감자를 쪄 넣었을지도 몰랐다. 속이 뻣뻣해왔다.

초등학교 시절 글짓기 대회가 떠올랐다. 아버지와 소풍을 갔던 그 이야기 속의 아버지는 얼마나 멋들어졌던가. 그 이야기 속의 아들은 얼마나 우쭐했던가.

호숫가엔 작은 물고기가 떼 지어 돌아다녔고 호수의 물은 빛을 받아 반짝였다. 둥그러니 커다마하게 윤슬로 일렁이는 물보석. 물보석 위를 걸으면 발바닥은 청먹색으로 물이 들 듯했다. 청먹색을 사모한 어느 물고기가 청먹색의 발바닥에 시를 썼다.

표 대위는 도서관에서 빌려온 시집을 꺼냈다. 시집을 몇 장 넘기자 서정주의 '자화상'이 나왔다.

"애비는 종이었다. 밤이 깊어도 오지 않았다."

표 대위는 흡, 숨이 막혔다. 밤이 깊도록 오지 않는 종, 아버지. 아버지는 새벽이 시작되기도 전에 나갔고 어두워질 때에야 들어왔다. 형벌을 받고 있는 것이라면 차라리 가시면류관을.

표 대위가 앉은 쪽 뒤 숲에서 녀석들의 킥킥거림이 흘러나왔다.

"야, 이거 한 개 가지고 뭘 그래. 선생들도 지들끼리 맥주 판 벌이고 있잖아."

"그래도 이따 집합 때 냄새 나면 조질 텐데."

"선생들이 어떻게 냄새를 맡냐? 지들도 마셨는데. 캬~ 시원하다."

"너, 이거 어디서 가져왔냐?"

"우리 아빠가 술 도매상 하잖어. 우리 집엔 널린 게 술이다. 이정도 꼬불쳐 온 건 표도 안 난다."

"가만, 이 근처에 누가 있는 거 같다. 우리 말고 술 마시는 새끼 또 있는 거 아냐?"

녀석들이 우르르 표 대위가 있는 데로 내려왔다.

녀석 하나가 표 대위의 시집을 발끝으로 툭 쳤다.

"벌레 아니랄까봐 소풍 와서도 책이냐?"

또 한 녀석이 연기가 푸르르 피어오르는 담배를 표 대위 입에 댔다.

"너 또라이 맞지? 또라이 치료법으론 담배가 최고다. 이거 빨아봐."

표 대위는 담배를 툭 쳐냈다.

"그래, 난 또라이다. 소풍 와서까지 책이나 읽어야 하는 활자중독증 또라이다. 알았으면 비켜. 내가 니들을 방해하지 않는데 니들은 나를 방해하고 있어."

녀석 하나가 콧바람을 흥흥거렸다.

"드럽게 잘난 척하네. 그 드~러운 잘난 척을 이 맥주로 씻어라."

녀석이 캔 맥주를 거꾸로 들어 표 대위의 머리에 부었다. 술과 거품이 교복을 타고 흘러내렸다. 표 대위는 불끈 일어나려다 그대로 있었다. 술 냄새가, 거품이, 아버지에게서 나던 것과는 달랐다. 아버지와 사선서를 나고 소풍갈 때나 있을 법한 냄새와 거품. 한참이나 취해도 좋을 향기.

표 대위가 아무 반응도 하지 않자 다른 녀석이 시집을 낚아채 호수에 던졌다.

"너의 활자중독증이 우리를 별 볼일 없는 인간으로 만든다는 거 아냐? 재수 없는 새끼!"

시집을 호수에 던진 녀석이 빈 맥주 캔을 발로 와락 밟았다.

"지금 일, 담임한테 꼬질러라. 전교 일 등을 이렇게 만든 놈이 누구라고, 확 불어버리라니까."

아버지가 술 도매상을 한다는 녀석이 한술 더 떴다.

"이런 또라이 새끼는 주둥이 나불대지 못하게 술통에 처박아서 술을 담가야 해. 맛은 졸라 없겠지만. 큭큭큭…….."

표 대위는 물 밑을 파헤치기라도 할 양 수면 아래를 살핀다. 그때 빠졌던 시집은 흐칠흐칠 풀어져 물을 오염시킨 게 아니라 물고기들의 시가 되었을지도 모른다. 청먹색의 발바닥에 새겨줄 시를, 시리고 아픈 호수에 적어줄 시를, 읊고 읊으며 달빛을 기다리고 있을지도 모른다.

표 대위는 생도 첫 휴가 때 어째서 산정호수를 찾았는지 알 듯했다. 집을 나와 사복으로 갈아입었지만 갈 데가 없었다. 버스 정류장 앞에 서자 일산 호수공원이라는 글자가 큼지막하게 써진 버스가 지나갔다. 산정호수, 그때의 산정호수는 어떻게 변했을까.

다시 찾은 산정호수는 여전히 청먹색이었지만 호숫가 한편엔 데크가 설치되어 있었다. 아웃도어 차림의 아줌마 둘이 데크로 난 길을 걸어가고 있었고, 연인으로 보이는 남녀가 사람이 없는 곳을 찾아 숲길로 올라가는 게 보였다.

표 대위는 그때 그 자리를 찾아 호숫가를 따라 걸었다. 흙길은 그때처럼 폭이 좁고 호수는 금세라도 발목을 적실만큼 흙길과 붙어 있었다.

표 대위는 그 자리를 찾아가다 말고 멈춰 섰다. 데크를 설치하려고 쌓아놓은 자재가 길을 가로막고 있었다. 시집을 던진 자리는 자재 뒤 어디쯤이었다.

표 대위는 그 자리에서 자재 뒤 어디쯤을 우직하리만큼 쳐다보았다. 호수에 시집을 던진 녀석, 머리에 맥주를 붓던 녀석, 녀석들이 뱉은 말들…… 그러한 것들이 그때는 왜 그렇게 방금 볶아낸 원두처럼 향이 좋았던가. 향이 좋아서, 오히려 화를 내야만 했던 그 비밀스런 꿈틀거림은 무엇이었던가. 타인에 의해 수장된 종, 드러내놓고 좋아할 수 없는 면죄부.

잠시 사라졌던 바람이 다시 일어난다. 바람은 능력평가 시험을 치르는지 이리 치나 싶으면 저리 치고, 높이 올라 수직으로 강하하여 수면을 내리친다. 악착스레 부는 바람의 혈통. 악착스레 따라 붙는 기억의 혈통.

바람과 기억은 협상을 모른다. 지금도 호수라는 글자는 거대한 콘크리트 벽면이고 세상의 모든 호수는 산정호수다.

표 대위는 눈을 들어 건너편을 본다. 녀석이 한참이나 바닥에 주저앉아 있더니 부스스 일어난다. 녀석은 멀리서 봐도 암실이다. 종을 받아먹고도 다시 종을 토해내는 담즙. M의 말처럼 탄산음료로는 약이 되지 않는 난치병.

표 대위는 점퍼 주머니에 양손을 찌른 채 이반 쪽으로 간다.

"호수에게 할 말이 있다더니 다했어?"

이반은 표 대위와 슬쩍 어긋나게 서며 웅얼거린다.

"호수에도 나이가 있을까요. 계절도 나이를 먹을까요. 지금이 구석기시대였으면 좋겠습니다."

표 대위는 한숨을 삼킨다. 방금 전까지만 해도 당돌하게 말하더니 지금은 또 주술에 걸린 양 허황된 말이나 뱉는다.

표 대위는 잘라 말한다.

"가자. 탄산음료로는 안 되겠고 맥주라도 마시자."

바람이 독을 뿌리듯 불더니 어느 새 잠잠하다. 모든 소리를 집어삼킨 호수의 정적.

이반은 탈진이라도 한 듯 나직이 말한다.

"바람이…… G-락에 걸린 거 같습니다."

표 대위는 순간 뻥 해진다. 녀석은 G-락에 걸린다는 게 어떤 것인지 알까. 시야는 좁아져 순식간에 블랙아웃이 되고, 몸은 머리 위 저 어딘가로 빠르게 솟구쳐 빨려가는 듯하고, 신체의 모든 기능은 쥐어짜이며 죽음의 문턱을 향해 내달리고, 뭉개지는 몸을 이기려 죽을힘을 쏟아내야 한다는 걸 알까.

표 대위는 휴대폰을 꺼내며 말한다.

"G-락에 걸려본 적 있어?"

이반은 뜻없이 구둣발로 흙을 수면 쪽으로 찬다.

"없습니다…… 그런데 있습니다. 저는 지금 G-락에 걸린 상태입니다."

표 대위는 휴대폰을 들여다보며 버튼을 누른다.

"어, 그래? 이 휴대폰도 G-락에 걸렸다. 배터리가 나갔어. G-락에 걸리면 배터리가 나가는 바로 그 순간 같은 것이겠지. 니가 가진 배터리는 어떤 배터리기에 G-락에 걸린 거야?"

이반은 멀리 허공을 바라본다.

"우리의 인생은…… 아니 저는…… 끈끈이에 붙어 허우적대는……

벌레라는 생각이 듭니다."

표 대위는 휴대폰을 주머니에 넣는다.

"니가 걸린 G-락 상태라는 건 지금 한 말로는 부족해. 뭐야? G-락 얘기. 입을 뗀 건 말하고 싶다는 뜻 아니었어?"

표 대위는 주차한 곳으로 걸음을 뗀다.

"호수에 대고 말했겠지만 그것만으로는 안 될 거다. 사람이라는 게 그래. 신에게 떼를 쓰기도 하고 위안도 받지만 그런 상태는 오래가지 못해. 그럴 때의 만족은 있겠지. 그래서 우리 어머니는 쉬지 않고 신을 찾고, 쉬지 않고 기도를 한 거고. 하지만 밥을 먹고 소화가 되면 다시 출출해지는 것처럼 사람은 늘 부족감에 시달리지."

표 대위는 차문을 열며 이반을 돌아본다.

"사람은 별 수 없어. 사람끼리 해결하는 게 제일 빠르고 확실해."

이반은 조수석 문손잡이를 잡은 채 그대로 있는다. 저 아저씨의 말이 틀린 것은 아니나 맞는 것도 아니다. 사람은 별 수 없다면서, 별 수 없는 사람끼리 해결이라니, 그게 제일 빠르고 확실한 거라니 모순이 아닐 수 없다. 사람이야말로 부실한 존재라 신을 찾는다. 해결할 수 없는 문제를 신에게 털어놓다 보면 신의 계시인지 모를 게 방향을 일러주기도 한다. 신을 통해 내 안에 틀어박혔던 능력이 통로를 열어준 것이라 해도 마찬가지다.

표 대위는 운전석에 앉으며 말한다.

"물론 문제에 따라 다르고 사람에 따라 다르겠지만, 다르다는 가능성은 항상 열어놓는 게 좋아."

이반이 조수석에 앉으며 말한다.

"저의 G-락은 신도 사람도 해결 불가능하다는 게 문제입니다."

표 대위는 자동차 키 박스에 키를 꽂는다.

"엄청난 G-락이다. 신이 노하고 사람이 자존심 상할 G-락이다. 어떤 G-락인지 흥미로워진다."

이반은 말을 하려다 입을 다문다. 사람이 죽느냐 사느냐 하는 판에 겨우 흥미? 그 일이 흥밋거리나 채워줄 고깃덩이라도 되는 줄 아나? 표 대위는 몇 번인가 키를 돌리다 말고 얼굴이 굳어진다.

"키가 안 먹혀. 배터리가 나갔나본데. 휴대폰도 나갔고 오늘따라 배터리끼리 파업이라도 하나."

표 대위가 차 밖을 내다보며 두리번거린다. 지나가는 차라도 있어야 도움을 청할 텐데 사람은커녕 다람쥐 한 마리도 얼씬거리지 않는다. 서비스를 부를 길도, 도움을 청할 길도 막혀버린다. 난감함이 어둠처럼 번진다.

이반 역시 근심스럽긴 마찬가지다.

"휴대폰 배터리가 안 나갔다 해도 여기선 안 터질 걸요? 군사지역에선 전화가 안 터지던데요."

표 대위는 차문을 열고 나간다.

"니 말대로 이 차도 G-락에 걸렸다."

높은 산은 아니지만 시내라면 아직도 대낮일 터인데 이곳엔 벌써 저녁 기운이 물씬거린다. 시간을 앞당기는 곳, 호수엔 그늘이 진다. 나무가 만들어서 생긴 그늘이나 구름이 만들어서 생긴 그늘이 아닌

호수만의 그늘.

　호수만의 그늘은 빛이 사그라질 때 나온다. 어둑진 해질 무렵, 므릿므릿 해질 무렵, 호수의 몸은 그늘이 된다. 호수는 그늘이 되어 달빛을 기다린다. 달빛이 수면에 여울을 만들 때 호수는 청먹색의 발바닥에 시를 쓰고, 시집을 삼켜 아버지가 되려 한다.
　아버지는 "애비는 종이었다"의 시가 되고 호수의 그늘이 되어 장수한다. 장수한 아버지는 토잉카로 시동이 꺼진 자동차를 끌고 산 아래로 내려간다. 말없이, 느리게, 장수하는 모습으로 가만가만 끌고 간다. 눈이 온 산동네 등굣길을 일찌감치 닦아주던 모습으로, 도시락 한 귀퉁이에 감자를 쿡 박아주던 모습으로, 투박하지만 안전하게 끈다.
　이반은 호수에 눈을 박고 있는 표 대위에게로 다가선다.
　"어떻게 하면 좋겠습니까. 저야 휴가라 괜찮지만 대위님은 사모님이 연락하실 텐데요."
　표 대위는 호수에서 몸을 돌린다.
　"어떻게는. 내려가야지. 지금 이 시간에 누가 여길 오겠어. 온다 해도 배터리 케이블을 가진 운전자가 흔한 것도 아닌데. 내려가는 게 빨라."
　표 대위는 생환훈련이 떠오른다. 사방은 낯설고 나무 하나 풀 한 포기마저 경계해야 하는 처지. 구조팀이 오기를 손 놓고 기다릴 수만은 없다. 독도법을 이용해 위치를 파악하고, 아군과 교신하며 이동해야 한다. 체력 소모는 최소한으로 낮추고 지력은 최대로 끌어올려 탈출할 수 있는 모든 방법을 구해야 한다. 판단은 빠르고 정확하게, 몸은 신속하게 움직여야 한다.

지금의 이 상황은 적지에 떨어진 것과는 비교할 가치조차 없다. 자동차 배터리며 휴대폰 배터리를 염두에 두지 않은 게 실수다. 지금과도 같은 상태로 적지에 떨어졌다면 실수가 아니라 죽음을 각오해야 한다.

표 대위는 터벅터벅 길을 잡는다.

"내려가다 보면 민가가 나오겠지. 전화 없는 집은 없을 테고."

거인장에 잡혀, 스로틀을 당겨

골바람이 오르락내리락 굽이굽이 요들을 불러.
요로레이히~ 인생은 와인딩 로드~ 요로레이히~
산은 골바람을 맞으며 으쌰쌰 나무를 키워.
골바람은 편도선을 바르르, 후두개를 발랑발랑, 가성을 높여.
가성이 찢어져, 목젖이 부어올라, 비강이 막혀.
골바람이 스톱! 요들을 멈춰.
그 사이, 무음에 가까운 바람 한 점이 살랑, 표 대위 이마에 내려앉는다.
표 대위는 앞만 보며 뚜걱뚜걱 걷는다.
"내려가는 동안 얘기나 하자. 아까 신도 사람도 해결 불가능한 G-락이라고 했는데 혹시 거인장(Giant Hand Effect)이라고 들어봤어? 지금의 니 경우와 다를지 모르겠지만 해결이 쉽지 않다는 점에선 비슷할 거야. 신참 조종사 때 겪은 건데 지금 생각해도 아찔하다."
표 대위는 마치 디브리핑룸에서 스크린을 보며 브리핑하듯 말한다.

"야간 해안기지 공격 임무 때였어. 전방석에는 K 소령이 타고 후방석에는 당시 중위였던 내가 타고 있었어. K 소령은 총 비행시간이 2천을 넘는 베테랑 교관 조종사였고, 나는 이제 갓 KF-16 기종 전환 훈련을 마친 신출내기였어."

그때 하늘과 바다는 황사로 인해 구별하기가 쉽지 않았다. 더욱이 임무 지역에는 구름이 피어 있어 표적 식별과 공격 패턴 설정이 어려웠다. K 소령과 표 중위는 최적의 공격 방향과 패턴을 결정하고자 공대지 사격장의 동그란 표적 상공을 선회하며 구름의 분포와 고도, 바람의 방향을 살폈다.

"표 중위, 오늘 공격은 동쪽에서 서쪽으로 할 거야. 공격 패턴을 육지 방향으로 잡으면 상승 회복 중 구름에 진입해서 자세 파악이 어려울 수도 있겠어. 적(북쪽에 위치한 가상의 적)의 위협 범위에 들지 않도록 신경 써라. 비행 전에 브리핑한대로 내가 전방석에서 표적을 확인하고 강하공격 기동을 수행하는 동안, 표 중위는 항공기 자세와 고도, 속도를 잘 파악해서 적극적으로 조언해야 한다. 이런 날씨는 비행착각에 빠지기 쉬우니까 특히 항공기 자세 파악에 주의를 기울이고."

표 중위는 알았다고 대답하며 자신이 해야 할 임무를 머리에 새겼다.

K 소령은 야간임에도 공대지 폭탄의 탄착 정확도를 위해 강하공격을 선택했다. 장착된 폭탄은 정밀 유도 기능이 없는, 자유 낙하하는 일반목적 폭탄이었다.

2차 대전 중 개발된 폭격기용 조준 시스템과 강하 공격 전술의 결합은, 폭격 정확도를 이전의 융단 폭격에 비해 획기적으로 향상시켰다. 더욱이 F-15K, KF-16 같은 4세대 이상의 항공기들은, 컴퓨터가 상층풍과 항공기 속도, 고도 등을 고려하여 탄착점을 계산하기 때문에 정확한 폭격을 할 수 있다. 하지만 강하폭격 기동은 조종사에게 고도의 집중력을 요한다. 강하폭격 중에는 다른 것을 인지하고 대응하는 능력이 낮아질 수밖에 없기에 적의 전투기, 지대공 미사일, 대공포 위협에 대한 노출이 증가된다는 단점이 있다. 이러한 점은 조종사가 정확도 향상을 위해 반드시 감수해야할 반대급부이다. 반대급부를 최소화하려면 효과적인 전술 개발과 신뢰성 높은 정밀 유도무기를 개발해야 한다. 최근에는 유도무기 기술의 발달로 강하폭격 전술의 중요성이 감소되긴 했으나, 강하폭격은 여전히 전투기 조종사가 반드시 익혀야하는 기본 공대지 공격 전술이다.

K 소령은 표적 주변의 기상과 적의 지대공 대공포 위협을 고려해 공격 방향을 결정했다. 그런 후, 후기연소기를 사용해 항공기를 끌어올렸다. 강하공격을 위해 고도를 충분히 확보하기 위해서였다.

첫 번째 공격은 드라이패스*였다. 원래 계획에는 핫패스(Hot pass)만 네 번이었지만, 표적 주변의 기상상황이 이륙 전보다 좋지 않았다. K 소령은 표적 주변으로 유입되는 구름의 속도를 고려하여 공중에서 계획을 변경한 것이다. 공격 횟수도 네 번에서 두 번으로

------
* Dry Pass : 항공무장의 투하나 발사 없이 실제 공격과 똑같이 기동과 절차를 수행하는 것으로, 실제 항공무장을 사용하는 핫패스(Hot Pass)와 구별하여 사용함.

줄이고, 연습용 폭탄을 한 발씩 네 번 투하하는 것에서 두 발씩 두 번 투하하는 것으로 조정했다. 표 중위는 안전한 임무 수행을 위한 적절한 조치라고 여겼다.

표적 상공 주변으로 군데군데 구름이 깔렸고, 최종 공격경로로 강하 선회하기 직전에는 짙은 구름덩이가 있었다. 하지만 K 소령이 설정한 공격 패턴에서 표적을 확인하는 데에는 큰 문제점이 없었다. K 소령은 마치 슈퍼컴퓨터처럼 지상에서 계산한 공격 패턴과 고도, 속도, 강하각, 항공기 진행 경로를 정확하게 맞춘 것이다. 표 중위는 K 소령의 노련한 솜씨에 감탄이 절로 나왔다.

표 중위는 후방석에서 부조종사 역할을 담당하며, 인터컴(Inter-Communication : 항공기 내부통화망)을 통해 항공기 자세, 속도, 고도 등에 대한 점검 결과와 전방석에서 앞으로 수행해야할 절차 등을 맹목방송(한 사람이 일방적으로 말하는 것)으로 보고했다.

"앵글, 헤딩, 스피드, 노말."*

"알티튜드-체크, 피클 레디, 나우!"**

"밤 릴리스 노말, 리커버리!"***

신참 조종사는 후방석에 가만히 앉아서, 다시 말해 항공기를 조종하지 않으면서 입으로 프로시저(Procedure : 임무수행절차)를 조언하

------

* Angle, Heading, Speed, Normal : 강하각, 방향, 속도, 정상.
** Altitude-Check, Pickle Ready, Now : 고도 확인, 투하 준비, 투하 정상. Pickle Ready : 무장투하 / 발사 버튼을 누르는 것을 말함.
*** Bomb release Normal, Recovery : 폭탄 투하 정상, 회복조작 수행 정상.

는 일조차 녹록치 않다. 짧은 시간 동안 다양한 계기를 정확히 확인하여 항공기의 자세를 파악하고, 외부 통화와 간섭이 일어나지 않도록 전반적인 공중 상황을 시기적절하게 조언해야하기 때문이다. 다행히 K 소령의 전술기동은 교과서만큼이나 정확해서 표 중위는 표준비행 절차대로 조언해주면 되었다.

K 소령과 표 중위는 첫 번째 연습 공격을 완벽하게 마친 후, 진짜 연습 폭탄을 표적에 명중시키려 다시 상승했다. K 소령은 녹화된 영상을 재생하듯 이전 공격과 정확하게 일치하는 패턴으로 비행했다. 차이점이 있다면 표적이 좀 전과는 다르게 간헐적으로 살짝살짝 구름에 가려졌다. 하지만 표적은 공격 방향으로 최종 강하선회 직전에는 잘 보였다. K 소령은 계획대로 강하 공격을 진행했다. K 소령이 폭탄투하 버튼을 누르는 순간 항공기에 경쾌한 진동이 왔다. 폭탄을 밀어내는 이젝터(Ejector)의 반동과 항공기 주변의 공기 흐름이 만들어 내는 기분 좋은 진동이었다.

표 중위는 첫 번째 공격과 똑같은 프로시저를 읊어댔다.

"넘버 원(Number 1), 불스아이!"*

강하 공격 후 K 소령과 표 중위는 상승 회복을 조작했다. 그때 사격장 통제장교가 연습 폭탄의 탄착 지점을 알려주었다. 지상에서 4킬로미터가 넘는 고도에서 투하한 폭탄이 정확히 표적의 중앙에 떨어졌다고 했다.

------

* Bull's Eye : 공대지 사격장 표적의 정 가운데를 뜻함.

K 소령의 목소리가 인터컴을 통해 표 중위에게 건너왔다.

"이 항공기 사격 특성이 아주 좋은데! 비행 끝나고 내려가면 정비사하고 무장사에게 고맙다고 해야겠다."

K 소령은 자만할 법도 한데 좋은 결과를 항공기와 지원요원들에게 돌렸다. K 소령은 무기 체계를 비롯해 전술, 전략, 전쟁사에 이르는 해박한 군사 지식과 경제, 사회, 문화 전반에 폭넓은 상식을 가지고 있었다. 뿐만 아니라 늘 겸손했고 후배들을 자상하게 가르쳐주었다. K 소령이 선배들에게 인정받고 후배들에게 존경받는 이유였다.

마지막 공격 역시 최종 강하선회 전까지 순조롭게 진행되었다.

K 소령은 표 중위가 자신의 강하선회 조작 시기를 인지할 수 있도록 인터컴으로 절차를 말했다.

"파이널 턴 레디(Final Turn Ready), 나우(Now)!"

K 소령은 과감하게 항공기를 왼쪽으로 횡전(Roll-in)하여 지면 쪽으로 끌어 당겼다. 표 중위는 K 소령의 전형적인 강하공격 조작을 참조하려 외부로 시선을 돌렸다. 부드러우면서도 가속적인 강하선회에 감탄하는 찰나 항공기가 구름에 진입해버렸다. 첫 패스 때부터 거슬렸던 구름이 상층풍에 밀려 공격경로로 유입된 것이다. 잠시 구름에 들어갔다 나올 것으로 예측했지만 운중 비행시간은 생각보다 길었다.

K 소령의 음성이 인터컴을 통해 나왔다.

"예상보다 구름이 빨리 이동했다. 선회 중에 구름에 진입했더니 살짝 버티고에 빠졌다. 이번 패스는 드라이 오프* 해야겠다. 자세

모니터 잘해라."

K 소령의 말은 강하 공격을 중지하고 회복조작을 하겠다는 뜻이었다. 표 중위는 구름을 보다 말고 자세계를 확인하기 위해 급히 오른쪽 아래로 고개를 숙였다. 머리를 과도하게 움직인 탓에 항공기가 빙그르르 돌며 급격히 추락하는 듯한 느낌이 왔다. 전향성 착각(Coriolis Illusion)이었다.

표 중위는 선회를 멈추려 자신도 모르게 조종간을 우측으로 밀었다. 전투기가 빠르게 오른쪽으로 횡전하기 시작했다. 이에 K 소령은 회복조작을 하려 수평자세를 만들었다. 그러나 K 소령의 조종간 조작과 표 중위의 조종간 움직임이 합쳐지면서 항공기의 횡전율은 치명적으로 증가했다. K 소령과 표 중위는 갑작스런 움직임을 막으려 다시 반대로 조종간을 기울였다. 두 사람의 동시조작은 전투기를 반대로 급하게 횡전시켰다. 전투기는 요동을 쳤고 K 소령과 표 중위는 평형감각을 완전히 상실하고야 말았다.

전방석에서 K 소령이 다급하게 외쳤다.

"올 아이 갓, 컨트롤스 릴리즈!"*

표 중위는 헉헉대며 대답했다.

"롸저, 올 유 갓 써(Roger, All you got sir)!"

그러나 전투기는 더욱 깊은 강하각으로 곤두박질쳤고 속도 또한

---

* Dry-Off : 계획된 무장 투하나 발사를 취소하는 것.
* All I got, Controls release : 모든 조종, 조작은 내가 한다, 조종간을 놓아라!

급격히 불어났다. 전투기 앞으로 사격장 근처의 불빛들이 맹렬히 달려들었다.

K 소령의 지시가 절규에 가깝게 터져 나왔다.

"표 중위, 조종간에서 손발 다 떼! 전방석에서 리커버리 한다!"

전투기가 지금 상태로 아래를 향해 돌진한다면 십여 초 내에 회복은 불가능했다. 표 중위는 K 소령의 지시대로 조종간을 놓으려 했지만 그렇게 하지 못했다. 머릿속으론 조종간을 놓아야 한다고 했지만, 마치 엄청난 존재가 손을 붙들고 있기라도 한 양 계속 조종간을 잡고 있었다.

전투기에서 "풀 업! 풀 업! 풀 업!" 지상 근접 경고음이 작동되기 시작했다.

표 중위는 아뜩해져 소리쳤다.

"풀 업! 풀 업! 풀 업!"

하지만 전투기는 여전히 좌우로 요동치며 곤두박질쳤다. 이대로 있다가는 비상 탈출마저 요원해질 터였다.

표 중위는 목이 터져라 소리 질렀다.

"풀 업! 풀 업! 풀 업! 풀 업!"

표 중위는 소리치고 있었음에도 손은 여전히 조종간을 좌우로 흔들며 당기고 있었다.

갑자기 항공기가 수평자세로 돌아섰다. 그와 동시에 G-포스가 표 중위를 덮쳤다. 시야는 좁아지고 세상은 회색으로 변했다. 그것도 잠시, 보이는 것이라곤 온통 까만색뿐이었다. 표 중위는 아무 것도 보이지 않는 상태에서 자신의 헐떡이는 숨소리만 들었다.

그 순간 어쩐 일인지 음속까지 증속된 전투기가 푹 숙인 기수를 힘겹게 쳐들었다. 기체는 새가 수면을 차고 오르듯 해안가에 거대한 물보라를 일으킨 후 가까스로 상승했다. 그제야 표 중위는 온몸을 조였던 G-포스가 사라지는 것을 느꼈다. 세상은 다시 제자리로 돌아왔다. K 소령의 거친 숨소리가 인터컴을 통해 낱낱이 들려왔다. 표 중위도 전신이 땀으로 푹 젖어 있었다.

인간의 감각기관은 간혹 오류를 일으킨다. 가령 항공기를 왼쪽으로 초당 2도씩 경사를 주며 30초를 진행하면, 항공기는 60도 경사진 상태가 된다. 수평선이 있다면 경사진 상태를 쉽게 파악할 수 있지만, 아무것도 보이지 않는 구름 속에서 자세계를 확인하지 않으면, 조종사는 60도 경사진 상태를 수평으로 인식하게 된다. 더욱이 운중이나 야간 등, 시야가 제한된 경우에는 초낭 2도 이하의 자세 변화는 전정기관에 감지되지 않는다. 이런 상황에서 조종사가 급격히 머리를 움직이면 전정기관에 심각한 비행착각을 유발한다. 해서, 조종사는 머리 움직임을 최소화하며 기재취급 절차를 연습한다.

K 소령의 목소리가 반쯤 넋이 나간 표 중위를 깨웠다.

"표 중위! 아까 제대로 SD에 빠졌지?"

"네, 말씀하신 대로 자세파악을 잘했어야 했는데 선배님 사격 조작을 참고하려 밖을 보다 그만⋯⋯."

"그래, 그래서 이런 날은 전·후방석 간의 역할 분담이 중요한 거야. 전방석에서 지상에 있는 표적과 사격조작에 집착하다보면 간혹 위험한 상황에 진입할 수 있어. 그러지 않게 조언하고 모니터하는 게 후방석 조종사의 역할이야."

"죄송합니다."

"물론 표 중위도 잘못했지만, 앞에서 안전하게 조작하지 못한 내 잘못이 컸어. 그나저나 몸은 괜찮아?"

표 중위는 K 소령이 화를 낼 법도 한데 자신의 실수를 먼저 인정하는 모습에 가슴이 저릿했다.

"저는 괜찮습니다. 선배님은 괜찮으십니까?"

"나도 괜찮다. 아까는 거인장에 빠진 것 같던데…… 조종간에서 손 떼라고 했을 때 대답만 하고 실제로는 못 놓았지?"

"네, 몇 번이고 놓으려 했는데 몸이 말을 듣지 않았습니다."

"그런 거 같았어. 나도 학생 조종사 때 경험한 적이 있지. 마치 거인의 손에 꽉 잡힌 것처럼 몸이 마음대로 따라주지 않았어. 자다가 가위에 눌리는 것처럼."

"그런데 어떻게 회복하셨습니까? 제가 스틱을 계속 잡고 있어서 많이 힘드셨을 텐데요."

"아무래도 표 중위가 거인장에 빠진 것 같아서 오버라이드(Override) 스위치 잡고 조종했어. 조종간 통제 스위치를 전방석으로 바꾸느라 회복이 조금 지연되었지."

"아! 어쩐지! 제가 스틱을 계속 움직이고 있었는데 조종계통으로 입력이 되지 않았습니다. 정말 고생하셨습니다. 오늘은 복좌라 그렇지, 단좌로 임무 수행할 때 거인장에 빠지면 어떻게 해야 할지 궁금

합니다."

"SD에 빠지기 쉬운 날씨에는 임무 전에 이런저런 상황이 발생할 수도 있겠다 예상해 보는 게 큰 도움이 돼. SD에 빠지더라도 신체 감각보다는 항공기의 자세비행계기들을 참조하면 극복하기 좋고."

표 중위와 K 소령이 대화하는 중에 지상관제소에서 불쑥 끼어들었다.

"#1 항공기에 문제 있습니까?"

지상관제소는 비행 중인 항공기들을 감시하고 통제하는 역할을 한다. 지금 항공기의 이례적인 움직임과 속도를 감지하고 상황을 물어 온 것이다.

K 소령은 침착하게 대답했다.

"아닙니다. 별 문제 없습니다. 사격 후 회복조작이 늦었습니다."

지상관세소에서 딱딱한 음성이 흘러나왔다.

"저희 레이더 스코프에는 속도가 음속을 돌파한 것으로 나타났습니다만."

K 소령은 평소와 다를 바 없는 음성으로 말했다.

"항공기는 문제없습니다. 오늘 저희 생일이니까 자세한 건 내려가서 설명하겠습니다."

요즈음에는 민원 때문에 내륙에서의 저고도 비행은 물론 고고도 초음속 비행마저도 제한된다. 어쩔 수 없는 상황이었지만 음속을 돌파한 것은 분명하다. 비행이 끝난 후 K 소령은 경위서를 제출해야만 한다.

지상관제소가 나가자 표 중위가 물었다.
"선배님! 오늘 생신이셨습니까? 몰랐습니다."
K 소령이 능청을 떨었다.
"너도 오늘 생일이잖아."
표 중위는 의아해하며 아니라고 말했다.
K 소령의 말이 알 듯 모를 듯 인터컴을 통해 흘러나왔다.
"조종사 생활을 하다보면 생일이 몇 번 더 생길 수도 있어. 물론 적을수록 좋은 거지만."
표 중위는 K 소령의 말이 도무지 무슨 뜻인지 알 수 없었다.
K 소령의 목소리에서 장난기가 묻어나왔다.
"아직도 모르겠어? 너랑 나, 오늘 죽다 살아났잖아. 그러니 생일이지, 안 그래?"
표 대위는 이반을 돌아보며 씨익 웃는다.
"그때 K 소령은 대대원들에게 자신의 실수를 공개하고 경위서를 써야 했어. 그런데도 유머를 써가며 후배가 받았을 충격을 다독였지. 난 그런 K 소령의 마음이 존경스럽고 부러웠어. 아까 사람끼리 해결하는 게 제일 빠르고 확실하다고 한 말은 그런 경험 때문일 거야."

**

비포장 소로는 차 한 대가 겨우 다닐 수 있는 폭으로 꽤나 구불거리며 길다. 소로 오른쪽은 낭떠러지 버금가게 비탈져 있고 왼쪽은

가파른 산이다. 산 중턱을 뭉텅 잘라 길을 내지 않았더라면 산의 곡선은 부드럽게 이어져 있을 것이다.
 표 대위는 가볍게 산세를 훑어본다.
 "너와 산길을 걸으며 이런 얘기를 할 줄은 생각도 못했다."
 이반은 고개를 끄덕인다.
 "저도 그렇습니다. 거인장 얘기를 들으니 머리가 주뼛 섭니다. 군사기초훈련 할 때는 죽을 것처럼 힘들었는데 거인장에 비하면 아무것도 아닌 듯합니다."
 "거인장은 거인장대로, 군사기초훈련은 군사기초훈련대로 힘든 게 각각 다르겠지. 군사기초훈련 때 제일 힘들었던 건 뭐였어?"
 "화생방하고 행군이었습니다. 40킬로미터 야간 산악 행군, 무슨 뜻인지도 모르고 몸만 굴렸습니다."
 낭떠러지 쪽 길가에 신달래가 센 끝처럼 뾰족이 봉오리를 올리고 있다. 군인으로 치면 훈련병과도 같은 새내기 꽃.
 표 대위는 산악 행군 때의 훈련이 하나하나 생각난다.
 "낙오하지 않았어? 군장을 누가 들어준다든지 응급차에 실려 간다든지 그런 거."
 이반은 없었다고 대답한다.
 22킬로그램 완전군장을 지고 가는 길. 별 몇 개가 희미하게 떠있었고 달은 구름에 가렸다 나왔다 했다. 사방은 으스스할 정도로 적막했고 가끔 작은 짐승들의 울음소리가 났다.
 훈련병들은 훈련소 내에 있는 포장도로를 따라 줄지어 걸었다. 처음 실시하는 야간 산악 행군. 훈련병들은 앞으로 어떤 일이 어떻게 벌어질지 긴장했다.

포장도로가 끝나자 산으로 진입했다. 산길을 따라 오를수록 훈련병들은 하나 둘 지쳐갔다. 대열은 조금씩 흐트러졌고 헉헉대는 소리와 땀 냄새가 짐승의 것인 양 났다.

휴식 시간이 왔다. 이반은 나무에 기대 앉아 수통의 물을 마셨다. 갈증은 채워지나 싶더니 다시 도졌다. 수통의 물이 아니라 산속의 물을 전부 끌어다 마셔도 시원치 않을 듯했다. 그보다 몸을 달구는 생각이 갈증보다 더했다.

은스는 수제비 바꿔먹기로 마지막 만찬을 한 후 이런 말을 했다.
"초음파 사진을 찍어볼까 해. 아기가 자리를 잘 잡았는지 알고 싶어."
뭐……엇? 지금 무슨 말을 한 거지? 무슨 말을 들은 거지? 이반은 손가락 하나 까딱할 수 없었다.

은스는 말끝에 까르르, 까르르, 콧잔등에 주름을 잡아가며 웃었다. 뜻 모를 까르르, 까르르. 장난을 치겠다는 건지 아무 대꾸도 못 하는 게 재미있다는 건지 알 수 없었다.

은스는 까르르, 까르르를 그치고 눈을 동그랗게 떴다.
"왜 그렇게 놀래? 우리의 아긴데. 병원 갈 때 같이 갈 거지?"
병원이라니, 초음파라니. 은스야, 누굴 죽이려고 작정했니.
은스의 목소리는 너무나 또랑또랑했다.
"우리 아긴 분명 예쁘고 똑똑하고 야무질 거야. 우리를 닮았을 텐데 안 그렇겠어?"

세상의 모든 언어를 유린하는 저 괴한의 육성. 은스야, 그만 해! ㄱㄱㄱㄱㄱㄱㄱㄱ만! 으아아아 살려줘!

이반은 기어들어가는 목소리로 더듬댔다.

"저기…… 지금은…… 시험 기간이라 좀 그렇고…… 시험 끝나면……."

이반은 은스를 떼어놓다시피 한 후 어딘지도 모를 곳을 헤맸다. 신이 지옥 훈련을 시키려고 이런 스케줄을 짰나. 바다가 끓어오르다 못해 뒤집혔나. 맨틀이 뒤틀려도 유분수지 이건 지구가 다른 행성으로 바뀐 꼴이다. 도망을 가야겠구나. 도망, 도망을…… 쇼생크 탈출. 이반은 수통을 움켜쥔 채 눈을 부릅떴다. 눈물이 주르르 흘러내렸다. 은스는 상상임신을 한 것이다. 자신이 정한 노선을 관철하려 하지도 않은 임신을 했다고 말한 것이다. 한 남자를 교수로 키우고 자신은 교수 부인이 되겠다는, 잉큼하고 잉큼하고 음흉한 생각이 있지도 않은 일을 있는 것인 양 각색한 것이다.

예고편도 없이 펜스를 칠 새도 없이 쳐들어온 은스. 들입다 공포영화만 보고 어마무시하게 나오는 은스. 22킬로그램 군장은 내가 아니라 은스 니가 져라. 너는 22킬로그램보다 더 나가는 말을 했으므로, 그보다 더한 압박을 가했으므로.

소대장이 이반에게 다가왔다.

"젤 먼저 낙오될 줄 알았더니 보기보다 강골이네."

생각에 몰두하다 보면 몸은 몸대로 정신은 정신대로 논다. 강골이라는 소리까지 듣게 한 은스, 탁월하다 못해 작렬하기까지 한 은스.

너는 지금 어떤 꼬라지로 간교한 계획을 짜고 있냐.
 작은 산새가 가벼운 몸짓으로 나무를 타고, 바람은 산새와 짝짓기라도 하려는 듯 나뭇가지 사이를 오간다. 나무들은 해를 향해 가지를 뻗고 힘을 다해 이파리를 편다.
 표 대위는 행군했던 때를 되새긴다.
 "나는 행군이 제일 힘들었어. 지겨울 정도로 시간은 걸리는데 그에 대한 보상은 없는 거야. 사격이나 비행 훈련은 하는 만큼 어디까지 올라왔다는 보상이 있지만 행군에는 그런 게 없거든. 무식하게 걷는 것, 물집이 나던 관절이 꺾이든 무조건 걷는 것. 그걸 견뎌내는 게 행군의 핵심 포인트야. 얼마나 끈질기게 버텨내는가 자기와의 싸움."
 표 대위는 흘깃 이반을 돌아본다.
 "거인장 얘기를 하고 나니 너의 G-락 얘기가 듣고 싶어진다."
 이반은 아무 대꾸도 하지 않는다. 저 아저씨와 은스, 누가 더 싫은가. 누가 더 끈질긴가. 누가 더 인정이 많은가. 누가 더 믿음이 가는가.
 이반은 묵묵히 걷다 입을 뗀다.
 "아직도 제가 싫으십니까?"
 표 대위는 하고 싶었지만 할 기회를 기다렸다는 듯 대답한다.
 "응. 싫어. 왜 싫으냐고 물어볼 테니 그 대답도 해주지. 우리 아버지 같아서, 유년 시절의 나 같아서 싫어. 우리 아버지는 돌아가셨지만 지금도 내 곁에 있고, 내 유년 시절은 지금도 나를 따라다녀."
 이반은 무참해지는 기분을 어쩌지 못한다. 사람을 앞에 두고 단호하게 싫다고 말하는 저 강심장. 은스에게도 저렇게 말했어야 하지 않았나.

"그렇게 싫은데 왜 제 얘길 듣고 싶어 하십니까."

표 대위는 떠도는 이야기를 무심히 전하듯 한다.

"싫으니까 듣고 싶다고나 할까. 너의 애증의 청국장처럼."

트집질 지적질의 달인에게도 애증의 청국장 같은 것이 있나. 아무려나, 은스나 청국장의 흑역사보다는 덜하니 저런 말도 할 수 있겠지.

이반은 한참이나 입을 다물고 있다 축 처진 목소리로 말한다.

"대위님은 싫든 좋든 아버지가 있지만 전 부를 아버지도 없습니다. 태어날 때부터 아버지라는 걸 모릅니다."

이반은 유치원 때의 일이 아슴하니 보인다. 모래판에서 아이들은 모래로 집짓기를 하거나 손등에 모래를 얹어 토닥이고 있었다.

아직도 볼에 젖살이 도독하게 남아있는 여자아이가 모래집 가장자리에 울타리를 만들고 있었다.

"우리, 엄마 아빠 놀이 할래? 난 엄마 할 테니까 넌 아빠 해."

아빠? 아빠가 뭐지? 이반은 공연히 모래 한 움큼을 집어 벗은 운동화에 넣었다.

여자아이는 꽃물이 화르르 번진 듯한 볼을 올근볼근대며 말했다.

"우리 아빤 맨날맨날 술만 마신다. 그래서 엄마랑 맨날맨날 싸운다."

이반은 연신 운동화에다 모래를 채우며 물었다.

"그럼 누가 이기는데?"

여자아이는 모래로 만든 울타리를 톡톡 다지며 말했다.

"어느 땐 아빠가 이기고 어느 땐 엄마가 이겨. 엄마가 그랬거든.

아빠 맨날맨날 술을 마시기 땜에 이길 수 없다고. 그렇지만 돈을 벌어오기 땜에 용서하며 산다고. 근데 아빠 엄마더러 천적이라고 그랬어. 술도 맘대로 못 마시게 하면서 월급은 몽땅 가져간다고."

이반은 모래를 가득 채운 운동화를 들고 발딱 일어났다.

"아, 몰라. 나, 엄마 아빠 놀이 안 할래."

이반은 여자아이의 머리에 운동화를 거꾸로 들었다. 모래가 여자아이의 머리 위로 쏟아졌다. 이반은 운동화를 들고 정글짐으로 뛰었다. 여자아이가 비명을 지르며 우는 소리가 났다. 이반은 정글짐을 타며 생각했다. 아빠란 뭐지? 술도 마시고 돈도 벌어 오고 엄마와 싸우는 게 아빠인가? 볼이 예쁜 여자아이는 아빠와 엄마가 매일 싸운다지만 불행해 보이지 않았다.

은스도 그랬다. 아빠 얘기를 할 때면 짜증을 냈지만 불행해 보이기보다 행복해 보였다.

"아빠의 아킬레스건은 나야. 아빠 외식하러 갈 때도 내가 끼어야 좋댔어. 분위기 살린다고. 난 아빠의 아킬레스건을 종종 이용하는 편이야. 용돈 궁할 때. 꼰대하고 안 논다고 튕기면 아빠가 나한테 알랑방구 끼면서 용돈 주거든."

용돈 같은 거 주지 않아도 좋으니 아빠라고 부를 사람이 있었으면. 은스는 용돈 얘기를 하던 끝에 휴대폰을 들여다봤다.

"으잇 짜증! 또 아빠 문자다! 지금 어디냐네."

은스는 빠른 손놀림으로 답을 보내며 말을 이었다.

"아빠 문자는 관공서 문서야. 지금 어디냐 왜 안 들어 오냐, 보고 싶어 죽겠다, 항상 똑같은 문자라니까. 한 번 보낸 거 복사해서 보내 나봐. 나도 성인인데 고만 좀 하지. 아빠 병이야 병. 귀찮아 죽겠어."

이반은 그때를 떠올리며 말한다.

"저는 미혼모의 자식입니다. 지금까지 아빠를 본 적도 없고 아빠라는 호칭도 모릅니다. 쭉 엄마하고만 살았습니다."

표 대위는 순간 가슴이 내려앉는다.

이반의 목소리가 한참이나 젖어 나온다.

"그런데 갑자기 제가 아빠가 된다고 합니다. 아빠라는 단어도 모르는 제가 말입니다. G-락 얘깁니다."

표 대위는 곰곰 생각하다 입을 뗀다.

"무슨 말인지 알겠다. 그래서 어떻게 할 셈이야?"

이반은 떨려나오는 목소리를 어쩌지 못한다.

"저도 어떻게 해야 할지 모르겠습니다. 아빠는커녕 제가 누군지도 모르는데 아빠라니 솔직히 억울합니다. 준비할 새도 없이 별안간 이렇게…… 이래도 되는 겁니까?"

표 대위는 할 말을 잃는다. 흔히 시간이 해결해준다거나, 다 지나간다는 말은 안 하니만 못하다.

"구체적으로 어떻게 된 건지 말해볼래? 여자 친구가 임신한 건 정확해?"

이반은 울먹한 눈을 산길 저 너머로 돌리며 한숨을 쉰다.

"임신했다는 말만 들었습니다. 그 말을 듣고 전 곧바로 입대했으니까요."

표 대위와 이반 앞으로 새끼 도마뱀이 길을 가로지른다. 이반은 새끼 도마뱀이 낭떠러지 풀숲으로 들어가는 걸 보며 말한다.
"저 도마뱀이 부럽습니다. 동물들은 임신과 낙태로 고민하지 않을 거 아닙니까."
표 대위는 아릿해오는 속내를 애써 감춘다.
"그렇다고 동물이 될 수는 없고. 확인도 안 해보고 입대했다는 말인데 그럼 여자 친구도 입대 사실을 모르는 거야?"
이반은 그렇다고 대답한다.
표 대위는 뭐라 대꾸해야 할지 잠시 망설인다.
"이렇게 얘기하면 훈계로 들릴지 모르겠지만 내 생각은 이렇다. 우선 너는 확인하지 않았다는 미스가 있어. 그건 간단한 문제가 아냐. 왜냐하면 넌 여자 친구의 말 한 마디에 입대했고, 여자 친구는 너의 행방을 몰라 혼란스러워할 테고, 너는 뒤죽박죽 된 너를 감당하지 못해 고민에 빠졌고, 따라서 자존감을 잃게 되었기 때문이야. 제일 먼저 했어야 하는 건 확인이었다고 봐. 진짜 임신인지 아닌지에 따라 상황은 많이 달라져 있을 테니까."
이반은 울큰해진 심사를 그대로 뱉어낸다.
"물론 제 잘못이 큽니다. 그러나 제가 여자 친구 입장이었다면 그렇게 무모한 짓은 하지 않았을 겁니다. 남자 친구는 학생인데 뭘 어떻게 하라고······."
표 대위는 이반의 말에 충분히 공감한다. 그러나 이미 발생한 일.
"이러쿵저러쿵해봐야 결론을 내리긴 힘들고, 아까 다르다는 가능성은 항상 열어놓는 게 좋다고 한 말 생각나? 일단 확인부터 하는 게 순서인 듯싶다. 임신이 아닐 수도 있고, 사람에 따라선 소설 같은 거도 쓰잖아."

초음파 사진을 찍어보고 싶다는 말끝에 까르르 웃던 은스. 그 웃음은 무엇인가. 진짜인지 아닌지 내기라도 하자는 웃음인가. 진짜로 확인되면 그 다음엔…….

그 다음엔 웃음을 그치고 병원에 가보자는 은스가 있었다.

확인, 그 무서운 걸, 무서워서, 할 수가 없었다.

"저도 그랬으면 좋겠습니다. 수백 번 소설을 쓴 거다, 진짜 사랑하는 건지 아닌지 시험해 본 거라고 생각했지만 꿈까지 꿨습니다. 아기가 큐브로 된 베이비박스를 타고 저를 찾아오는 꿈이었습니다."

표 대위는 짠해오는 마음을 지그시 누른다.

"나도 어젯밤 비슷한 꿈을 꿨어. 산동네 우리 집 같은 곳에서 아버지에 대한, 내 유년 시절에 대한…… 잠을 깨고 나니 기분이 나빴지만 꿈은 꿈일 뿐이라고 털어버렸어. 그래 그런지 꿈이 해코지를 한다. 휴대폰이고 자동차고 다 G-락에 걸려버렸다."

이반은 표 대위가 빙싯 웃어가며 말하지만 웃음이 나오지 않는다. 웃음이야말로 거짓을 싫어한다. 억지로라도 웃으면 그게 웃음이 된다고 하지만 그것은 손등이 가려울 때 긁고 나면 그만인 것과 비슷하다. 웃음이야말로 가슴과 연결된 밸브다. 가슴이 밸브를 열어야 나오는 훈훈한 바람.

길가의 꽃나무들은 이제 막 깨어난 것과 깨어나려는 것들이 섞여 계절을 만들어간다. 비탈 쪽엔 낙엽이 층층이 덮여 있고 그 속을 뚫고 파란 싹이 고개를 내민다. 사람으로 치면 신생아. 신생아로 보이는 직박구리 한 마리가 회갈색 날개를 팔락이며 생강나무에 앉는다.
 표 대위는 새끼 직박구리를 흘깃 돌아본다.
 "우리에겐 아직 시간이 있어. 기회가 많다는 뜻이야. 아이에 대한 기회 역시. 나는 우리 아버지나 어머니처럼 무책임하게 자식을 낳을 바엔 안 낳는 게 낫겠다고 생각하는 편이야. 아버지가 된다는 게…… 참 어렵다는 생각, 많이 하지."
 산길 숲이 저녁으로 넘어간다. 나무들도 저녁을 맞이하려 이파리의 기운을 죽인다.
 이때쯤이면 활주로는 활기에 찬다. 이륙을 준비한 전투기는 데시벨의 한계를 넘게 음을 달구고, 전투기의 어깻죽지는 붉은 기가 번지는 하늘을 향해 들썩인다.
 "아까 호수를 보는데 아버지를 봤어. 청소차만 타던 아버지가 토잉카로 시동이 꺼진 내 차를 끌고 가더라구. 그때 문득 이런 생각이 났어. 우리는, 나를 포함한 사내들은, 세상의 아버지이자 아들이라고."
 이반과 표 대위는 산길을 굽이져 내려간다. 바람은 전략적이다 싶게 변덕을 부리더니 갑자기 실종된 듯 귀가 멍 할 정도로 고요하다.
 햇빛만이 주인 행세를 하던 산동네 안마당. 그곳의 적요함은 살아 있는 몸마저 거짓처럼 느끼게 했다. 그곳의 정지와 이 산길 숲의 정지는 같지만 다르다. 이곳엔 움직이지 않으나 부단히 운동하는 나무들이 있다. 찌찌거리며 나무 사이를 날아다니는 새도 있다. 새와 같이 노니는 바람도 있다. 새와 바람과 나무는 서로를 돕기도 하고 상처를 내기도 하나 살아간다.

"상처 없는 사람이 어디 있겠냐. 너는 아버지가 없다는 게 상처겠지만 내겐 아버지가 상처였다. 어느 누구에게도 우리 아버지가 청소부라는 말은 하지 못했어. 아버지를 원망했었지. 나를 떳떳하게 하지 못한다고. 그런데 지금 니 얘길 듣고 있자니 아버지인들 청소부가 되고 싶었을까. 니 여자 친구도 너를 일찌감치 아빠로 만들고 싶었을까."

이반의 얼굴로 거미줄이 닿는다. 이반은 와락 거미줄을 떼어낸다. 저 아저씨의 말은 이 거미줄만큼이나 찐득하다. 말로는 뭘 못할까. 결과만 놓고 본다면 모두가 해결사요 도덕군자. 살아있을 때 잘하라고 말하는 사람도, 죽은 자가 다시 살아난다면 말한 대로 할 수 있을까. 자책감을 에둘러 표현하려면 자신에게나 할 일이지 타인에게까지 할 필요가 있을까.

표 대위가 말을 잇는다.

"지금 말한 대로라면 나는 상처를 극복하거나 극복한 인간이 되어 있어야 해. 그런데 사실은 그렇지 않다. 아무리 자주, 강하게 받아도 익숙해지지 않는 게 상처인 듯싶다. 말을 하다 보니 이런 생각이 든다. 상처는 교환행위라고."

이반은 보일 듯 말 듯 고개를 끄덕인다. 저 아저씨의 말엔 일리가 있다. 상처를 주자고 작정한 것도 아닌데 상대에겐 상처가 되는 일이 다반사이다.

상처, 그것을 이겨내려 무엇을 했던가. 미혼모의 자식이기에, 청국장 집 아들이기에, 그 딱지를 떼려 부단히 공부하지 않았던가. 그래서 한다하는 대학교에도 들어갔고 유학도 생각하지 않았던가. 은스야말로 그 사실을 일찌감치 알아챈 것일 수도 있다. 극복이 아니라 도피.

기름이 잘잘 흐르는 커다란 까마귀가 나뭇가지에 앉아 아악아악 운다. 울음소리를 듣고 다른 까마귀가 날아와 옆에 앉는다.

표 대위는 잠시 서서 까마귀를 보다 다시 걷는다.

"어쨌든 너나 나나 여기까지 온 걸 보면 나쁜 상황만은 아니라고 본다. 아까 거인장 얘기 중에 버티고라는 말을 했지? 흔히 '버티고에 빠진 걸 알면 버티고가 아니다'라는 말이 있어. 그만큼 진짜 버티고는 자신도 모르게 진입한다는 뜻이야. 달리 말하면 내가 빠진 거인장, 네가 빠진 G-락은 빠진 줄 아는 버티고라는 말이지. 절망하거나 포기하기엔 이르다는 얘기야."

표 대위와 이반은 한 굽이를 더 내려간다. 비탈길 옆으로 텃밭과 작은 비닐하우스가 나온다. 그곳을 지나자 요즘에도 이런 집이 있나 싶을 정도로 낡은 집이 있다. 기와는 거의 탈색이 되어 제색이 무엇이었는지조차 추측하기 어렵고, 지붕 아래 차양은 주황색이었던 듯 색보다는 녹이 슨 부분이 더 많다. 집 전체는 오른쪽으로 20도쯤 기울어져 와르르 무너질 듯하고, 대문은 한쪽 판이 떨어진 채 대문 옆에 비스듬히 세워져 있다.

표 대위는 대문이 쓰러지지 않게 몸을 옆으로 틀어 집안으로 들어간다.

"안에 누구 안 계십니까?"

안에선 대답이 없고 쥐 한 마리가 빠르게 마당을 가로질러 뒤꼍으로 간다.

이반은 토방에 올라선다. 시멘트로 된 토방은 여기저기 굵게 금이 가 있고 토방 가장자리는 시멘트가 뚝뚝 떨어져 흙덩이가 흉물스럽게 드러나 있다.

이반은 휘휘 주위를 둘러본다.

"아무래도 사람이 살지 않는 집인 듯합니다."

표 대위는 부엌 쪽으로 간다. 부엌 역시 문이 떨어져나가 안이 훤히 보이지만 컴컴하기가 굴속이다. 그 안엔 살림살이는 없고 녹슨 농기구 여러 개가 얼기설기 겹쳐져 있다.

이반은 툇마루에 걸터앉는다. 툇마루는 허옇게 바래 나뭇결마저 희미하다. 추운 것도 아닌데 한기가 절절히 스미어 나온다.

이반은 방문을 돌아보며 말한다.

"폐가가 맞는 거 같습니다. 방문이 자물쇠로 채워져 있습니다."

표 대위는 이반 옆에 자리를 잡는다.

"우리 집도 이 집보다 나을 게 없었어. 늘 컴컴하고 사람이 살지 않는 집 같았지."

폐가로 어스름 저녁이 내려앉는다. 방금 이륙한 듯한 전투기가 고개를 하늘로 치켜든 채 난다.

표 대위는 하늘 저쪽으로 가는 전투기를 눈으로 쫓는다.

"조종사들은 비행에 나설 때면 이런 생각을 하지. 다시 기지로 돌아올 수 있을까. 이것이 마지막 비행은 아닐까. 가족을 떠올리며 작별 인사 아닌 작별 인사를 하는 조종사도 있어. 그런데 난 비행을 할 때면 본가가 있는 쪽으론 눈도 돌리기 싫었다. 헌데 지금 이 폐가에 앉아있자니 웃기게도 이런 생각이 난다. 내가 살던 산동네도 내가 지켜야 할 조국이요, 그 안에서 옴딱거리는 사람도 내 조국이라는 거. 조종사의 뻔한 얘기 같겠지만 나로선 참 새로운 발견이다."

이반은 고개를 끄덕이며 전투기에서 눈을 떼지 못한다. 표 대위는 불현듯 이반을 돌아본다. 군청색 약복에 종이배처럼 생긴 게리슨모를 쓴 일병 하나. 쓰러질 듯한 집과는 어울리지 않는, 새것으로 있는 어린 얼굴. 구레나룻이 표가 나려면 시간이 좀 걸리겠는, 여린 볼따구니의 병사 하나.

이반은 전투기가 점처럼 작아질 때까지 바라본다.

"대위님은 무지개를 통과해본 적이 있습니까?"

표 대위는 이반이 보는 쪽으로 고개를 돌린다.

"저고도로 날 때 본 적은 있지만 통과해 본 적은 없어. 그땐 지상에서 볼 때처럼 반원이었어. 민항기를 모는 선배의 말에 의하면 고고도 즉 3만 5천 피트 정도 올라갔을 때 본 무지개는 원이었다는군. 완전한 원."

은스가 말했던 무지개. 은스는 종적을 감춘 무지개를 잡으러 아까 그 여객기를 탔나. 탔으면 돌아오지 마라. 반원이든 완전한 원이든 무지개가 되겠다면 너나 돼라.

그런데,

왜 이다지 가슴이 저릴까. 왜 이다지 마음이 아플까.

하늘엔 방금 지나간 전투기가 남긴 비행운 두 줄기가 나란하다. 잡을 수 없지만 어엿이 떠 있는 비행운,

비행운의 습격.

"이반, 전투기 타고 싶지 않니?"

이반은 움찔 표 대위를 돌아본다. 파리지옥 끈끈이주걱이 처음 불러준 이름, 이반.

이반은 비행운이 또렷한 하늘로 고개를 젖힌다.

전투기를 태워주십시오. 지금도 표류하느라 혼이 나가버린 놈, 그 놈을 태우고 하늘 깊이 올라가주십시오. 가서 뭘 어떻게 할지는 모르겠지만 음속을 넘는 속도로 날고 싶습니다.

표 대위는 두 줄로 난 비행운에서 눈을 떼지 못한다. 페가수스기 비행운을 만들며 상승한다. 이반은 랩을 부르며 스틱을 잡고, 아버지는 G-슈트를 입고 스로틀을 당긴다.

나무가 숨 쉬는 냄새, 봄을 열려는 풀들의 냄새가 허름한 농가 마당에 깔린다. 마당 귀퉁이에 있는지 없는지 모르게 있던 진달래가 아련히 꽃망울을 터뜨린다.

작가의 말

낯선 세계를 기웃댔다.
두려움과 설렘이 미묘하게 운동했다.
처음 접해보는 그들만의 언어와 사고와 환경,
과연 글로 풀어낼 수 있을지 마음이 오락가락했다.

이 소설은 그렇게 문을 열었다.
누군가에게는 익숙한 것들이
또 누군가에게는 그저 낯설기만 한 것.
그래서 할 수 있다는 건 자연의 신비라고 해두자.

할 수 없다고 생각했을 때
할 수 있게 끌어준 이들이 있다.
공군본부 정훈공보실장 한상균 대령의 권유가 이 소설의 출발점이다.
한 대령의 세심한 관심과 지원이 큰 역할을 했다.

비행단 홍보과 유승진 중위는 취재 때마다 친절하고도 순발력 있게 나서 주었다.

전투기 조종사인 이성은 중령은 빡빡한 스케줄에도 비행 기동 장면을 희생적으로 도와주었다.

그 외에도 여러 전·현역 전투기 조종사들과 공군 관계자들이 묵묵히 힘을 보탰다.

나 자신을 뛰어넘고자 했던 욕망도 한몫했다.

취재와 글을 쓰는 내내 고마움이 무엇인지 배웠다.
그들/그것들과 악수를 한 셈이다.
이 책이 독자들에게도 낯선 세계와의 악수가 되길 바란다.

이번에도 선뜻 책을 펴내주신 케포이북스 사장님, 원고를 정리해준 편집자 여러분에게 무한 고마움을 전한다.

2016년 3월 김정주